电影改编:网络小说 IP 价值转化与扩展

张　煜 著

浙江工商大学 出版社
ZHEJIANG GONGSHANG UNIVERSITY PRESS
· 杭州 ·

图书在版编目(CIP)数据

电影改编：网络小说 IP 价值转化与扩展 / 张煜著
. — 杭州：浙江工商大学出版社，2024.7
ISBN 978-7-5178-5810-2

Ⅰ．①电… Ⅱ．①张… Ⅲ．①网络文学－小说－电影
改编－研究－中国 Ⅳ．①I207.42

中国国家版本馆 CIP 数据核字(2023)第 227094 号

电影改编：网络小说 IP 价值转化与扩展
DIANYING GAIBIAN：WANGLUO XIAOSHUO IP JIAZHI ZHUANHUA YU KUOZHAN
张　煜著

策划编辑	王黎明
责任编辑	张　玲
责任校对	都青青
封面设计	林朦朦
责任印制	包建辉
出版发行	浙江工商大学出版社
	(杭州市教工路 198 号　邮政编码 310012)
	(E-mail：zjgsupress@163.com)
	(网址：http://www.zjgsupress.com)
	电话：0571-88904980,88831806(传真)
排　　版	杭州朝曦图文设计有限公司
印　　刷	杭州高腾印务有限公司
开　　本	710mm×1000mm　1/16
印　　张	13.75
字　　数	217 千
版 印 次	2024 年 7 月第 1 版　2024 年 7 月第 1 次印刷
书　　号	ISBN 978-7-5178-5810-2
定　　价	68.00 元

序 言
Preface

近十年来,网络小说为影视改编提供了源源不断的资源,甚至为影视开辟了许多新的题材、新的领域、新的类型、新的风格、新的赛道——架空、穿越、古偶、国风、新武侠、玛丽苏、盗墓、耽美……,可以说既有泥沙俱下的繁杂,也有脱胎换骨的新奇。网络小说的改编,成就了众多影视作品的口碑、票房、热度和地位。与此同时,也有一些网络小说的改编被舆论推上风口浪尖,成为原著粉和新受众都纷纷指责的对象,"IP崇拜"受到了方方面面的批评。因此,如何看待网络小说的电影改编,分析改编的成败,研究作为IP的网络小说在改编过程中的保值和增值,不仅具有学术价值,而且具有鲜明的现实意义。本书的出现,可以说面对的就是这样的真问题,回答的是真问题,试图解决的也是真问题:电影改编如何延续和提升网络小说的IP价值。

所以,本书的一大特点应该就是"新颖"——面对的是近年来的新现象,分析的是近年来的新文本,探讨的是近年来的新问题。本书重点分析了电影改编在样态上对网络小说的转移,在文本上对网络小说的重构,在受众上从网络读者向视频观众的改变。梳理的2001—2021年的改编文本,长长的片单,案例丰富、详尽充实,在一定程度上填补了网络小说电影改编的研究空白。单此一点,就是该书的价值所在,对于业界和学术界来说,都有不可或缺的文献意义。

本书的另一大特点是体现了"批判性思维"。作者一方面肯定了网络小说的IP价值,分析了网络小说的众筹特点带给影视改编的先天优势,对跨场域的价值转化、多场域的价值联动、场域集的价值可供性给予了充分的肯定;与此同时,作者也冷静分析了电影改编中价值转化所面临的种种困境,对资本的急功近利、创作的投机取巧、观念的混乱无章进行了反思性批评,从而提出了"电影改编IP价值最大化"的规律。立中有破、破中有立,为建设而批判,在批判中建设,体现了难能可贵的一种学术态度。

本书的"原型"是作者的博士论文。我经常在各种场合提到，人做学术越到后面往往越"赶"，能像做博士论文这样，花两三年时间集中精力进行扎扎实实的系统研究的时候并不多。写作博士论文的时候，虽然未必是作者学术生涯的黄金期，但却是用力最勤、下功夫最多的一次写作，博士论文的文献性、系统性、开拓性往往都独有其意义。成书前，作者又根据各种意见和新的材料，做了认真的修改、补充、完善，与博士论文相比，各方面又有了新的提升。

　　网络小说，之所以成为影视改编的"热土"，当然有其自身的优势。众筹的文本、众筹的情感、众筹的读者，共同创造了一种"IP 价值"。虽然作品质量良莠不齐，不免有媚俗、猎奇、悬浮等各种弊端，但是大浪淘沙后的网络小说 IP，其创新性、丰富性、想象力，特别是与读者、观众之间那种直接而有效的互动连接，的确为影视改编提供了一种天然的观众缘、时代性和传播性。当然，如何去粗取精、去伪存真，如何扬其所长、避其所短，如何平衡主流文化与非主流文化之间的张力关系，始终是值得关注和研究的问题。对 IP 的滥用和乱用，并不能说明 IP 本身没有其文化价值和审美价值。我们需要思考的，就像本书所努力的那样，研究和分析改编什么、如何改编、为什么改编，从而让网络小说的影视改编能够有效地延续，甚至提升 IP 的价值，使网络小说的改编如同传统文学的改编一样，取得"双赢"效果，真正为影视创作赋能。

　　网络小说的影视改编，还是一块刚刚开垦的学术处女地，希望作者能够继续精耕细作，产出更加丰硕的学术成果。

　　是为序。

清华大学教授、澳门科技大学特聘教授　尹鸿

2023 年岁末

目 录

Contents

引 言

　　电影改编行为肇始自电影的诞生。近百年来,电影艺术尝试着从更为久远、更为成熟的艺术形式中汲取养分,与其他艺术一同谱写彼此相峙又借势共生的历史。随着科学技术的发展和媒介融合的推进,传统电影行业受到了巨大冲击。电影行业正逐步构建起"互联网+"下新的电影运作系统以及电影产业格局。传统的改编概念也被冠上了"IP"的前缀。IP改编显然存在着不同于过往的特征。如今,IP改编已然给中国电影市场带来了新的活力,也逐渐成为电影创作的重要来源之一。

　　在IP体系中,网络小说无疑是最大的内容来源。究其原因,一方面得益于网络小说与电影共同的叙事性元素;另一方面则来自网络小说自身丰富的文本储备以及广大的用户群体。根据中国互联网络信息中心公布的数据,截至2020年12月,中国网络文学用户规模达4.60亿人,占网民整体的46.5%;手机网络文学用户规模达4.59亿人,同样占手机网民的46.5%。① 回归具体改编实践,自2001年网络小说与电影实现媒介联姻之后,两者就一直保持着改编交流的行为,然而所推出的电影作品一直不温不火。直到《山楂树之恋》《失恋33天》等热门电影相继上映后,网络小说改编才逐渐火热起来。2015年、2016年,网络小说改编更是被推向一个高潮。2年内20余部改编作品登上大银幕,总票房累计超过60亿元。

　　然而,在电影市场火热的背后,却是一系列对当前网络小说改编作品及其开发模式的争议:有指责改编作品不忠于原作的,有认为改编作品过度娱乐化、忽视艺术性的,有觉得作品价值观存在偏颇的……无论是对电影市场,还是对电影本身而言,无论是从现有影响,还是从未来趋势来看,以网络小说为代表的IP改

---

① 中国互联网络信息中心:《第47次中国互联网络发展状况统计报告》,中国互联网络信息中心2021年,第48页。

编都是需要被关注、被分析、被研究的课题。由此，围绕网络小说 IP 如何在各个环节中实现价值充分转化和扩展的针对性研究显得尤为重要。

一、网络小说影视改编研究现状

近十几年来，网络小说改编在电影产业中风起潮涌。相较于实践，相关研究领域则显然动力不足。在出版著作方面，有邓树强的《网络文学及其影视改编研究》，侯怡的《中国网络文学改编的电视剧研究》，易文祥、王金芝的《网络小说影视改编研究》等相关成果。此外，亦存百余篇相关论文。学界研究涉及的内容大致包含改编现状的阐述、成因的分析、现象的反思、策略的建议以及具体案例分析等。

（一）网络小说影视改编的动因阐释

关于网络小说影视改编动因的文献多涉及媒介平台、网络小说自身文本及其受众。具体来看，李倩在《浅谈网络文学影视化的利弊》中从网络小说的外部条件和内部因素两个方面阐述了其改编的原因。其中，媒体营销形成的多形态产业发展格局构成了网络小说改编的外部条件，而内部因素则是指网络小说凭借自身语言、题材、人物等文本优势吸引了大批受众。[①] 路春艳和王占利在《互联网时代的跨媒介互动——谈网络文学的影视改编》中称，网络作品所累积的那部分年轻受众，也正是影视产业的核心受众。受众的重合度让改编作品在市场上占得了先机。同时，网络文学所呈现出的多样化类型以及贴近现实的故事内容成为其改编的优势。[②] 石少涛同样从受众和文本的角度切入，他在《网络文学改编电影的美学范式》中提出，网络文学自身的叙事维度、主题诉求以及人物形象所呈现的特征有利于其进行影视化改编，并提取出符合时下年轻观众审美需求的文本内容。[③] 陈林侠则在《消费，还是消费：当下网络文学的影视剧改编》中表

---

① 李倩：《浅谈网络文学影视化的利弊》，《电影文学》2013 年第 14 期，第 29—30 页。

② 路春艳、王占利：《互联网时代的跨媒介互动——谈网络文学的影视改编》，《艺术评论》2012 年第 5 期，第 71—74 页。

③ 石少涛：《网络文学改编电影的美学范式》，《电影文学》2017 年第 13 期，第 96—98 页。

示,网络文学之所以能够成为当下影视剧重要的创作来源,主要还是得益于其媒介优势。在网络媒介推动下网络文学呈现出一种特殊的艺术样貌。这一特殊的艺术样貌吸引着观众,成为其改编的基础。同时,它又在多方面促使影视剧呈现新样态,从而提升影视媒介的消费价值。① 此外,马季从网络文学的全产业版权开发角度入手,在《IP 的实质:网络文学知识产权漫议》中指出,随着大量资本的涌入,网络文学形成了一条完整的 IP 产业链。同时,网络平台开始推进 IP 的衍生和版权开发业务。由此,各板块互相配合,助推彼此的发展。②

(二)网络小说影视改编的现状和作用

路春艳和王占利基于对网络文学影视改编实践的系统梳理,提出以 2010 年为分水岭,进入 2010 年之后,出现了越来越多广受观众喜爱的作品。③ 骆桂峰和张金艳基于时下改编作品的特点,提出网络小说影视改编大多为中小成本制作,文本内容贴近当下生活且显现出鲜明的商业性特征。④ 王治国还归纳了当下网络小说影视改编的特征,即改编题材类型化、改编思路功利性以及改编策略媚俗化。⑤ 与此同时,陈林侠提出了网络文学改编的影视剧所呈现出的"另一种可能",就是首先呈现出一种自我中心主义,将原本隐秘的信息通过影视剧公开展现出来,从而具备了某种合理性。此外,这些改编作品还体现出明显的媒介女性化和故事内倾化的特征,同时还强化了媒介的游戏性和亲历性。⑥ 毛德胜在《网络文学改编剧的受众审美分析》一文中从受众审美入手,认为网络文学改编剧带

---

① 陈林侠:《消费,还是消费:当下网络文学的影视剧改编》,《艺术评论》2012 年第 5 期,第 66—70 页。

② 马季:《IP 的实质:网络文学知识产权漫议》,《文艺争鸣》2016 年第 11 期,第 66—73 页。

③ 路春艳、王占利:《互联网时代的跨媒介互动——谈网络文学的影视改编》,《艺术评论》2012 年第 5 期,第 71—74 页。

④ 骆桂峰、张金艳:《论网络小说的影视改编发展新趋势》,《参花(上半月)》2013 年第 6 期,第 148—149 页。

⑤ 王治国:《当下网络小说影视剧改编的特征及限度》,《当代电影》2015 年第 6 期,第 175—177 页。

⑥ 陈林侠:《消费,还是消费:当下网络文学的影视剧改编》,《艺术评论》2012 年第 5 期,第 66—70 页。

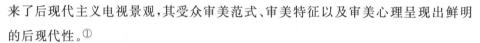

来了后现代主义电视景观，其受众审美范式、审美特征以及审美心理呈现出鲜明的后现代性。①

　　同时，也有不少研究者以改编现状为切入点，来探讨网络小说改编所带来的影响。李晓筝等指出，影视改编给网络文学带来了更多的受众，反向带动了小说的热销。同时，许多草根作家凭借这个契机被大众认识且风格逐渐走向成熟。② 黎欢和李简瑷则认为，网络小说 IP 改编已经对当下中国电影产生了影响。电影创作走向大众，以大众消费为目的导致其文化形态和审美价值发生变化。网络文学 IP 电影的勃兴推动着以"泛娱乐"为标志的中国商业电影创作模式的发展。改编所带来的跨界融合正在改变传统电影的创作理念。③ 而张书娟在《网络文学与电影的互动性消费》一文中指出，网络文学与电影市场在互动中构建起了彼此互利共生的关系。网络文学为电影提供了兼具文本价值和市场价值的改编素材，而电影市场则作为网络文学的发展动力，推广了"潜影视剧本"写作方式，推动了网络文学的产业化发展，同时引导其走向主流化。④

（三）网络小说影视改编的不足和反思

　　周平在《试论当下网络文学影视改编中的问题》一文中，阐述了几个网络文学影视改编中凸显的问题。譬如，部分网络文学作品的立项难度和改编难度较大；热门网络文学作品存在情节拖沓、篇幅较长的问题，且难以满足读者的期待；网络文学呈现出娱乐化的价值取向，且普遍存在文学性缺位的问题；网络文学的市场环境混乱，哄抢、囤积小说文本的行为严重影响影视开发。⑤ 张敏在《网络文学改编电影的核心价值观》中从三个方面就当下网络文学对改编电影的核心价值影响进行阐述，指出：改编作品的质量参差不齐，低质量的作品会对改编电影

---

　　① 毛德胜：《网络文学改编剧的受众审美分析》，《当代电视》2016 年第 8 期，第 8—9 页。

　　② 李晓筝：《论影视改编对文学传播的影响》，《电影文学》2013 年第 3 期，第 76—77 页。

　　③ 黎欢、李简瑷：《当下网络文学 IP 电影的勃兴与中国电影新生态》，《电影评介》2016年第 10 期，第 58—62 页。

　　④ 张书娟：《网络文学与电影的互动性消费》，《当代电影》2015 年第 6 期，第 184—187 页。

　　⑤ 周平：《试论当下网络文学影视改编中的问题》，《大连海事大学学报（社会科学版）》2013 年第 3 期，第 97—100 页。

核心价值观的构建造成不良影响;一味追求票房收益,使娱乐性掩盖了电影所追求的精神价值,大大弱化了电影的意义;此外,改编作品缺少对爱国主义、民族精神以及传统文化的弘扬和继承。① 潘桦和李艳的论文《网络小说改编电影的跨媒体叙事解读——从〈鬼吹灯〉系列电影改编说开去》则具体以《鬼吹灯》系列电影改编为切入点,归结出目前网络小说改编电影所存在的问题。作者认为,网络小说改编并不是重复性劳动。如今的网络小说改编未能搭建一个完整的叙事体系,并没有将网络小说的文本充分开发。再者,系列小说呈现版权分散的现象,以至于各方在改编时无法形成统一的叙事结构。此外,改编者和电影观众都还没有摆脱忠实标准下的改编观念。② 李文浩和姜太军从网络文学生成源头出发,认为文学经典需要时间来检验,网络文学的成功与否要经受时间和市场的双重考验。③ 而如今,影视制作方为了抢占网络小说开发的先机,跳过了其检验和沉淀的阶段。违反网络小说改编的运作规律是导致改编效果不佳的原因之一。

单小曦则认为,网络文学的影视改编虽然在文化产业层面取得了一定成功,但对文学的生产和传播产生了负面影响。网络文学影视改编的动因其实是商业利益。受网络文学影视改编思维的影响,创作者在文本写作的过程中会将当前的创作行为与日后的改编行为相联系。网络文学也会逐渐从交互的生产方式回归单向的传播模式,从丰富、包容的文本内涵转化为保守、驯化的思想内容。由此,网络文学的道路将被逐渐窄化。单小曦认为:"影视文学与网络文学各有专属自己的美学特色和文化逻辑,影视剧改编的价值指向和'潜影视剧本'网络写作模式属于中国网络文学发展中的旁门左道。"④李晓筝也在《论影视改编对文学传播的影响》中表达类似的担忧,认为影视改编会给传统作家以及文本本身带来制约的负面效果。⑤

① 张敏:《网络文学改编电影的核心价值观》,《电影文学》2015 年第 9 期,第 85—87 页。

② 潘桦、李艳:《网络小说改编电影的跨媒体叙事解读——从〈鬼吹灯〉系列电影改编说开去》,《现代传播(中国传媒大学学报)》2016 年第 12 期,第 86—89 页。

③ 李文浩、姜太军:《产业化背景下网络文学改编剧的契机与挑战——以〈失恋 33 天〉和〈等风来〉为例》,《江西社会科学》2014 年第 5 期,第 98 页。

④ 单小曦:《"改编热"的虚妄与数字文学性的开掘——评网络文学的影视剧改编现象及其发展路向》,《艺术评论》2012 年第 5 期,第 75 页。

⑤ 李晓筝:《论影视改编对文学传播的影响》,《电影文学》2013 年第 3 期,第 76—77 页。

(四)网络小说影视改编的策略和趋势

路春艳和王占利从案例入手,认为网络文学的影视改编应该拓宽题材的选择面,同时尝试大规模、大成本的开发模式。[①] 骆桂峰和张金艳的论文《论网络小说的影视改编发展新趋势》总结了网络小说影视改编的特征,并由此提出其未来的发展动向。两人认为,网络小说改编需要在题材和品质上进行提升,同时,改编会走向产业化且日渐成熟。[②] 吉喆在《新媒体视野下网络文学影视改编的对策探析》一文中,针对网络文学影视改编所存在的风险和弊端提出了较为全面的对策。其中包括强调尽量遵循原著的精神核心,改编处理时注意关注原著粉丝的感受;将原文本的参与者(读者与作者)引入改编的环节当中,优化改编成品,并在一定程度上避免版权纠纷;设立专业机制以及第三方平台,维护改编渠道和保持各环节的通畅;在注重网络文学改编的文化性以及人文关怀的同时,增加网络文学的审美性。[③] 张燕、王赟姝则认为在改编过程中应考虑电影自带的戏剧构思与影像思维,以便实现两者之间更好的融合。两位作者提出在二度创作的过程中需要突出作品的主题价值,依据需求对故事情节进行调整,强化角色的性格并梳理出明确的人物关系。同时,要在尊重正能量、核心价值观的基础上对故事结局进行艺术处理。[④] 周平还创造性提出,设立专门平台以及引入独立版权经纪人制度的畅想。[⑤]

此外,有一批研究者围绕着改编的版权问题进行阐述和探究。马季立足网络文学的版权开发,从全产业链的角度探求发展路径。网络文学 IP 的优质孵化

---

① 路春艳、王占利:《互联网时代的跨媒介互动——谈网络文学的影视改编》,《艺术评论》2012 年第 5 期,第 71—74 页。

② 骆桂峰、张金艳:《论网络小说的影视改编发展新趋势》,《参花(上半月)》2013 年第 6 期,第 148—149 页。

③ 吉喆:《新媒体视野下网络文学影视改编的对策探析》,《文艺争鸣》2015 年第 2 期,第 196—199 页。

④ 张燕、王赟姝:《"互联网＋"语境下网络文学 IP 电影改编的创作思考》,《现代传播(中国传媒大学学报)》2017 年第 2 期,第 86—90 页。

⑤ 周平:《试论当下网络文学影视改编中的问题》,《大连海事大学学报(社会科学版)》2013 年第 3 期,第 97—100 页。

是整个知识产权综合开发的核心所在。如今对优质 IP 的套现行为是一种消耗优质 IP,甚至扼杀优质 IP 的行为。只有始终以网络文学内容的创新为核心,深入研究作品特点和用户心理,且各个环节达到高度统一,催生出成熟的 IP 共营合伙人制度,才能够更好地实现 IP 的孵化。① 高婷在《网络文学作品 IP 改编存在的版权问题及对策思考》中针对具体的版权问题提出了对策:认为面对二次创作的作品时,可以采用"二分法"的标准;未经授权的改编作品也应受到保护;以多种方法作为考量标准进行改编侵权的判定;在侵权救济上采用"许可费推定"的计算方法。② 鲁昱晖的《危机与突围:"网文剧"版权问题初探》从网文剧出发,极具启发性地提出规避版权开发风险的具体路径,包括完善司法救济、建立版权经纪人制度、明确署名权归属以及建立版权集体管理机制。③

二、电影改编研究梳理

网络小说是小说和网络技术融合的产物。然而,中国的网络小说并没有走西方"超文本"实验的道路,而是以商业化类型写作为主导,其文本的呈现方式和表达手法依旧遵循着传统文学的范式。因此,对于网络小说电影改编的研究还是需要回归传统改编理论的路径。实践推动下的改编研究一直都是电影研究中的热点内容。国内外众多学者都曾围绕改编理念进行多层次、多方面的研究和探讨。本书以此为基础,对改编历时性和共时性的认知发展进行梳理与归纳,以奠定电影改编研究的基础。

(一)电影改编的缘起与认知

电影从摆脱"活动照相"那个阶段起,便向戏剧或小说借取原料,电影改编也

---

① 马季:《IP 的实质:网络文学知识产权漫议》,《文艺争鸣》2016 年第 11 期,第 66—73 页。

② 高婷:《网络文学作品 IP 改编存在的版权问题及对策思考》,《中国出版》2018 年第 7 期,第 57—61 页。

③ 鲁昱晖:《危机与突围:"网文剧"版权问题初探》,《编辑之友》2016 年第 4 期,第 88—92 页。

就随之出现。①《改编的艺术：从文学到电影》一书对改编进行追根溯源,从电影的叙事性出发,指出在 1885—1903 年,虽存在一些叙事性电影,但其并不是以讲故事为主的媒介。其后,"公众的热情和对新型商业行业的需求促使电影成为最有影响力的叙事性媒介"②。而文学恰恰为电影的叙事性需求提供了可观的素材资源。1902 年,根据儒勒·凡尔纳和 H.G.威尔斯的同名小说改编的电影《月球旅行记》正式拉开了西方小说改编成电影的历史。西方电影实践的历史与电影改编的历史所差无几,中国也一样。1914 年,张石川将文明戏《黑籍冤魂》搬上银幕,自此,出现了一批由鸳鸯蝴蝶派文学作品改编成文明戏,再改编成电影的作品,如《空谷兰》《玉梨魂》等。

改编研究的第一步还是要回归到它的定义上。从广义上看,改编可以被解释为"根据原作进行的重新编写"。从定义中可以看到原作与改编作品为两类不同的存在,两者具有一定差异性以及改编者的适应性行为等概念内涵。然而,这一概念显然过于笼统。可适用的实践内容的广泛性以及实践经验的动态累积,使改编未能有一个明确、固定的概念,但研究者依旧可以从改编理论研究者们的论述和阐释中加深对改编定义的理解。

法国战后现代电影理论的一代宗师安德烈·巴赞以"非纯电影"来形容电影改编。美国电影理论家萨伊德·菲尔德认为,改编的定义是"通过变化或调整使之更合宜或适应的能力"③。美国电影理论家莫·贝加提出,改编是指一部要从另一种媒介取得素材的电影创作。④ 美国电影理论家罗伯特·斯塔姆则将电影改编视作批评的一种形式或对小说的解读,而非小说文本的下属或寄生虫。⑤ 法国理论家莫尼克·卡尔科-马赛尔、让娜-玛丽·克莱尔在其著作《电影与文学改

①　汪流：《电影编剧学》,中国传媒大学出版社 2009 年版,第 256 页。

②　[美]约翰·M.德斯蒙德、彼得·霍克斯著,李升升译：《改编的艺术：从文学到电影》,世界图书出版公司 2016 年版,第 17 页。

③　[美]萨伊德·菲尔德：《改编》,陈犀禾主编：《电影改编理论问题》,中国电影出版社 1988 年版,第 358 页。

④　[美]莫·贝加：《论改编》,陈犀禾主编：《电影改编理论问题》,中国电影出版社 1988 年版,第 317 页。

⑤　[美]罗伯特·斯塔姆、亚历桑德拉·雷恩格：《文学和电影：电影改编理论和实践指南》,北京大学出版社 2006 年版,第 8 页。

编》中表示,改编就是把一部文学作品搬上银幕或是把一部电影重新编撰成文学作品。①

而桑德斯则从改编的关键词入手,来加强对改编定义的理解。其在《改编与挪用》一书中总结了维多利亚时代使用的改编术语,同时结合自身的理解补充了能够替代改编的词汇,包括借用(borrowing)、偷用(stealing)、挪用(appropriating)、继承(inheriting)、吸收(assimilating)、受影响(being influenced)、受启发(inspired)、从属(dependent)、受惠(indebted)、嫁接(graft)、戏仿(parody)、诠释(interpretation)、模仿(imitation)、近似(proximation)、重写(rewriting)等等。

在中国,理论家们对改编术语的理解更多侧重于改编行为。譬如,王晓玉在《中国电影史纲》中将改编定义为:"遵循一定的电影形式规则,把文学的内容转移成电影的内容,从而形成有别于文学样式的电影作品。"②徐兆寿、刘京祥则认为:"电影改编文学,即指将文学文本转化成电影文本的过程。"③文学为电影提供文本的同时,也提供了经典的叙事模板。而王光祖在《影视艺术教程》中提及"所谓改编,其实就是把无声的文字构筑的意象世界,转换为由视听语言建构的动感时空"④,同时认为两者存在"延迟修复"和"不同的合作"关系。

另外,需要探讨改编可能性的问题。就文学与电影的改编研究而言,改编主体双方属于不同的艺术形式,在各个方面都存在着质的不同。这一点几乎在所有的改编研究中都可以看到。1956 年,美国电影理论家乔治·布鲁斯东出版了第一部改编理论专著《从小说到电影》。书中就小说和电影两种艺术形式做了较为详细的比较。他认为,小说是一种语言的艺术,而电影基本上是一种视觉的艺术。除此之外,两种艺术的主要程式,更受它们不同的起源、不同的观众(读者)、不同的生产方式以及检查机关对它们的不同要求的制约。⑤ 约翰·M. 德斯蒙

---

① 〔法〕莫尼克·卡尔科-马赛尔、让娜-玛丽·克莱尔著,刘芳译:《电影与文学改编》,文化艺术出版社 2005 年版,第 1 页。

② 王晓玉:《中国电影史纲》,上海古籍出版社 2003 年版,第 129 页。

③ 徐兆寿、刘京祥:《中国现当代文学电影改编概论》,中国社会科学出版社 2017 年版,第 175 页。

④ 王光祖:《影视艺术教程》,高等教育出版社 1992 年版,第 210 页。

⑤ 〔美〕乔治·布鲁斯东著,高骏千译:《从小说到电影》,中国电影出版社 1981 年版,第 2 页。

德、彼得·霍克斯更是将两者的差异性归纳为两种：其一，文学作品无论用文字描述得多么清晰，它始终是不确定和未指明的，电影用的是画面和听觉语言，却是确定和指明的；其二，文学是用单纯的文字形式来传递所表达的信息，电影则通过五种声道来传递信息。[①]

汪流教授在差异性的基础上，分析了文学改编的可能性。他认为，两者本是两门不同的艺术形式，它们在形象、思维和手段等方面都存在着质的差异。除此之外，两种艺术之间还存在着一些相通的地方，如在文艺上的某些基本特征和基本规律，以及美学特征和表现手段。这就是它们可以互相转化的基础。[②] 此外，他还具体归纳了两者能够实现转化的几个共同点，包括：双方都是以具体形象反映生活；电影汲取了文学艺术的基本特征；电影艺术的发展拓展了改编的可能性以及两者都属于时间的艺术。

(二)"忠实与创造"相峙下的改编理念

忠实与创造问题是在改编实践中派生出来的，同时也是改编研究中极具争议且无可避免的话题。前者强调的是努力把握作者的本义，并严格遵守这种本义；后者强调的是把握作者的本义之后，并不局限于作者的本义。[③] 忠实与创造，衍生出与之对应的两种改编理念。安德烈·巴赞、布莱松、齐格弗里德·克拉考尔等都是强调忠实改编观的理论家。布莱松认为："一部真正伟大的小说的实质是不能够从体现它的文字中提取出来的，忠实于原著就应该忠于它的文字。"[④]安德烈·巴赞则在《非纯电影辩——为改编辩护》一文中，表达了他对改编的基本看法，认为小说较之电影更为先进，能够给电影带来希望的改编方式是"力图至少做到不再是仅从原书中取材，任意改编，而是把原著如实转现到

① ［美］约翰·M.德斯蒙德、彼得·霍克斯著，李升升译：《改编的艺术：从文学到电影》，世界图书出版公司 2016 年版，第 46,49 页。

② 汪流：《电影编剧学》，中国传媒大学出版社 2009 年版，第 367 页。

③ 陈犀禾：《论改编》，陈犀禾主编：《电影改编理论问题》，中国电影出版社 1988 年版，第 9 页。

④ 陈犀禾：《论改编》，陈犀禾主编：《电影改编理论问题》，中国电影出版社 1988 年版，第 1—2 页。

银幕上"①。

在中国,夏衍是这一理念的拥护者。在《杂谈改编》《漫谈改编》《谈〈林家铺子〉的改编》等论著中都可以看到他对忠实于原著的强调。在忠实改编的态度上,夏衍还是保留了一定的商榷空间。首先,他提出改编增删的问题应该根据原著的性质不同而有所区分。若改编的原著是经典著作,那改编者无论如何得力求忠实于原著,即使是细节的增删、改作,也不该越界以至于损伤原著的主题思想和它们的独特风格;若改编的原著是神话、民间传说和所谓的"稗官野史",那改编者在这方面就可以有更大的增删和改作的自由。② 其次,他的改编理念中存在创造的部分。譬如,他在《对改编问题答客问:在改编训练班的讲话》中提出了对原著去芜存菁的观点。他在《写电影剧本的几个问题》中提出,改编者拥有不同于前人的世界观,改编前人的作品,应该力图通过阶级分析、用历史唯物论的方法使改编后影片的思想性能够有所提高……仍然按前人的世界观去改,那就没有改编之必要了。③

而强调创造的理论观点可以追溯到巴拉兹·贝拉的《艺术形式和素材》。他认为两种作品的题材、故事虽然相同,但内容却不一样。"正是这种不同的内容才适合于因改编而变更了的形式。"④由此,原作仅仅被看作未加工的素材,不需要在意它原有的形式。他的自由型改编理论影响了乔治·布鲁斯东、杰·瓦格纳、萨伊德·菲尔德等一批西方研究者。美国电影理论家萨伊德·菲尔德认为,原著提供了电影的材料来源,忠实的改编是没有必要的,并且提出"什么是最好的改编艺术？不要绝对忠实于原著"⑤。而乔治·布鲁斯东认为,忠实的改编是不可能的。他在两种艺术形式差异性的基础上,对忠实原著的标准提出了质疑。他认为两者具有本质上不同的特征,各自存在独立性以及不可对比性。同时,他认为

① [法]安德烈·巴赞:《非纯电影辩——为改编辩护》,陈犀禾主编:《电影改编理论问题》,中国电影出版社 1988 年版,第 258 页。

② 夏衍:《杂谈改编》,中国电影 1958 年第 1 期,第 11—14 页。

③ 夏衍:《写电影剧本的几个问题》,中国电影出版社 1978 年版,第 105 页。

④ [匈]巴拉兹·贝拉:《艺术形式和素材》,陈犀禾主编:《电影改编理论问题》,中国电影出版社 1988 年版,第 148 页。

⑤ [美]萨伊德·菲尔德:《改编》,陈犀禾主编:《电影改编理论问题》,中国电影出版社 1988 年版,第 370 页。

从人们抛弃语言手段而采用视觉手段的那一分钟起,变化就是不可避免的①,并且表示小说的最终产品和电影的最终产品代表着两种不同的美学种类,说某部影片比某本小说好或者坏是毫无意义的。它们归根结底各自都是独立的,都有着各自的独特性。②

在中国,"忠于原著"的观念在很长一段时间内都是改编理论中的主流。进入 20 世纪 80 年代中期,主张电影改编应发挥导演主观创造能力的电影人开始重新审视改编原则。③ 理论界开始就电影改编的忠实与创造问题展开争论。大量的研究者认为,电影改编是对原著的一次"再创造",以此来强调电影改编的独立性,强调改编者的自由性。譬如,陆柱国认为:"改编也是创作,但它是在原著基础上进行的创作。……和创作一样,再创作也是没有一定之规的。"④姚馨丙在《忠实与创造:电影改编的原则》中表示,电影改编虽然是以原著为蓝本,但更为重要的是在此基础上进行了艺术再创造。它具有独立的品格和特殊的美学价值。⑤ 又如,王纪人在《忠实与创造》中提出"改编不是依样画葫芦,而是艺术再创造"⑥;周斌在《论新中国的电影改编》中指出,"改编也是一种创造,成功的改编并非是一件轻而易举的事情……成功的改编作品也和原创作品一样,具有长久的美学生命力"⑦;等等。

在此基础之上,忠实作为改编电影评价标准的讨论也随之出现。章明在《猜测电影创作的本质——对电影改编原则的不同看法》一文中指出:"以'不忠实'的理由否定一部电影作品,是无视电影创作的特殊性和电影创作者主体意识的

---

① [美]乔治·布鲁斯东著,高骏千译:《从小说到电影》,中国电影出版社 1981 年版,第 5 页。

② [美]乔治·布鲁斯东著,高骏千译:《从小说到电影》,中国电影出版社 1981 年版,第 5—6 页。

③ 徐兆寿、刘京祥:《中国现当代文学电影改编概论》,中国社会科学出版社 2017 年版,第 182 页。

④ 陆柱国:《再创作》,《电影艺术》1983 年第 8 期,第 1 页。

⑤ 姚馨丙:《忠实与创造:电影改编的原则》,《南通师专学报(社会科学版)》1992 年第 1 期,第 43—47 页。

⑥ 王纪人:《忠实与创造》,《上海戏剧》1995 年第 3 期,第 8 页。

⑦ 周斌:《论新中国的电影改编》,《当代电影》2009 年第 9 期,第 71 页。

粗暴教条行为。"①李欧梵在其著作《不必然的对等——文学改编电影》中表示,反对将忠实于原著作为传统理论家最常用的尺度。② 章颜提出:忠实依旧是改编讨论中的关键词……忠实性可能与某种程度的重复有关,而差异性则可能正是创造之所在。在讨论改编成功与否时,他认为不要用早期的"忠实性"作为评判标准,而是关注"传递创造的能量"或具体的对话式交流。③

陈犀禾教授在《电影改编理论问题》一书的代序中,谈及了忠实和创造的问题,并指出忠实是相对的概念。④ 改编作品是改编者用另一种方式对被改编文本加以"重写"。它一方面受到意识先于结构的影响,另一方面受到改编者主观成见的影响。在此影响之下,改编作品必然不同于原著。因此,即使改编者努力去追求"忠实",其结果仍旧是相对的。

(三)改编方式的更迭与嬗变

在围绕忠实与创造的讨论中,改编方式的基本雏形已然显现。改编方式的归纳和研究为电影改编实践提供了参考的基础。尽管理论家们拥有不同的表述和形容,但基本都围绕着原著和改编作品的对应程度展开。因此,其框架大同小异,即忠实性改编、自由性改编或介于两者之间的"三分法"。

譬如,安德烈·巴赞把电影的改编方式分为三类:第一类原著的完整性无足轻重,改编作品与原著相差甚远;第二类在表现原著人物与情节的基础上,进一步体现原著的气氛或诗意;第三类则逐页逐篇移植原著。⑤ 莫·贝加在《论改编》一文中以原著与改编电影的关系为基础,提出了两种基本方法:第一种是将保持原著的完整性放在首位;第二种则是站在改编作品的完整性上,认为可以对原著

---

① 章明:《猜测电影创作的本质——对电影改编原则的不同看法》,《电影艺术》1988 年第 12 期,第 44 页。

② 李欧梵:《不必然的对等——文学改编电影》,人民文学出版社 2017 年版,第 2 页。

③ 章颜:《文学与电影改编研究》,社会科学文献出版社 2018 年版,第 13—14 页。

④ 陈犀禾:《论改编》,陈犀禾主编:《电影改编理论问题》,中国电影出版社 1988 年版,第 12 页。

⑤ [法]安德烈·巴赞:《非纯电影辩——为改编辩护》,陈犀禾主编:《电影改编理论问题》,中国电影出版社 1988 年版,第 244—260 页。

进行自由处理。① 克莱·派克同样以此为基准，将改编划分为具体的三种方式：严格地将原著文本转化为电影语言；在保持原著文本核心的基础上进行重新诠释；仅仅将原著作为素材或起始。② 此外，根据原著故事元素保留、舍弃的程度，约翰·M.德斯蒙德、彼得·霍克斯在《改编的艺术：从文学到电影》一书中归纳出了"紧密型""松散型""居中型"这三种文学与改编的一般关系，以此来替代忠实度的描述。同时，书中创造性地归纳出三种使短篇小说适应故事片长度的转化方式，即集中策略、交织策略和出发点策略。③

　　而杰·瓦格纳以相关案例为例证，在巴拉兹·贝拉的理论之上归纳了三种改编方式："移植式"即经由很少的改动，将原著再现；"注释式"即将原著的某些方面进行改动，改编重点情节或重新设置结构；"近似式"即用近似的观念和修辞技巧对原著进行改编，它必须与原著有相当大的距离，以便构成新的艺术作品。④这一划分对电影改编的实践和研究都产生了一定的影响。桑地在《电影改编与审美转换》一文中，对杰·瓦格纳的三种改编方式进行了更为详细的分解，罗列出平行移植、扩充、合并、节选、浓缩、借势、造境、跨国界改编等八种改编方法。其中，借势是指原著不宜直接改编，因此将原著作为一个起始点进行重新创作。造境是指导演重新创造一个环境将原著的人物情节放置其中。文中他更提出改编方法的划分是相对的，在实际操作中并不是完全孤立的，往往几种方法交织在一起。这些方法的划分着重在技术层面，而改编更重要的是对文学精神的转换。⑤ 同样，在杰·瓦格纳理论之上进行扩展的还有汪流。汪流在此基础之上划分了六种改编方式：移植、节选、浓缩、取意、变通取意、复合。移植是指将容量相近的中篇小说改编成电影，大体可以直接挪移。节选是指选取较为完整的段落进行改编，一般为长篇小说。浓缩是指针对篇幅较长、内容较复杂的原著，将其

---

　　① ［美］莫·贝加：《论改编》，陈犀禾主编：《电影改编理论问题》，中国电影出版社 1988 年版，第 316—320 页。

　　② ［英］克莱·派克：《电影和文学》，陈犀禾主编：《电影改编理论问题》，中国电影出版社 1988 年版，第 155—167 页。

　　③ ［美］约翰·M.德斯蒙德、彼得·霍克斯著，李升升译：《改编的艺术：从文学到电影》，世界图书出版公司 2016 年版，第 179 页。

　　④ ［美］杰·瓦格纳：《改编的三种方式》，《世界电影》1982 年第 1 期，第 31—44 页。

　　⑤ 桑地：《电影改编与审美转换》，《电影艺术》2000 年第 6 期，第 75 页。

化繁为简。取意是指从原著中得到启示,重新构思,但仍保留原著中的人物和情景。变通取意多用于世界名著的本土化,此类改编作品绝少忠实于原著的思想。复合则是将两部作品合二为一,用来表达某种设想。与此同时,汪流特别归结了中国电影改编的三种方式:忠实于原著精神基础上的创造,忠实原著文字语言的改编,最不忠实于原著的改编。[①] 这个角度与赵凤翔、房莉在《名著的影视改编》一书中提出的三种改编方式相似,即对原著情节内容的忠实展现,对原著精神的传达,对原著精神的重新诠释。

---

① 汪流:《电影编剧学》,中国传媒大学出版社 2009 年版,第 271—272 页。

1

第一章
IP 与 IP 价值转化

一、"IP"词义一般阐释

在一般英文语境中,"IP"通常指代互联网协议,是 Internet Protocol 的缩写。而近年来,"IP"衍生出基于"Intellectual Property"(知识所有权)含义的理解,尤其是在文化创意行业当中。有学者指出这样的用法其实是对 IP 一词基本义的一种误用。然而,词义虽然具有相对稳定性,但在不同环境、历史的影响下,还是会发生一定的变化。而 IP 的这种词义运用上的变化,与其说是一种误用,倒不如说是一种当下的本地化赋义。知识所有权词义的出现是基于文创产业的蓬勃发展,它的出现也印证着其所蕴含的版权价值已被业界与学界看到。当下,文创产业针对 IP 的研究和分析是以"知识所有权"为基本义而展开的。作为新兴赋义,IP 词义存在着广义上和狭义上的阐述。

(一)广义上的 IP 词义阐述

广义上的词义阐述,即对词汇基本义的扩充和泛化。IP 词义的广义阐述主要以"知识所有权"的一般概念为基础,体现为超出一般法律层面对版权概念的理解。

其一,IP 存在着眼于自身携带的影响力与转化潜力,因而模糊传统法律的版权概念的理解。判断是否为 IP 的标准不再是版权,而是影响力和转化力。凡是具备内在的核心价值,拥有广泛的受众群和社会影响力的媒介内容,都可以成为在文化市场上流通的 IP 资源。[①] 这样,一方面,大大扩充了 IP 所涵盖的内容,强

---

① 　蔡骐:《媒介融合时代的电视媒体转型之路——以湖南广电的新媒体转型为例》,《现代传播(中国传媒大学学报)》2015 年第 11 期,第 126 页。

调 IP 载体的多样性。IP 可以是一首歌、一个故事、一个人物形象、一个游戏甚至一个名字或一个短词。另一方面,将不可改编内容也纳入 IP 指代的行列当中。①学者郑璇玉、博晶华认为,IP 可以指代具有市场吸引力,拥有可扩大利用的价值潜力的智力成果,且包括一些非内容 IP,如精心包装的明星形象、知名作家计划写作但尚未问世的作品等。②

其二,将 IP 视作模式的理解,超出了具体内容的特定指代。场景实验室创始人吴声认为,在如今信息过剩而注意力稀缺的时代,IP 成为新的连接符号和话语体系。其不仅存在于"泛娱乐"表达,还成为新商业模式进阶和组成要素、不同行业基于互联网的连接方法。③ 2011 年 7 月 8 日,腾讯在中国动画电影发展高峰论坛上提出了"泛娱乐"的概念,其核心就是 IP。此时的 IP 已经被指代为一种多领域、跨平台的商业模式。随着一系列旅游 IP、文创 IP、偶像 IP 的出现,IP 逐渐变成一种商业模式的代名词。学者万江在《IP 电影热潮下的冷思考》中指出,随着互联网公司、影视公司从视频播放、影视制作与发行、电子商务等多个方面进行合作开发,IP 也可以指一种运营方式。④

(二)狭义上的 IP 词义阐述

狭义上的词义阐述,即对词汇基本义的缩小或特殊指代。IP 词义的狭义阐述主要受到阐释者自身研究侧重点和研究角度的影响,因而表现出对 IP 描述的具体化和特殊化。

其一,借助已有概念对 IP 进行阐释。IP 是学界研究领域中的热点。研究中,阐释者会选择以 IP 某方面特性为标准,去寻找既有概念进行匹配,以推动对 IP 的进一步具象化理解。其中,常用的辅助概念包含文本的跨媒介叙事、"高概念"电影以及好莱坞版权开发的商业模式等。

其二,从具体化、特殊化的角度对 IP 进行理解。譬如从市场角度出发,腾讯

① 周笑:《影视 IP 热卖的产业经济学解读》,《视听界》2015 年第 6 期,第 20 页。
② 郑璇玉、博晶华:《"IP 热"与影视剧本原创危机的法律解读》,《长江文艺评论》2016 年第 2 期,第 115—122 页。
③ 吴声:《超级 IP:互联网新物种方法论》,中信出版集团 2017 年版,第 1—2 页。
④ 万江:《IP 电影热潮下的冷思考》,《当代文坛》2016 年第 5 期,第 146—150 页。

集团原副总裁程武认为,IP实质是经过市场验证的,并提出"用户情感共鸣"是这个概念里的核心元素。① 学者蔡海波认为,IP概念提出是投资者基于市场考虑的急迫投资心态的反应。② 著名制片人王旭东在学术交流中,区分了传统改编与当下的IP改编。传统改编更多的还是在创作意义上,而当下的IP改编更多的还是聚焦于市场层面上。同时他还从媒介的角度出发,认为现在大多数IP的概念是在网络环境中发酵出来的,可以称为"网生代IP"。③ 北京大学副教授邵燕君认为,IP本质上是跨界。所谓的IP必须能够跨越本身的媒介圈,进入各种其他媒介圈。④ 学者王雨昊、姜娜提出,IP概念的诞生与全媒体时代的到来息息相关,媒体边界的日益模糊为跨界提供了可能,传播渠道的完善使优质内容的价值被进一步释放。如今传媒产业命题已由渠道稀缺朝内容稀缺转变。⑤ 此外,清华大学教授尹鸿等强调IP的特殊性,认为在理解IP的时候,不能忽视前面隐含的修饰词,即"有影响力""有价值",并且指出IP的文本价值体现其具备一定的文化规律性,IP的市场价值说明其背后的用户群体以及累积的市场认知和消费需求。⑥

二、重释IP

词汇的词义在广义和狭义上的阐述是词义探索和变化过程中的正常形态。就目前来看,IP的本地化赋义还没有达到一个稳定的状态。业界和学界依旧围

---

① 程武、李清《IP电影热潮的背后与泛娱乐思维下的未来》,《当代电影》2015年第9期,第18页。

② 蔡海波:《商业化与青年化:国产IP电影创作理念探析》,《今传媒》2017年第8期,第101—102页。

③ 尹鸿、王旭东、陈洪伟:《IP转换兴起的原因、现状及未来发展趋势》,《当代电影》2015年第9期,第22—29页。

④ 邵燕君:《IP时代的网络文学》,《现代视听》2017年第12期,第35页。

⑤ 王雨昊、姜娜:《全媒体视角下的国产电影"IP"现象分析》,《戏剧之家》2016年第5期,第151—152页。

⑥ 尹鸿、王旭东、陈洪伟:《IP转换兴起的原因、现状及未来发展趋势》,《当代电影》2015年第9期,第22—29页。

绕着 IP 词义进行探索。然而，IP 作为研究对象，在进入具体内容的讨论前，还是需要对 IP 的定义进行明确的阐释。因此，回归 IP 词义的本身，在现有研究的基础之上，提取时下 IP 内容的特殊属性，借此一方面明确研究对象，另一方面试着为 IP 提供新的词义阐释。

网络媒介以其超高的普及率和覆盖面，渗透到大众的日常生活中。无论是从发布者层面，还是从接受者层面来看，网络媒介在不断孕育新型社会景观，且这种现象日渐常态化。立足当下，IP 概念的阐释无法脱离网络媒介。那些被大众所熟知的文本，大多生成于互联网。即便不是原生于互联网中的文本，也依旧会选择互联网作为传播媒介，由此与互联网产生联结，以承其之势。时下 IP 最为鲜明的特征就是其所处的媒介环境。这些文本大体都拥有互联网基因，依托网络媒介来获得自身文本的影响力和转化价值。由此，IP 的知识所有权含义，又与互联网协议的 IP 词义产生了一定的关联，进而出现了一个复合双 IP 的含义。可以说互联网是孕育时下 IP 文本的母体。而 IP 也自然可以被理解为"以互联网为媒介的创意文本"。

（一）互联网背景下的 IP 属性

回归到 IP 的原始词义，即作为"知识所有权"的含义。IP 的原始词义是一个一般化的概念，主要从法律权限的角度入手，用以指代所有人对其智力劳动所创造的文本所享有的专用权。如若简单将 IP 概念作为一个囊括所有可供开发的知识产权来进行理解，那 IP 仅是一个统称的词汇，这显然忽视了 IP 出现的特殊性和其自身的独特性。而这些 IP 所具备的特殊性和独特性，恰好是将其与一般文本区分开，进而对 IP 进行持续探讨和研究的基础。因此，以下将基于具体 IP 实例，参考和借鉴已有的阐释，就 IP 自身特征和属性进行归纳与理解。

1. IP 的众筹性

网络媒介的出现，大大激发了受众的能动性。在信息生产方面，网络媒介降低了参与的门槛，受众可以利用虚拟社区、平台、网页等多种渠道发布自己的创作内容。在信息接收方面，较传统媒介而言，受众接收信息的方式更加多样化，接收信息的广度和深度也均有所提高。在信息主体的交互方面，网络打破了信息传递双方的屏障，让信息的发布者和接受者，以及接受者之间可以直接交流。

正是基于此,IP 继承了互联网的媒介优势,先天与受众有着亲密的接触,由此,也为 IP 众筹性的生成提供了可能。

存在于网络媒介中的文本内容,作为信息被传送到互联网社区当中。文本生成和传播的同时也伴随着受众对文本的筛选。在这个匹配和筛选的过程中显现出鲜明的众筹性:其一,众筹文本。在文本生成过程中,受众会通过各种方式来表达自我的选择、态度和评价,而这些反馈可能会成为影响文本创作者创作的因素。其二,众筹情感。受众伴随着文本的生成,与文本产生了情感上的羁绊。其三,众筹用户。伴随着文本的创作和传播,文本的受众开始慢慢汇聚,而这群用户将可能成为铁杆用户。[①] 众筹性是推动文本与受众之间联结、产生强吸附力的主要因素。在网络生成的文本中,众筹性显得尤为明显,一直贯穿在文本生成和传播的整个过程中。

2. IP 文本的开放性

艾柯的"开放的作品"、巴特的"作者式文本与读者式文本"、费斯克的"生产者式文本",都曾提及文本的开放性。文本完成构建后,从创作的场域进入接受的场域,此时的文本不再封闭,且拥有了自身的独立性。接受者也作为主体构成的一部分,加入文本的意义场中。接受者对作品的欣赏和诠释成为文本构成的一部分。然而,这些阐释建立在文本的意义上,并没有打破创作的封闭性,与 IP文本的开放性存在一定的差异。

在传统意义上,创作阶段文本的构成主体是作者,文本处在一个相对封闭的环境中,且保留着一定的完整性。而 IP 文本在文本的创作阶段,就已经具备开放性特征。承接 IP 的众筹性,IP 文本对接受者的开放,不仅仅存在于文本完成之后,还贯穿于文本的传播中。接受者们可以在原文本的生成过程中,通过评论、点赞、分享,甚至再创作来表达、交流各自的看法。而这些看法会在一定程度上影响到原文本的作者。封闭的创作环境被这个处于表达和接受、互动和参与的循环交互过程所打破,它让文本获得一定开放性的同时,也增加了文本与受众、受众与受众、受众与作者之间的交流、碰撞。

---

① 尹鸿:《新媒介环境下的文艺评论》,2018 年首届全国文艺评论新媒体骨干培训班上的讲话。

3. IP 用户的特殊性

网络媒介让用户具有可识别性。传统用户长期处于一个隐匿的状态。当文本投放到市场当中，我们只能大致了解文本的销售量，即使通过信件、采访等方式追溯到用户群，还是很难获取一个完整的反馈信息。对 IP 文本的用户而言，其在网络平台中的行动、态度以及围绕文本的互动行为都会被大数据所记录。如此一来，不仅可以了解 IP 文本用户的态度和想法，还可以对用户群进行画像。通过这些来了解 IP 文本用户的构成，包括年龄、学历、性别、地区等信息。同时，这种用户可识别性还让用户的群体性得到直观化呈现。

此外，IP 概念下的文本用户通常是极具规模性的。通常 IP 文本的用户数量越多，IP 文本的影响力和普及度就越大，IP 文本的潜在商业价值也就越强。当然，这里所提及的规模性并不是绝对的，它具有两重含义。从广义上来看，规模性强调文本背后拥有绝对数量的用户群体。然而，文本题材有大小众之分，不同的文本题材所拥有的天然受众不尽相同。因此，从狭义上来看，规模性还是框定在特定人群概念下的数量指代。

4. IP 的商业性

IP 的商业性主要建立在 IP 的用户上。在 IP 开发初期，资本方挑选文本所看中的就是内容背后庞大的用户群体和用户黏性。商业性是推动 IP 文本进行改编的主要动力，同时也是区别于传统改编的重要因素。相较于传统改编对文本价值的考量，如今的 IP 开发则将更多的目光投向文本的市场价值。

文创产品的开发通常伴随着高收益性和高风险性，以至于资本不敢轻易投入。而 IP 的商业性是 IP 吸引资本投入的重要因素。大卫·赫斯蒙德夫指出，文创产业的特征是风险高、生产成本高但再制成本低，所以要将消费者数量极大化来获得最高利润，借此弥补因为消费者喜好反复无常所带来的失败。对 IP 开发而言，延伸产品收获了原文本所带来的忠实的用户群体，通过掌握这群用户可以预估项目的收益底线，大大降低项目的开发风险。而且在项目的创作和传播中，这群用户还会成为最积极、最有力的推动者。与此同时，在数字化的空间中，每个内容都拥有可供资本方参考的实际数据。这些大数据为资本方提供了直接、可观的预估市场，也为 IP 内容的资本涌入、大量开发推波助澜。

(二)IP 价值的转化

1. IP 价值转化定义

市场性推动下的 IP 改编,无法脱离对价值转化的探讨。尹鸿教授认为,IP 改编的成功取决于两个因素:一个是原 IP 的文本价值,说明原文本具有一定的文化规律性;另一个是 IP 在积累了一定市场认知和消费需求下的市场价值。[①] IP 在创作的过程中生成文本,并通过文本吸引粉丝用户。当文本累积了一定数量的粉丝用户后,就被赋予了一定的 IP 价值。IP 内容的文本价值和市场价值,共同构成了 IP 价值转化的基础。

IP 价值的转化指通过另外一个文本,原 IP 所累积的价值得以实现。原文本经由跨界在其他媒介圈获得价值实现。这个过程中产生文本跨界的意义,同时原文本被冠以 IP 的概念。IP 本质上是跨界。一个故事或者一篇网文若只能在网络文学媒介圈的内部卖出去,这不叫 IP。[②] 从这个角度来看,无法实现价值转化的文本,即使在原媒介圈拥有庞大的用户群体,也无法被称为 IP。相对应地,IP 的价值不在于拥有版权,而在于能够将拥有的版权价值在其他领域实现转化。此外,需要强调的是,IP 价值的转化并不是完全对等的。IP 文本内容不同程度的兼容性、不同文本的媒介特性、新文本的呈现方式和效果、不确定的原用户态度等,都会对价值转化造成影响,由此价值转化的结果会出现价值增长或削减的情况。

2. IP 价值转化条件

实现 IP 价值的转化是有条件的。IP 文本的跨媒介转化存在媒介兼容性的问题。而 IP 项目的媒介兼容性是实现文本转化的必要条件,同时也是在转化阶段衡量 IP 价值的重要指标之一。在转化中需要找到一个最大公约数,不同文化部落、不同媒介之间的跨界,也要找到一些转换渠道。[③]

---

① 尹鸿、王旭东、陈洪伟:《IP 转换兴起的原因、现状及未来发展趋势》,《当代电影》2015年第 9 期,第 24 页。

② 邵燕君:《IP 时代的网络文学》,《现代视听》2017 年第 12 期,第 35 页。

③ 邵燕君:《IP 时代的网络文学》,《现代视听》2017 年第 12 期,第 35 页。

原文本内容对于不同媒介兼容的数量以及大小，决定其所能转换的领域数量以及难易程度。对于 IP 文本的媒介兼容性，需要认识到以下两个方面：一方面，不同类型的原文本，先天就具有不同的媒介兼容性。一般来说，影视、动漫、小说等具有故事情节的文本，相较于没有明显故事情节的文本，其开发的难度要低。当然，同类型的不同文本也存在兼容性的差异。以网络小说为例，相较于都市言情文本，显然玄幻、仙侠系列文本的媒介兼容性更高，能转化的领域包括主题景点、游戏、手办等，但都市言情在影视开发上更占优势。另一方面，媒介兼容性还体现在 IP 文本的主流化程度。互联网以其开放性、自由性、包容性成为文化狂欢的聚集地，主流文化与非主流文化、传统文化与现代文化等都能在其中找到。因此，诞生于互联网的 IP 文本自然也成为各种文化的载体。在跨媒介转化过程中，面对较主流的媒介时，原文本需要进行一定的适应性转化，来使文本进入一个相对主流化的环境中。因为原文本的主流化程度各不相同。

三、网络小说 IP

IP 文本的来源是多样化的。就影视行业而言，动漫、文学、游戏等都可以成为开发的原始文本。但不同的文本类型进行 IP 转化是存在一定差异的。在众多的文本类型中，网络小说更具有代表性和特殊性，因而本书选择以网络小说 IP 改编作为 IP 价值转化的代表进行探究和论述。

(一)网络小说 IP 的代表性和特殊性

网络小说 IP 的代表性和特殊性是选择其作为研究对象的主要原因。代表性是选择研究对象的基础，具体表现为网络小说文本的生成环境、过程以及其用户的特征都充分符合定义下的 IP 属性。而特殊性则是选择研究对象的标准。在众多 IP 文本中，网络小说文本发展较为成熟，且具备充足研究案例。

其一，网络小说 IP 的代表性。在文本生成和传播的过程中，网络小说体现出明显的 IP 属性。首先，在创作阶段，网络小说文本充分借助网络媒介的特殊性和功能性，使其文本呈现出部分开放以及众筹的特点。传统文本中创作和接受的分层状态，以及创作者和接受者身份的明确界定，在网络小说中呈现出一个模糊化的状态。文本的创作者并不一定是传统意义上的专业作家,甚至可能没有明确的创作者。它们可能是出自某个匿名或化名的网民之手,也可能是由许多彼此并不相识的网络漫游者共同完成的。① 其次,网络所提供的便捷渠道,创造了接受者跨入创作空间的可能,推动了文本主体间的互动。他们可以通过多样化的方式来表达自己对于文本内容的态度和意见,从而影响文本的创作走向。这样的文本生成是在双方的交流互动中进行的,具有鲜明的众筹性。

此外,不同于传统的文本阅读模式,网络让原本单一的文本阅读变成一种互动体验。由此,用户的消费者身份也发生了转变。网文平台提供的多类型反馈设置和层级机制、虚拟社群中成员间自发的线上讨论和线下聚会,以及各种官方策划的邀请活动所共同构成的互动内容是传统文本阅读所不曾有过的。且从目前来看,网络文本更呈现出向用户打开 IP 产业端口的趋势。这样的互动范围甚至开始往下游扩展。譬如,阿里影业接下《三生三世十里桃花》的项目后,通过线下调研、书迷访谈以及网络投票等各种形式收集用户的意愿,用户甚至有机会参与到主创的选择中。

如此一来,多端口、多方位的互动模式,在推动用户参与的同时,形成了文本与用户间更强的情感连接,让网络小说拥有了一批具有一定规模并且可识别的用户群体。网络小说背后杂糅着用户群体的情感、智慧以及喜好。用户不仅是接受者,更显现出部分意义上的"产消者"特征。IP 属性由此可见。

其二,网络小说 IP 的特殊性。网络小说在众多 IP 来源中,具有一定的特殊性。其所具有的特殊性决定了网络小说 IP 是当下文本中最适合的研究对象。首先,网络小说发展成熟,规模庞大,在众多 IP 类型中具有一定的影响力。根据《2018 年中国文化 IP 产业发展报告》对 IP 原文本类型的调查,在众多类型中,最热门的原文本来自文学/网络文学、漫画和表情包。其中文学/网络文学的发展较为成熟。同时,根据《第 47 次中国互联网络发展状况统计报告》,截至 2020 年12 月,中国的网络文学累积了相当规模的用户群体,其数量达 4.60 亿人,占网民总体的 46.5%。其次,网络小说 IP 类型丰富,改编数量较多,为 IP 研究领域提供了丰富的实践经验和研究案例。网络小说文本是故事类文本的代表之一,且

---

① 　欧阳友权:《网络文学概论》,北京大学出版社 2008 年版,第 8 页。

拥有丰富的题材类型，非常适合进行影视项目开发。同时，其具有较多的开发实例，且存在相当数量的代表作品。

(二)网络小说 IP 改编的研究意义

对大范围内单个文本类型的研究，其所体现出来的研究意义一般有两个方面，包括对单个文本类型的意义，以及对大范围内其他子类型的意义。相对应地，选取网络小说 IP 作为 IP 文本的研究对象，也同样具备这两方面的研究意义。一方面，基于网络小说文本改编之上的研究，最直观的意义就是对于同类型 IP 改编实践的参考，包括对于网络小说文本生成、转化机制的理解；持续的跨媒介实践中，给予文本转化以及商业转化的参考；为整个靠网络小说文本构建起来的产业链提供一定的思考。另一方面，这个研究同时也是一个从特殊到一般的过程。它试图从网络小说 IP 转化的研究案例中寻找契合点，为 IP 转化提供一定的参考依据。网络小说其实是目前 IP 内容最重要的来源之一。依托自身的文本特性和媒介优势，再凭借高影响力和高兼容性，网络小说与其他媒介之间产生跨界关系。而网络小说的开发优势并不是其所特有的。它与其他文本类型之间或多或少存在着一定的相似性，譬如各文本类型所诞生的媒介环境。它们都拥有着互联网所给予的先天优势，以及具备一定的 IP 属性等。而这些彼此间的相似性，让特殊对象的研究成果得以实现一般化。

(三)网络小说 IP 与电影媒介

1. 网络小说 IP 电影改编梳理

回溯过往，20 余年网络小说电影改编的历史，呈现明显的阶段性特征。归纳梳理下，大致可分为三个阶段。

第一阶段，网络小说电影改编的探索期(2001—2009)。

2001 年，由金国钊执导，陈小春、舒淇、张震联袂出演的《第一次的亲密接触》被搬上大银幕。电影改编自台湾成功大学水利研究所博士研究生蔡智恒(痞子蔡)于 1998 年在 BBS 上连载的同名小说。这部作品被称为"网络小说开山之作"，受到大量网友的喜爱。其线下出版的纸质小说，在中国累计热销近 200 万册。虽然电影并没有收获同线下小说一般的成绩，但也正式拉开了网络小说电影改编的序幕。而后8年,虽也有不少网络小说改编成电影,如《谈谈心恋恋爱》(2006)、《意乱情迷》(2007)、《请将我遗忘》(2007)、《PK. COM. CN》(2008)、《恋爱前规则》(2009)、《午夜出租车》(2009)等,但未出现产生较大影响力的电影作品。

　　第二阶段,网络小说电影改编的爆发期(2010—2017)。

　　2010年,网络小说的影视改编出现了前所未有的"井喷"状态。就电影市场来看,有两部经网络小说改编的电影作品值得一提:《杜拉拉升职记》(2010)与《山楂树之恋》(2010)。由徐静蕾自导自演的《杜拉拉升职记》,讲述了一个职场背景下的爱情故事。精准定位目标市场、成功配合的宣发模式让影片轻松收获破亿票房。而《山楂树之恋》则是张艺谋以艾米同名小说为蓝本所创作的电影作品。影片所呈现的静秋与老三质朴而感人的爱情故事,收获了无数观众的好评。最终,电影以1.45亿元票房刷新了中国文艺片的票房纪录。新人演员周冬雨、窦骁更是凭借此片一举成名。两部不同背景、不同氛围的爱情电影带动了网络小说IP的改编热潮。次年,一部耗资不足千万的小成本电影《失恋33天》进入了大众视野。该片打败了同档期的引进大片《丁丁历险记》《钢甲铁拳》《惊天战神》,最终以3.5亿元票房完美收官。一时间,业界聚焦网络小说IP的潜在市场属性,敏锐地发现网络小说文本的版权价值,并将其冠以"IP"一词。自此,电影改编逐渐成为网络小说文本版权拓展的一个重要领域。

　　2012年,由陈凯歌执导,改编自网络小说《请你原谅我》的现实题材电影《搜索》正式上映。原作《请你原谅我》以网络暴力为主题,是首部入围"鲁迅文学奖"的网络文学作品。2013年,由辛夷坞同名小说改编的电影《致我们终将逝去的青春》上映。影片最终以7.26亿元的票房占据2013年中国电影票房总榜第三名。一时间,怀旧、校园、青春、爱情的主题开始流行,随之带来了一批根据网络小说改编的青春爱情题材电影,并且都收获了不错的票房成绩。《匆匆那年》(2014)、《左耳》(2014)、《何以笙箫默》(2015)等电影的票房均突破1亿元。电影《致我们终将逝去的青春》无疑助推了这股改编热潮。

　　2015—2017年,这股改编热到达了顶峰。3年间涌现出20余部经由网络小说改编的国产电影,贡献票房收益更是超过了80亿元。这些作品题材多样,不仅有《第三种爱情》(2015)、《致青春·原来你还在这里》(2016)、《夏有乔木 雅望天堂》(2016)、《七月与安生》(2016)、《从你的全世界路过》(2016)、《喜欢你》(2017)等爱情、青春、校园、都市类型作品,还有《鬼吹灯之寻龙诀》(2015)、《九层妖塔》(2015)、《盗墓笔记》(2016)、《三生三世十里桃花》(2017)、《悟空传》(2017)、《心理罪》(2017)等冒险、仙侠、玄幻、悬疑类型作品。

第三阶段,网络小说电影改编的平稳期(2018 年至今)。

受资本市场影响,网络小说电影改编成风,在短时间内涌现了众多改编电影。不可否认,其中存在着一大批口碑遭遇下滑的改编作品,致使行业内外出现"IP 失效""IP 泡沫"的言论。受此影响,这股网络小说电影改编的热潮逐渐趋于平稳。2018 年起,虽然改编数量远不及高峰期,但每年依旧可以看到改编作品的出现,譬如《云南虫谷》(2018)、《少年的你》(2019)、《最好的我们》(2019)、《赤狐书生》(2020)、《八月未央》(2021)等。其中,《少年的你》较为突出。《少年的你》是曾国祥团队继《七月与安生》后,第二次将网络小说搬上大银幕。电影直面校园暴力话题,有效塑造了施暴者、旁观者、受害者、无为者等人物群像,展现了一幅残酷、冷峻的社会景象。《少年的你》在口碑与票房上,都取得亮眼的成绩:累计收获了 15.58 亿元的票房,入围柏林国际电影节、奥斯卡金像奖、香港电影金像奖、大众电影百花奖、中国电影金鸡奖等国内外多个电影奖项。

网络小说的电影改编在经过探索期、爆发期后已步入平稳期,到今天已经走过了 20 多年。不可否认,网络小说已成为这个网络时代下电影文本的重要来源之一。而伴随着资本的加持、版权模式的成熟、渠道平台的协作,相信发展中的改编实践会推动改编市场从大数量向高质量转变。而精品化、优质化、专业化会是网络小说 IP 改编的必然趋势。

2. 网络小说 IP 对电影项目的价值

网络小说 IP 以其庞大的用户群体和用户黏性,不断吸引着资本市场的眼光。然而,其本身的 IP 价值并不是简单地体现在市场收益上,而是贯穿于整个项目开发过程中。若其独特的 IP 属性能得到有效转化和扩展,则可以给具体的电影项目带来非常可观的价值回报。

其一,为电影创作提供了文本。网络小说 IP 的文本符合一定的文学创作规律,并且经过了用户市场的检验。除此之外,这里还需要强调网络小说文本的特殊性。首先,网络小说文本的类型极为丰富。不仅有都市、校园、青春等贴近生活的文本,还有玄幻、修仙等架空于现实世界的文本,以及深受年轻人喜爱的二次元文本。并且推行 VIP 阅读机制后的网络小说,逐渐走向了商业化类型写作的道路。这些不同的类型文本都拥有各自的细分市场和一群特定的读者粉丝。其次,网络小说从创作主体到读者粉丝都来自大众,其所创作的文本内容充斥着民间性、大众性和亚文化的气息。这是以往传统文本所并不具备的。丰富的文本类型和特殊的文本内涵,为多样化的电影创作提供了可能。

其二,降低了项目的开发风险,同时也成为一种电影市场的预估手段。首先,网络小说 IP 改编扩大了电影的目标受众。网络小说 IP 的跨媒介改编,打破了电影和小说的媒介壁垒,随之推动了不同媒介间的受众融合。对于电影项目而言,此时的目标受众是复合的,除了电影媒介的目标受众外,还融合了原文本所带来的读者粉丝。对电影项目而言,网络小说 IP 自身携带了一定规模的读者群体。他们为电影项目奠定了一定的起始受众,大大降低了电影项目的开发风险。其次,如今的中国电影市场正在逐渐走向成熟。随着电影观众的规模、观影频次和观影方便性的增加,观众开始不仅选择最流行的电影,也愿意选择合适的电影。电影市场的爆款少了,但是观众喜欢的差异性电影反而多了。中国观众开始逐渐由大众化走向分众化。想要凭借各种传统的理性手段去分析和预测观众的态度,从而预估一部电影作品的未来效益,显然已经不太行了。而网络小说凭借可观、数据化的文本信息,在一定程度上可以作为一种电影市场的预估手段。

其三,在 IP 项目的宣传和推广上发挥作用。真理是所有事物中最为吸引人的,但是要发现它则需要技巧与觉悟。① 营销和宣传,对于电影作品而言是非常重要的。尤其是在网络媒介普及下的口碑式推广。而网络小说 IP 所携带的读者粉丝,他们不仅是延伸产品的消费者,还可能成为宣传推广的主力。网络媒介是他们习惯使用的媒介。他们是伴随着网络媒介成长的,对新兴媒介的操作得心应手。他们陪伴着网络文本的生成,在阅读文本的过程中,具有主人翁

---

① 〔美〕莫琳·A. 瑞安著,马瑞青译:《创意制片完全手册》,北京联合出版公司 2015 年版,第 344 页。

意识,拥有一定的主动性和积极性。同时,随着文本的生成,这些读者粉丝也完成了虚拟社群的构建。此时的他们更具有鲜明的群体性。因此,在延伸产品质量有保证的前提下,当文本进行跨界转化时,他们会积极地参与到项目当中。当然,网络小说 IP 本身就带有一定的宣传属性,这可作为话题为电影项目增加一定的营销点。

第二章
网络小说 IP 的生成

一、网络小说

(一)网络小说发展轨迹

1994 年 4 月 20 日,中国第一条 64K 国际专线接入国际互联网,标志着中国正式进入了互联网时代。1995 年,中国互联网向公众开放,这一打破空间限制的花花世界便以"网吧"的实体形式在国内蔓延。上海的"威盖特"、北京的"瀛海威"、广州的"信息时空"等一批实验性网吧在城市中心区域出现,成为展示新鲜事物的窗口。网吧让更多人,尤其是青年一代接触到网络。网络文本便由此开始在我国出现,并开启了一个原生文本的时代。1997 年,大型文学门户网站"榕树下"建立,为自由书写和业余写作创造了一片实验天地。同年,罗森的网络玄幻小说《风姿物语》开始连载。

1998 年,网吧数量迅速膨胀,一部对网络小说发展而言非常重要的作品也在此时出现。1998 年 3 月 22 日至 5 月 29 日,台湾成功大学水利研究所的蔡智恒在学校 BBS 上连载《第一次的亲密接触》。小说讲述了主角"痞子蔡"因一篇 BBS 上的留言邂逅女孩"轻舞飞扬",两人由此展开一段网络恋情的故事。该小说被转载到大陆各大 BBS 上并引起了轰动。《第一次的亲密接触》让网络小说走进了人们的视野,同时开创了网络文学言情化、青春化、娱乐化的先河[1],更掀起了网络小说创作的浪潮,催生出了大陆网络文学的"四匹黑马"——邢育森、俞白眉、李寻欢、安妮宝贝(庆山)。同年 9 月,《第一次的亲密接触》在台湾正式出版,并热销近 60 万册。次年,知识出版社获得授权在大陆出版该小说。一经出版,《第

---

[1]　欧阳友权:《网络文学概论》,北京大学出版社 2008 年版,第 32 页。

一次的亲密接触》连续 22 个月位居畅销书排行榜。截至 2005 年，小说销售已超过 100 万册。这种实体出版的盈利模式成为网络小说热门作品采用的惯常方式，也标志着文学网站开始对网络小说的市场化和产业化模式进行探索。其后，《第一次的亲密接触》充分转化文本价值，被话剧、电影、电视剧等多个领域跨界改编。

2002 年，国内网吧数量激增至 11 万家，同比 2000 年的 4 万翻了近 3 倍，网民数量飙升至 5910 万人。网络小说也随之进入了繁荣时期。蓝晶的《魔法学徒》、手枪的《天魔神谭》、玄雨的《小兵传奇》、萧潜的《飘邈之旅》、网络骑士的《我是大法师》等创新网文类型均在此时涌现。此外，读写网打破原先的免费阅读形式，率先开始探索网文平台的收费模式，以构建网络小说的本体性盈利模式。平台以短信代收费的方式向读者收取费用，并给予作者一定分成。读写网收费阅读的尝试，确实为网文平台的盈利提供了一条新思路。然而，受收费、分成方式的影响，该模式未能得到继续发展。直至 2003 年，起点中文网推行 VIP 阅读机制，并精心准备了首批 VIP 小说。这一机制的推出，开启了网络文学的付费阅读时代，同时，也使其原创文学机制真正固定下来。网络文学成为一种自主的文学，并真正开始发展起来。① 最初自由业余式的写作模式慢慢向商业类型化的写作模式转变，连同后期的"白金大神"作家榜、作家福利和月票等系列制度，共同构建起网络文学产业化运作体系。2004 年，起点中文网在世界 ALEXA 排名第100 名，成为国内第一家跻身于世界百强的原创文学门户网站。同年，起点中文网正式宣布被上海盛大网络发展有限公司收购。而随着资本的介入，网络文学自身的产业化模式愈加完善，各种类型的小说文本也开始涌现：《梦回大清》(2004)开清穿小说一脉，《我们是冠军》(2004)开体育文一脉，《泡沫之夏》(2005)开总裁文一脉，《鬼吹灯》(2006)开盗墓文一脉，《师士传说》(2006)开机甲流一脉，《流氓高手》(2006)开电子竞技文一脉，《凡人修仙传》(2008)开凡人流一脉等。

2008 年，随着智能手机和移动互联网的普及，网络文学由 PC 时代进入移动互联网时代。移动客户端的便利性无疑拉近了网络文学与读者之间的距离，同时也把它推向了更广阔的受众群体。2008 年 7 月，盛大文学宣布成立，并占有整个原创文学市场 70% 的市场份额，旗下运营包括起点中文网、红袖添香网、小说

---

① 邵燕君：《IP 时代的网络文学》，《现代视听》2017 年第 12 期，第 33 页。

阅读网、榕树下、言情小说吧、潇湘书院等六大原创文学网站以及天方听书网、悦读网、晋江文学城(50％股权)。拥有庞大市场份额的盛大文学,并不局限于网络文学本身的付费盈利模式,开始涉足网络文学版权产业化运营。网络文学开始寻求新的商业模式以突破过去单一的收费制度。

2011 年,腾讯在互联网背景下,抓住 IP 的市场性和消费的娱乐性,将这种可循环模式用"泛"的概念来替代。作为"泛娱乐"概念的提出者和先行者,腾讯指出"泛娱乐"的核心就是 IP。随即,在 2012 年的"UP2012 腾讯游戏年度发布会"上,腾讯集团副总裁程武正式将"泛娱乐"作为腾讯游戏 2012 年度的战略规划重点。2013 年,腾讯文学成立,并在次年完成对盛大文学的收购。而后,在"UP2014 腾讯互动娱乐年度发布会"上,腾讯将"泛娱乐"概念重新定义,打造明星 IP 的粉丝经济,全面布局互动娱乐产业,将文学、动漫、游戏、影视等多个互动娱乐内容纳入其中,致力打造全球领先的综合互动娱乐服务品牌。次年,"泛娱乐"被互联网行业纳入"互联网发展八大趋势之一"。

2014 年,新浪读书频道中的部分作品被举报含有淫秽色情内容,由此,开启了"扫黄打非·净网 2014"行动。此次行动是网络文学发展十几年来最严厉的一次官方介入。各大网站都采取了一系列"自净"措施(如自审、删文、锁文、下架等)。[①] 同年 11 月,百度旗下"百度文学"上线,涉足网络文学领域。2015 年,盛大文学与腾讯文学合并成立了阅文集团。阅文集团也就自然成为网络文学界的龙头。同年 4 月,掌阅成立旗下文学平台,宣布投入 10 亿元进军原创文学市场。阿里巴巴文学也在此时正式推出。自此,中国互联网"三巨头"BAT(百度、阿里、腾讯)都建立起了各自的网络文学平台,并开始原创优质网络 IP 的孵化和储备。2018 年,腾讯集团已然形成了一个以网络 IP 为核心,由腾讯游戏、阅文集团、腾讯影业、腾讯动漫、腾讯音乐、腾讯电竞等六大区块构成的完整产业链。而阅文集团则成为网络 IP 孵化的重要平台。程武在"UP2018 腾讯新文创生态大会"上表示要从"泛娱乐"升级为"新文创",腾讯将对旗下文创生态进行了新一轮的更新和探索。2020 年,腾讯将新文创实体化,注册新文创科技有限公司,将总部设立在成都,正式开始运营。

---

①　邵燕君:《网络时代的文学引渡》,广西师范大学出版社 2015 年版,第 174 页。

(二)网络小说创作环境

拥有数字化技术和特征的互联网,造就了一个极具开放、平等、协作、快速、分享等互联网精神的文化场域。网络小说依托于网络媒介,来推动自身文本的创作和传播。从创作主体和创作机制来看,网络小说的创作主体不同于一般传统意义上的专业作家,是网络虚拟化的言说主体。网络的平等性、兼容性、自由性和虚拟性,使创作主体以平民姿态向社会大众开启民间话语权。① 这里的创作主体是泛化的。任何人都可以通过网络参与小说的创作。一部作品的作者可能是由许多个互不认识的创作者所组成的。同时,创作者的身份来自自我的角色设定,其身份具有匿名性、虚拟性。匿名、虚拟化的主体身份,从侧面体现了网络小说创作机制的自由。此外,其自由化特征还表现在网络小说文本的审查和发表。一方面,互联网这个拥有海量空间的宏媒体,让文本的创作摆脱了文字篇幅和发表数量的束缚;另一方面,网络大大简化了文本发表的流程。无论是文学平台、BBS,还是私人网页、个人空间,用户随时随地都可以进行文本的创作和发表。即使在实施相关条例和一系列"净网"行动之后,虚拟空间的创作审查还是较现实世界宽松许多。

从交互模式和交互环境来看,网络文学所呈现出的互动性是传统文学所不能比拟的。只有在网络这个虚拟环境中,才能实现互动性批评和互动性创作的高度自由。② 网络媒介使得不同的创作主体之间都能实现即时、便利的交流。当然,这种交流不仅体现在作者和读者之间,还体现在读者和读者之间。读者根据自己的喜好和偏向,在网络中寻找拥有相似特征的虚拟群组。无论是贴吧、豆瓣、微博等公共网络集聚地,还是微信、QQ 等社交平台,都可以成为读者间交互的场所。由此,在言说主体的交互下,形成了一种虚拟空间中的文化景观,同时也推动着网络小说的发展。

此外,网络文学平台运营重视受众体验,平台设置正朝着沉浸式互动体验场所推进。早期沉浸理论指出,挑战和技巧是影响沉浸的主要原因。沉浸状态主

---

① 欧阳友权:《网络文学概论》,北京大学出版社 2008 年版,第 18 页。
② 欧阳友权:《网络文学概论》,北京大学出版社 2008 年版,第 116 页。

要发生在两者平衡的情况下。平台给予受众一定的挑战来吸引他们进入,同时传授他们参与技巧或提供渠道来降低参与门槛。就目前来看,网络文学平台的运营设置大多结合了养成类游戏的交互模式。它将用户平台行动与用户身份层级连接起来,以此引导用户参与平台交互。每日任务、层级划分、道具分发都是比较常见的交互形式。用户可以从交互中获得个人在平台中的身份层级,同时增加网站浏览过程中的趣味性以及对平台的黏性。

以阅文集团旗下起点中文网为例。平台根据不同的受众群体(大致可分为泛化的平台用户和特定的读者用户)设计了不同的交互设置。其中针对泛化的平台用户,除了采用统一的 VIP 阅读制外,平台还增加了与活跃度、经验值相关联的操作任务,促使用户快速熟悉平台构成,并且引入了与经验值和 VIP 等级相关联的评价模式及版主模式。而针对特定的读者用户,平台设置粉丝值和打赏机制,并推出推荐票、月票等专属道具(见表 2-1)。通过这些道具和机制,读者可以随时反馈自己对作品的态度,并对作品有着即时的影响。此外,起点中文网的移动客户端"起点读书",推出了新书投资、新书追投和新书押宝等玩法。新书系列玩法将众筹特质代入新作品的受众培育。该活动通过收益反馈的方式,吸引读者关注新作品,并实现读者与作品之间的互相绑定。

表 2-1　起点中文网平台设置

对象	设置	说明
平台用户	VIP 阅读制	根据消费币划分,不同等级享受不同特权
	活跃度	获得方式:通过完成每日任务或指定特殊任务,可获得礼包奖励
	经验值	获得方式:在线时间、每日任务、投月票、投推荐票、粉丝等级奖励、评论经验值、管理经验值
	评价模式	经验值大于 500;曾阅读过对应的作品
	版主模式	申请要求:收藏所申请书评区且在申请书评区发帖满 10 个、实名认证的 VIP 用户
读者用户	粉丝值	可获得特定称号;获得方式:订阅、月票、打赏
	推荐票	对特定作品使用;获得方式:根据不同经验值获得
	月票	对特定作品使用;获得方式:保底月票、订阅月票、打赏月票
	打赏机制	对作者或读者进行奖励,打赏作品可获得一定的粉丝值

(三)网络小说的文本特征

1. 文本样态的长篇幅、片段式、类型化

网络小说文本的创作形态呈现长篇幅、片段式、类型化、交互性的特征。在网络小说读者需求以及薪酬制度的影响下,网络小说文本普遍显现出长篇幅的文本特征。然而,在"大字节"的整体规模下,网络小说文本的实质却是"微文本"……超长篇幅与宏大叙事无关,而是无数"微文本"模块的聚合。[1] "微文本"的呈现与片段式的创作方式互相对应。网络小说的薪酬制度,促使创作者必须不断提高更新速度,来获得更高的关注度和收益。而片段式创作则大大降低了他们创作的难度,同时也能保持读者每一次阅读的快感。此外,随着移动通信设备的普及,网络小说的阅读终端也由 PC 端向移动客户端转移。国内电信运营商纷纷推出了手机阅读项目,与内容供应商形成多元化的合作模式。各大网络小说平台也开始陆续推出平台的 App 移动端。这种载体的转变,一方面让网络小说的文本朝着移动端推进;另一方面在读者的接受层面也产生了另一种接受形式,即推出听书项目,将文本消费由读变为听。快节奏的现代生活,让人们很少能有一个沉浸式阅读的环境和心境。移动设备承载的手机阅读、有声书等项目,弥补了 PC 端阅读的限制性。"听+读"的模式充分利用了读者碎片化的时间,大大增加了阅读的自由度。如此一来,网络小说得到了进一步发展,同时这也让网络小说的"微文本"特征愈加明显。

自网络小说开启商业化写作模式以来,小说文本也自然呈现出类型化的特征。类型小说已经成为网络小说的绝对主导。类型小说的写作完全以愉悦读者为目的,并且极其专业地迎合某一特定读者群的特定趣味。[2] 网络小说发展至今,类型极为丰富。其不仅继承了中西方小说的既有类型,还在继承的基础上,创造了新的类型。如今,各大网络小说平台的栏目基本都是按照作品类型进行划分。玄幻类、都市类、仙侠类、科幻类是其中热门的小说类型。网络小说类型化,一方面推动了小说读者市场的细分,满足了细分读者群的阅读需求;另一方

---

① 邵燕君:《网络时代的文学引渡》,广西师范大学出版社 2015 年版,第 25 页。

② 邵燕君:《网络时代的文学引渡》,广西师范大学出版社 2015 年版,第 22 页。

面有益于推动网络小说商业化和可持续发展。但值得注意的是,类型化写作不是一劳永逸的创作定式,创作者还是需要及时关注读者的反馈,保持创新,持续给予读者新鲜的刺激才能保证类型化特征的延续。另外,网络媒介使得网络小说具备先天的交互性特征。交互性指网络言说主体所进行的言说行为具有作者与读者的双向属性,而且两者身份可随时交换。① 因此,在网络中,传统意义上作者的权威性是值得商榷的。对文本而言,这里所提及的交互性不仅仅体现在创作者可以很直观地通过读者在网络中的行为,如订阅、打赏、推荐等来了解读者对文本的反馈;还体现在读者可以通过留言、创作等形式,直接或间接地参与到文本的生成过程中。

2. 文本内容的民间性与主流性

网络小说的文本内容体现出网络文化影响下的"新民间文学"精神以及青年亚文化的特征。中南大学教授欧阳友权在其著作《网络文学概论》中写道,网络文学有别于传统文学的主要标志在于它是一种回归大众的"新民间文学",充分体现了网络虚拟世界的自由性,并且蕴含了后现代主义的文化逻辑。② 他在书中将网络文学称为"新民间文学",并从语言向度、文学空间、叙事方式以及精神姿态四个角度分别进行了阐述。首先,日常生活、传统文学文本里所出现的词汇和语法都集聚在互联网中,并形成了一套特有的网络"黑话"。无论是幽默的、反讽的、文雅的还是粗俗的,这些"黑话"被或多或少引用,融入网络文本的创作中。其次,网络创作被当作一种自由表达的方式,并不被传统的写作模式所束缚。在这个空间中,个人的主体性作为中心出现,用一种最无我(虚拟)的手段、最忘我(匿名)的方式表达真我(本色)。③ 最后,网络文学以消解神圣而崇尚卑微、戏仿经典而抵制崇高的方式来表现其创作态度,通过打破传统文学的崇高来贴近群众,来表达和传递"新民间文学"的精神。

除上述所提及的"新民间文学"概念,网络小说的文本还呈现出青年亚文化的特征。每个时代都有每个时代的青年,每个时代都有广义的青年亚文化。过

---

① 　欧阳友权:《网络文学概论》,北京大学出版社 2008 年版,第 82 页。

② 　欧阳友权:《网络文学概论》,北京大学出版社 2008 年版,第 103 页。

③ 　欧阳友权:《网络文学概论》,北京大学出版社 2008 年版,第 108 页。

去的青年亚文化,只能存在民间(村野),流传于口头。① 多尔逊认为,非官方的民间文化可以在艺术、宗教等方面找到自我表达。② 而这个时代的青年,生活在一个网络的世界中。网络提供了一个很好的平台,让青年感受到一种更加深刻的自由感,并以一个匿名的身份在网络中表达自己的满腔热血和态度,来完成自己情绪的宣泄。由此,网络小说成为这个网络时代放置青年情绪和表达的载体之一。上述所提及的"黑话""本色"和消解神圣都与青年亚文化有一定的联系。

二、网络小说 IP 属性生成

(一)网络小说社群构建与价值构成

网络小说文本的 IP 属性随着文本的构建而生成。从受众的角度来看,IP 属性的生成通常伴随着受众的身份转变。学者张嫱在其《粉丝力量大》一书中,将消费者分成了四类:普通消费者、粉丝、信徒和狂热者。普通消费者对品牌并没有特别的情感投入,消费只是出于习惯;粉丝区别于普通消费者,对特定的品牌有一定的忠诚度;信徒则会全身心为品牌投入,除了消费还会尽心推广以及收集品牌周边;狂热者为了品牌,甚至会做出出格、疯狂的举动。张嫱认为,狂热者一类的消费者属于少数特例,且具有不正常的心态,因此他们被归类为"狂热者"而非"迷"。从张嫱的分类中,可以看出个体用户对文本不同的黏性和认同度,这不仅造就了用户不同的身份,而且直接影响用户对文本的行为。③

人们与品牌或偶像完成价值匹配和价值认同后,找到和加入由相似兴趣个体组成的社群,并投入情感与信任。在这个循环的过程中,伴随个体与网络小说文本,以及文本构成主体之间的接触时间和互动程度的增加,个体对文本的黏性也逐渐加深,从而文本拥有的粉丝数量不断扩大。现实世界中个体受众的群体性,在虚拟世界中得以轻易显现。由此,也就产生了越来越庞大的群体性"情绪

---

① 王一川:《大众文化导论》,高等教育出版社 2004 年版,第 203 页。

② Richard Mercer Dorson. *Folklore in the Modern World*. Walter de Gruyter & Co; New York,1978, pp. 12—13.

③ 张嫱:《粉丝力量大》,中国人民大学出版社 2010 年版,第 27 页。

资本"。粉丝对文本的情感其实是 IP 的核心资本,为文本新一轮的转化提供了可能。

维尔塔·泰勒和南茜·E. 维提尔以女权社区为个案,提出了集体认同三个维度上的分析定义,即边界、意识及对话。这一概念的提出与社会运动挂钩,且带着明确的反抗意识,虽然与笔者研究的网络小说有一定的偏差,但同样作为一个社会群体的研究,其对网络小说的受众讨论还是具有一定借鉴意义的。因此,笔者在集体认同理论的基础之上,结合网络小说领域的研究实际,对边界、意识和对话进行一定的适应性调整。其一,边界标示了群体关系的社会领地,但更多强调的是进入的概念,用划分边界来区分"他者";其二,如果边界只是在空间上对成员进行了区分,那么意识就是对群体的意义架构,从心理上构建集体认同的重要标志;其三,对话原指用来反抗并重构现有统治体系的符号和日常行动。[1]在此用来表示在构建空间和集体观的过程中,所展现出以集体为出发点的符号和行动。

1. 边界和意识:受众进入粉丝群组

依托网络媒介的虚拟群组,显现出低门槛、数量多、个性化的鲜明属性。每个受众都可以根据自己的兴趣寻找对应的群组,当然对应的群组也激发了受众自觉需求下的相应供给。作品不管何种题材,均能在互联网群组中找到对应的受众。但面对宏媒体的海量数据,推动受众的第一次身份转变的首要条件,还是在于找到对应内容的匹配受众。所谓的第一次身份转变,主要是让潜在用户从游客身份转变为订阅用户。用户受引导,在海量信息中寻找到与其对应的文本,跨越边界,从圈层外沿进入圈层内部。除个人能动性外,这个过程主要依赖网络平台的服务设置。譬如,网络小说平台通常参考用户的喜好程度和文本类型,将站内文本进行细分;根据推荐和订阅数量,以榜单形式在对应网页内展示,以供用户参考;基于用户阅读习惯提供定制化推荐,开放文本场域的部分准入,提供免费试读,以便捷的设定推动用户与文本的匹配。从游客到订阅用户只需要通过喜好与文本的配对来完成,通过限定篇幅的免费试读让用户试探性地跨入边

---

① 艾尔东·莫里斯、卡洛尔·麦克拉吉·缪勒著,刘能译:《社会运动理论的前沿领域》,北京大学出版社 2002 年版,第 130 页。

界。但这只是将潜在用户和文本串联起来的第一步。至于能否让用户驻足订阅，真正地进入粉丝群组当中，还是取决于用户与文本两者价值匹配的结果。当然，一些文本外的因素也存在一定的推动作用。如文本构成主体间的互动行为、平台特定优惠和使用体验等。

如果边界概念只是在停留和阅读的维度上，那意识上的认同则是促使受众身份二次转变的关键。群体意识的构建是一个循序的过程，想要完成转变需要保持并增加用户对文本，或文本所在群体的黏性。最简单最直接的方式就是使文本和读者之间，保持频繁的日常接触。网络文学的盈利机制促使小说作者保持长篇写作、定时更新（定时连载）的习惯。长篇幅和定时更新的搭配，恰好能够使得网络小说与读者保持一定频率的联系，定时给予读者刺激。互联网为拥有相似兴趣的匿名对话者提供了一个互动社区。其所更新的内容，更是作为读者品味文化的一部分进入社区当中，成为文本素材供成员间交流、解读、分享乃至再创造。在这个过程中，个体寻找社群认同的心理，让其养成了定时阅读的习惯。这一动作也被当成一种每日固有的形态融入日常生活当中。当个体与文本、个体与社群之间关系逐渐巩固，个体对这两者的认同意识也随之生成。

2. 对话：受众达到群体融合

随着个体和群体间的交互融合，自我身份的认同提升，两者的对话行为趋向频繁和深入。这种对话是多元而丰富的。在言说主体的交互下，形成了一种虚拟空间中的文化景观，同时也推动着网络小说的发展。无论是作者与读者，还是虚拟社群中的成员之间，对话不仅可以增加文本构成主体间的联系，还可以提升和巩固读者对文本的情感黏性。当然，对话行为并不单单出现在第三次的身份转变中。

其一，文本构建角度下的对话行为。在虚拟空间中，作者反而成为一个真正意义上可进行直接沟通的对象，即使他的 ID 身份是虚拟的。读者则可以通过追踪、分享、转发、订阅、打赏、评论等多种多样的方式，来表达自己的立场和观点。双方的这些行为，其实就表现出主体之间的一种交互特征，由此，推动着创作形式从个人化向众筹化推进。

作者主动开放部分文本的构建权力，让读者有机会参与到作品的创作中。在原文本的构建中呈现出具有典型性的共创逻辑。其中较具代表性的就是定位为青春互动小说的《左耳》。饶雪漫邀请读者参与小说创作、制作直至出版的整个过程。读者被视为合作者、产消者,这自然增加了其对于文本的黏性。这种开放不同于文本意义场的开放,强调文本本身不应该封闭自我,排斥其他意义的可能性,而应该有多样复杂的解读可能。与此同时,它又不同于如今的超文本构建。共创逻辑下的开放,还是有作者的存在,且作者作为发起人,拥有文本构建的最终决定权。而超文本构建基本将小说的作者彻底模糊,将书写的权力开放给所有的读者,小说变成大众接力式文本。

在网络小说文本构建中,还有一种比较特殊的互动模式——作者与读者间呈现出一种互相较量的关系。这种关系得益于网络媒介的即时性和自由性,让读者可以有机会在媒介中进行互动,同时,也得益于网络小说文本的连载特质。这种行为较多出现在悬疑、冒险等极具故事悬念的小说文本当中。此类文本保留了较多的符号暗示和复杂的故事走向。对符号的阐述,对走向的猜测是读者在文本阅读过程中的快感来源之一。此类代表性作品如南派三叔的《盗墓笔记》。该系列小说中每一部、每一章节都为后面做了铺垫,留下了悬念,配合蛇眉铜鱼、战国帛书、青铜树、麒麟竭等推动情节发展的各种道具,构建出一个庞大神秘的文本世界。随着故事情节的不断推进,读者对情节、对人物、对道具的讨论日渐火热,甚至有读者会为小说补写文本。当然,读者在社群中的反馈也会成为作者创作的参考。而读者先行的同人续写使得作者需要挖空心思,设计一个出其不意的故事走向。双方在不断设置悬念和猜测谜底的互动中推动文本的构建,同时也激发文本解读的趣味性。

其二,强调群体实践的对话行为。随着圈层的不断深入,读者在阅读的过程中逐渐增加对文本的情感投入。当文本阅读的快感无法满足读者的情感需求的时候,读者开始从社群中寻找除文本阅读外更多的快感来源。读者根据自己的喜好和偏向,在网络中寻找拥有相似特征的虚拟群组。在虚拟群组中,这些文本素材成为彼此间言说和再创作的内容。

粉丝因共同的爱好以及偶像或品牌联结在一起,他们以网络为基础构建粉丝群组,由此凝聚粉丝力量。在虚拟社群中,读者群体会以文本为核心,从媒介消费行为扩展到一系列群体间的交互活动。这些读者的实践行为对话,可以划分为两个部分。

一部分从文本出发，显现出辅助导读的行为特点。虚拟社群中的粉丝，尤其是铁杆粉丝，可以起到拉近成员间距离的作用，帮助新成员学习社区文化，加强成员间互动，进而使粉丝能长期保持对偶像的热情。① 在网络小说社群中也有明显的类似表现。如讨论疑惑，主要就是将阅读过程中所产生的疑惑作为话题抛到互动社群中，供成员们各抒己见，互相答疑。如信息互换，成员间提供各自发现和梳理的文本信息，由此，既帮助彼此获取遗漏的信息，猜测情节的发展，又能作为导读的工具，帮助新成员进行阅读。又如大开脑洞进行创作，网络时代便利廉价的技术成为成员们创作的工具。亨利·詹金斯将他们称为"文本的盗猎者"。他们以自己的创意和对文本的热情，构建起丰富的参与式文化。一方面，他们对已有情节展现、角色关系、道具设置进行个人化、娱乐化编写。另一方面，他们根据已连载的内容进行情节走向的续写，或以文本标题、角色、故事架构为基础进行全新的相对独立的创作。此外，他们还会跨越到已有文本之外，竭尽所能地表现对文本的喜爱：有的会根据小说的描写，进行小说文本之外的跨界展示，如漫画、音乐、微电影；有的会在现实生活中寻找小说文本所描述的场景、道具。

另一部分从网络的虚拟互动向现实生活中转移，以文本为核心，组织线下活动。由此，读者在线下的社群互动中逐渐完成群体的构建。这些线下活动根据发起主体，可以分为官方发起和粉丝发起两种类型。官方发起的活动一般以增进作者与读者的感情，拓宽网络小说辐射广度和深度为目的，形式多为讲座、交流会、论坛等。其中由上海网络作家协会主办、在上海陕西北路开展的网文讲坛较有代表性。讲坛邀请天蚕土豆、树下野狐等网络作家分享创作心得以及网络小说的改编经验，用面对面的方式与读者进行沟通，联络彼此间的感情。除此之外，还有许多如签书会、首映会等，这些活动与小说的版权开发挂钩，为产业开发宣传造势。而粉丝发起的活动，通常在小说构建的虚拟社群内，一般由粉丝带头人发起。其主要形式有读书小组、与小说文本挂钩的具有意义性的活动、小说情节发生地打卡等，当然也包括各种为支持小说系列产品的应援活动。其中比较特别，且具代表性和影响力的就是"八一七稻米节"。该活动是由《盗墓笔记》的粉丝自发组织的。活动缘起于书中张起灵替代吴邪守护青铜门，两人约定十年后重

---

① 张嫱：《粉丝力量大》，中国人民大学出版社 2010 年版，第 91 页。

聚的故事情节。2015 年 8 月 17 日,数以万计的粉丝出于情怀来到长白山。2016
年,原著作者南派三叔亮相活动现场,并举办了创作分享会。从 2017 年开始,活动
逐渐规模化、官方化。许多公司加入活动当中,活动内容也随之愈加丰富。由此,
每年的 8 月 17 日便成了"稻米们"(《盗墓笔记》的粉丝名称)的粉丝节日。

(二)网络小说市场动向与发展趋势

IP 的实践先行于 IP 的研究。无论是具体的项目,还是集团的战略制定,都
为 IP 的研究提供了参考的案例。从 2011 年以 IP 为核心的"泛娱乐"概念,到
2018 年的"新文创"概念,腾讯集团一直在 IP 开发的最前线。腾讯集团的 IP 战
略探索与转变,显现出明显的 IP 市场动向与发展趋势。

1."泛娱乐"到"新文创":网络 IP 产业的发展动向

(1)文本内容"扩大化"

IP 项目原文本的来源并不是固定的,它具有多样性,可以是一款游戏、一部
小说、一部影视作品、一本漫画,或者是各种媒介搭配下的复合文本。网络小说
作为 IP 文本的重要来源,其内容的扩大化趋势尤为明显。时任阅文集团 CEO
吴文辉在"UP2019 腾讯新文创生态大会"上提及,"当代读者更爱当代表达"。作
为 IP 项目的孵化起点,网文内容正发生着变化,已经显现出明显的"泛"化表现。

其一,文本题材的类型扩充。网络文学立足当下,填补需求空白,打破原有
的网文分类,对内容题材进行扩大。这一点在现实主义题材的文本上表现得尤
为明显。近年来,无论是扶持政策、舆论倡导、市场风向还是受众喜好,都推动着
影视行业回归现实。尤其是近两年,优质的现实主义题材影视作品频出。2017
年,《人民的名义》《鸡毛飞上天》《我的前半生》《急诊科医生》等热播剧的相继推
出,带动了电视剧市场现实题材文本的开发热。这股热潮一直延续到现在。在
电影市场也涌现了大量现实主义题材的作品,如《我不是药神》《无名之辈》《狗十
三》《找到你》等等。其中不乏引起社会大众热议,口碑与票房双丰收的作品。同
时,网文立足新兴类型文本,以迎合年轻用户喜好。以阅文集团为例,2018 年"95
后"用户增加了 20%,而在新增作家中"90 后"作家占比 73%,"95 后"作家占比
48%。网文用户普遍呈现年轻化的趋势。新一批用户的涌入推动着网文内容的
创新。年轻用户所喜爱的类型文得到了进一步的关注和发展。阅文集团推出 IP

内容"次元化"战略，促进网文与 ACG 联动，推动二次元作品的突破，打造网文二次元阵地，借此来迎合年轻族群，吸引年轻用户的关注和支持。

其二，跨国别互动下的内容扩充。中国网络文学的发展，并未同欧美地区那样，强烈依托于技术，而是开辟出一条新的文学道路，它选择靠近传统文学，朝着类型化写作的方向发展。特殊的文化生产机制以及特殊的网文主体构成，连同媒介革命的力量使得网络文学获得了一个爆炸性的、全球性的增长。这样的增长规模实际上已经使中国的类型小说生产位居世界前列，从而形成了对英语国家的反向输出。2017 年，阅文集团旗下海外门户网站"起点国际"正式上线。平台以英文为主要使用语言，将翻译过后的网文作品推广至其他国家。其中，我会修空调的《我有一座恐怖屋》、蝴蝶兰的《全职高手》、陈词滥调的《未来天王》等作品颇受关注。网文成为国家符号对外输出的一个端口。输出国家符号，自然而然成为网文的内容责任之一。基于此，平台内出现了许多关于中国文化和符号的作品。

此外，在网文反向输出的基础上，一些海外原创的形式也推动了跨地域的内容扩充。2018 年，"起点国际"开通了海外原创功能，吸引海外作家入驻，创作海外原创作品。截至 2023 年 10 月，"起点国际"培养了约 40 万名海外网络作家，覆盖全球 100 多个国家和地区，已上线海外原创作品约 61 万部。由此，海外网文推广从单向的内容输出转变为跨国别、跨文化的双向交流。相信之后也会有优秀的、热门的海外网文作品，被引入中国市场。

(2)互动主体"深入化"

无论是"泛娱乐"还是"新文创"，受众一直都是决定 IP 价值的重要因素。如何最大限度地调动用户的能动性，撬动粉丝经济，已成为 IP 开发过程中的重要课题。就目前的发展趋势看来，基于受众角度的用户体验正朝着沉浸式互动体验推进。沉浸理论是由美国芝加哥大学米哈里·契克森米哈（Mihaly Csikszentmihalyi）博士在 1975 年提出的。其将沉浸状态形容为："人们投入到一种活动中去而完全不受其他干扰的影响，这种体验是如此的让人高兴，使人可以不计较任何代价与付出。"①

---

① 陶侃：《沉浸理论视角下的虚拟交互与学习探究——兼论成人学习者"学习内存"的拓展》，《中国远程教育》2009 年第 1 期，第 20 页。

在产业发展战略上,一方面越来越多地开放可供受众参与的产业端口,另一方面推进技术更新为受众的参与开辟便捷的渠道。具体来看,在 IP 开发上游,越来越多移动阅读互动 App 的推出,为受众提供了更多样化的、便捷的互动窗口。如网络阅读平台连接的移动端起点读书、QQ 阅读,专为二次元迷所打造的元气阅读,等等。此外,增加网文弹幕功能"本章说"。受众可以在阅读的过程中发表对文章的评论,大大增加了受众反馈和互动的即时性,推动阅读的社交化。而在 IP 开发下游,IP 项目正不断向受众开放产业链。从制作、宣传、放映再到项目衍生,尽可能多地让受众参与进来,使受众与项目的开发保持着一定的联系。由此,产业上下游融合开发,技术和端口两者齐头并进,共同为吸引受众进入沉浸状态创造条件。

(3)价值输出"统一性"

"泛娱乐"基于互联网多领域的共生关系,致力于打造爆款内容,充分开发粉丝经济。在 2018 年腾讯集团所提出的"新文创"战略中,可以看到试图调整这种开发模式的探索。在成形的产业板块基础上,单纯的产业整合思维发生了一部分的转变,开始萌发对文本内涵的思考。"新文创"被定义为新时代的文化生产方式,以打造新时代的文化符号为生产目标。"泛娱乐"到"新文创",从字面上就可以看出这次转变的侧重点。前者构建了一个以 IP 为核心的产业闭环,围绕着粉丝经济去创造可观的商业收益。而后者跳脱了商业价值最大化的核心,将文化内涵融入产业发展的布局当中,将产业价值与社会价值进行了融合统一。由于,对内容文化价值的重视与日俱增,原本的粗放型收益思维开始发生转变,由此也推动 IP 开发产业内部的升级。当然,随着产业内核的转变,产业链中的参与者除了经由商业目的所连接的各类平台和企业外,一些非商业的平台、文化机构也拥有了进入 IP 产业链的机会。

2. 分化与共创:网络文学产业的发展趋势

(1)网络文本分化趋势

"新文创"战略下,网络文本从一开始的纯民间、讲求自娱的创作,逐渐出现分化的趋势走向。随着网络媒介的普及以及网络文学影响力的增长,网络文学这个场域的接受者、创作者、创作目的、场域环境,共同呈现出一种开放、扩张的态势。这种扩张打开了网络小说特定受众群的创作空间。文本的内容和生成过程受到来自各方的影响。

　　首先是外部因素对场域环境的介入。外部因素是文本生成的空间环境，或潜移默化，或直接对平台、作者和文本产生一定的影响。其中包括政府相关机构发起的一系列"净网"行动和相关规定，社会舆论对网文内容的态度和评价，文本开发市场风向的影响，等等。其次是网文平台对文本创作的引导。平台就像是一个外部因素的集合体。政治权力、社会舆论和市场受众等都会直接或间接地向平台施加压力。而平台会反向引导 IP 文本的走向，从而对 IP 的生成和循环造成影响。平台是联通作品与市场的桥梁，对作者、对作品、对市场都有一定的作用。平台可以对文本进行"自净"，鼓励和引导网文内容的发展趋势，譬如补充热点题材、引导文本构建，使其符合社会美学、价值观等等。最后是网文作者出现主流化、精英化的趋势。从老一代网文创作者和新一代网文创作者身上，都可以看出这个趋势。老一代网文创作者随着自身作品的成功，逐渐推进文化资本的累积，逐步获得行业内的影响力和话语权。此外，在其后期创作的作品中，都可以看出有主流化、精英化的趋势。而新一代网文创作者主要由两部分组成：一者是媒介迁移下的传统作家；二者是受 IP 导向及商业思想影响下的新网文作家。这两部分创作者都可能携带主流化的创作特质。

　　在各方面影响下，网络文学开始从无序化走向有序化，呈现出更多元化的生态，某种程度上跟主流的关系会更密切。相对地，网络文学的自由化、非功利化出现了削弱。当然，自发性的民间网文并不会消失，只是随着主流文化的输入，网文内容开始出现分化趋势。闭合自发的网文和开发影响的网文将会共同组成网文领域的新内容。未来的网络文本将逐渐出现明显的分化趋势，生成多样化的文本价值。由此，原文本的多样化也会推动新文本多样化价值的呈现。

　　(2) 共创网络产业圈

　　腾讯集团的 IP 战略显现出其期望将 IP 所能涉及的广度、深度不断延伸的想法，由此形成一种大的 IP 模式发展趋势。这种趋势是以 IP 为核心，试图打造一个网络媒介的虚拟产业圈。在这个产业圈中，受众和生产者都可以互联网为媒介，进行交流，共同完成项目的开发。项目的文本是尽可能地实现全版权的开发。在开发的过程中，不忽视项目自身文化的内涵，拓宽 IP 的可持续和可循环发展路径，实现 IP 文化价值和商业价值的最大化。

从具体的战略转变来看,首先,扩大项目的参与者,形成全民共创的局面。一方面,持续发挥互联网技术所提供的优势,以开放产业端口的方式,来推动受众身份的转变,让原本的接受者变成 IP 产业链当中的参与者。另一方面,与一些非商业的平台和机构合作,做强 IP 项目的文化内核,创造社会价值。同时,亦可借 IP 项目的影响力,扩大平台和机构的社会影响力,从而实现彼此的优势互补,达到双赢的效果。其次,持续扩大项目所涉及的领域。腾讯集团从原先的腾讯电竞、腾讯游戏、腾讯动漫慢慢扩大 IP 所能涉及的领域板块,最终形成包含腾讯影业、腾讯音乐、阅文集团在内的六大板块,实现 IP 文本涉及领域的最大化。

　　此外,IP 快速、随意变现开发所造成的问题和弊端,已经引起业界和学界的注意。在这次战略中,有一个特别值得注意的转变,即 IP 开发开始讲求项目的文化内涵。一个项目的文化内涵是支持项目持续发展的动力。“新文创”选择回归 IP 文化的内涵,以打造新时代的文化符号为生产目标。从中可以看出,IP 开发所探索的趋势已经从如何创造利润的最大化,变成了如何实现产业价值和文化价值的统一。从中不仅可以看到腾讯在 IP 开发当中的雄心,也能探究 IP 产业开发的未来趋势。

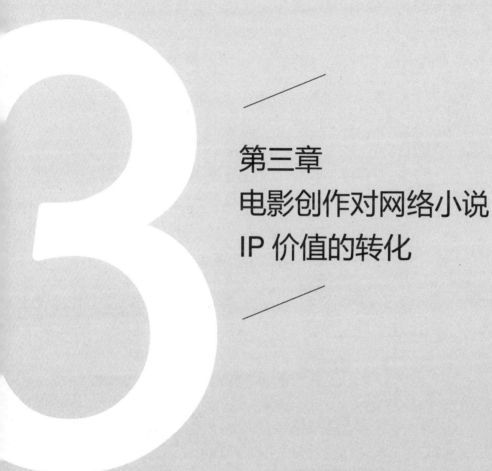

第三章
电影创作对网络小说
IP 价值的转化

文本转化是网络小说 IP 电影改编中最为基础的环节。回归电影改编,电影转向叙事性并不是必然的。它也可以发展成为纪录片形式或者某种非叙事性的声像娱乐形式。[①] 但当电影逐渐追求故事性和叙事性,小说便无可避免地与之产生联结。叙事性为两者之间的转化创造了条件。明确的互惠关系让它们保持着亲密的联系。

　　然而,小说与电影本就分属于不同的艺术门类,两者之间存在着诸多不同的特征。在进行比较研究时,往往从寻找两者之间的相似性开始,以公开宣告两者之间的差异性而告终。[②] 如果说相似性是两个不同艺术门类之间得以互相转化的契机,那么差异性就是将两者进行区分,保留各自独立性,完成创作转化的关键。因此,讨论文本转化以两者间的差异性为出发点,从已有的网络小说改编实例中找寻线索和规律,截取转化中的三组对应关系,即以原样态到新样态、原文本到新文本以及原受众到新受众为框架,来探讨改编中网络小说 IP 价值的转化。过程中需要注意探究对象的特殊性。这就要求不仅要遵循小说样态所固有的规律,还要考虑到网络小说文本自身的独特性。

一、原样态到新样态的转化

(一)样态形式与文本表现

1. 两种样态的基本差异

　　从小说转化为电影,样态上的转变是这三组关系中最明显的。共同的叙事性创造了一个交会点,将小说和电影自然勾连在一起。然而,小说与电影存在着

① 　[美]约翰·M.德斯蒙德、彼得·霍克斯著,李升升译:《改编的艺术:从文学到电影》,世界图书出版公司 2016 年版,第 24 页。

② 　[美]乔治·布鲁斯东著,高骏千译:《从小说到电影》,中国电影出版社 1981 年版,第 3 页。

天然的媒介差异。这一点在大多数的改编研究中被视为基础性内容。美国电影理论家乔治·布鲁斯东是改编领域较有影响力的专家。在《从小说到电影》一书中，布鲁斯东就小说和电影相关的美学原则进行了广泛的归纳与对比，开篇就借由格里菲斯和康拉德叙述中的"看见"一词，引出了电影和小说在基本样态上的共同性与差异性。两者在表述中看似存在着明显的相似之处，实际上却差距甚远。一方面，"看见"这一行为推动着创作者和接受者之间建立起一种情感上的连接。从这一点来看，小说作者和电影导演的意图是一致的。另一方面，人类"看见"这一行为的达成方式是多样的，视觉捕捉和思维想象都可以完成这个行为，但它们却是两个不同的概念。小说是语言的艺术，是一种推理性、理念化的形式。受众在小说阅读中接受单一的语言元素，依靠头脑的想象来完成对文本的"看见"。而电影则是以视觉为主的复合型艺术，是一种表演性、视像化的形式。受众通过具象化的视觉呈现，完成对文本的"看见"。恰恰是小说和电影两者在样态上的根本差异，派生出两者的其他差异性。

具体来看，在内容载体上，小说与电影存在着单声道和多声道的差异。评论家罗伯特·斯塔姆认为："文学是一种单声道的媒介，而电影却是一个多声道的媒介。"小说生成和传播内容的载体是单纯的文字，而电影使用的是一个复合的载体。电影载体的复合性主要体现在戏剧表演（现场拍摄或者动画片）、语言（口头语和书面语）、音乐、音效（包括噪声和无声）和拍摄画面（动态和静态）五个方面[①]，它们互为补充，合力完成信息的生成和传播。在信息传递中，小说与电影也存在着模糊和确定的差异。小说载体的单一性，使得它只能通过文字去传达所有的信息。文字描述纵然再仔细、再具体，所表达出来的信息依旧是模糊的、不确定的。然而，电影所使用的画面、声音，即使蕴含象征性符号，它所呈现的信息还是相对确定的、指明的。这种分歧无关阳春白雪，或是下里巴人，而是媒介属性所致。而在获取方式上，小说与电影存在着思维和视觉的差异。受众在阅读小说的过程中看到的是文字语言。真正完成文本内容的传递需要经过思维推理，让文本在受众大脑中复刻呈现，再回到文字本身进行补充思维，以实现文本接受和解析的

---

① ［美］约翰·M.德斯蒙德、彼得·霍克斯著，李升升译：《改编的艺术：从文学到电影》，世界图书出版公司 2016 年版，第 49 页。

路径流动。而受众在电影的信息捕捉中恰与之相反。受众获得的是具象化的视觉呈现，从视觉到思维，再由思维返回视觉。

此外，小说与电影还存在着文本中时间和空间上的差异。从时空维度出发，小说是时间的艺术，这似乎较少存在争议。而电影显然复杂了许多。马赛尔·马尔丹肯定电影能够完整控制空间的能力，但并不能确定电影首先是空间的艺术。① 乔治·布鲁斯东则认为："小说和电影都是时间的艺术，但小说的结构原则是时间，电影的结构原则是空间。"② 小说通过时间节点的推进来构建虚幻的空间感，而电影则通过视觉呈现的不同空间状态来营造其中的时间感。两者都是借助一方的展现，让受众在心理上感受到另一方的存在。尹鸿教授则认为，电影是一种时空融合艺术。电影画面提供的就是一个艺术空间，同时，电影又是在时间中展开，具有时间的持续性和顺序性。③ 相对小说而言，电影显然更加复合、更加多样，更加强调对空间感的营造。然而，无论是小说还是电影，时间和空间本就是互相补充的要素，无法消减，更无法分割。

2. 差异性样态下的适应性文本转化

面对不同的媒介，同一内容在进行转化中做出适应性调整和转变是必要的。适应性转变主要以电影艺术的媒介特征为基点，同时又受到各种主客观因素的影响。罗伯特·斯塔姆、亚历桑德拉·雷恩格曾提出，在吸收原作的过程中，会通过一系列的过滤装置对原作的阅读产生影响，包括工作室风格、意识形态方法、政治和经济的限制、作者的偏好、影星的号召力、文化价值等。④ 过程中变量化影响因素存在着差异性、不确定性和特殊性，而文本客观上存在的共通性和确定性则成为改编中可被把握的因素。

首先是基于文本篇幅的适应性调整。不同媒介所能承载的容量并不相同。当两者进行内容转化的时候，最直观的问题就是两者不一定对等的文本篇幅。

① ［法］马赛尔·马尔丹著，何振淦译：《电影语言》，中国电影出版社 2006 年版，第 221 页。

② ［美］乔治·布鲁斯东著，高骏千译：《从小说到电影》，中国电影出版社 1981 年版，第 67—68 页。

③ 尹鸿：《当代电影艺术导论》，高等教育出版社 2007 年版，第 28 页。

④ ［美］罗伯特·斯塔姆、亚历桑德拉·雷恩格：《文学和电影：电影改编理论与实践指南》，北京大学出版社 2006 年版，第 45—46 页。

当然,保持文本的完整性和连贯性是进行篇幅修改的基本要求。一般而言,1 页剧本银幕上大约占据 1 分钟的时间,因此电影剧本平均 120—125 页。[①] 拥有不同篇幅的文本所对应的改编规律存在着明显的差异性。若笼统地从篇幅角度出发,小说可大致划分为长篇小说、中篇小说和短篇小说。其中长篇小说拥有较长的篇幅,文本结构错综复杂、人物众多且情节丰富。短篇小说篇幅较短,一般结构精巧、人物较少、情节简练。在转化中,两者均需要做出大量的修改和调整。而中篇小说介于两者之间,一般篇幅为 80—120 页,与电影文本的篇幅较为接近,因而,改编者并不需要在篇幅层面对原文本进行大刀阔斧的删减。

网络小说的商业模式使得绝大部分的网络小说都拥有较长的篇幅,且目前被改编的文本大多数来自长篇小说。因此,尤其需要注意此类小说的文本处理。长篇幅虽然会增加文本与读者之间的情感厚度,但也增加了改编的难度。长篇小说的电影改编主要通过两种方式的操作以适应故事片的呈现长度:一是对文本内容的选择性削减,包括删减叙事主线外的人物角色、无情节意义的场景、与主要情节联系较少的次要情节、角色间的对话内容、不必要的解说和独白等;二是通过媒介技术和方式的替换操作来缩减文本篇幅,包含将描述性解说文字视听呈现化处理,字幕、画外音替代过渡性剧情内容,多段叙事内容融合压缩成新的叙事内容,通过电影叙事手法重新调整文本内容,等等。针对短篇小说的电影改编,《改编的艺术:从文学到电影》一书归纳出 3 种可供参考的转化策略,使短篇小说适应故事片的长度,分别为集中策略、交织策略和出发点策略。集中策略,即保留小说中的大部分内容,将其集中安排在文本的某一处,并用新的元素填补文本剩余的部分;交织策略,即保留小说中的大部分内容,将其分散在文本各处,并补充新的元素或扩展原文本内容;出发点策略,即只保留情节的前提、角色名称,甚至是标题,以此为基础进行全新的创作。[②]

其次,基于非具象属性内容的表现转变。小说文本不啻于客观事物的内容展现,存在着很多具有思想属性的内容表达,如借喻、梦境、回忆、幻想。小说是

---

① [美]约翰·M.德斯蒙德、彼得·霍克斯著,李升升译:《改编的艺术:从文学到电影》,世界图书出版公司 2016 年版,第 112 页。

② [美]约翰·M.德斯蒙德、彼得·霍克斯著,李升升译:《改编的艺术:从文学到电影》,世界图书出版公司 2016 年版,第 191 页。

语言的艺术,用单一文字激发读者的无限畅想。文字语言需要通过接受者思维、推理、演绎成为一个可以被感知的存在于颅内的形象。加之文字语言自身就是一个符号化的象征,在展现这部分思维属性的内容时占据独特的优势。此外,网络小说充斥着大量潮流性、架空现实的文本元素和叙事方式。譬如古今交替的穿越类作品、一人多世的转生类作品中所涉及的时空和身份转化,电子竞技类作品里虚拟的数字空间,玄幻修仙类作品所刻画的非现实的异度世界,等等。这些无疑又进一步从内容和场景上增加了文本的非具象属性内容。

电影则通过感官传达来获取最直接的信息。如何通过电影的媒介表达来转化小说文本中的非具象属性内容,成为改编过程中需要思考的一个问题。当然,正如布鲁斯东所认为的,当思想有了外形,就不再是思想了。[①] 倒不如将电影对小说文本的改编看作一种转述行为,尤其是对非具象属性内容而言。电影能做的只是通过具体的、感官化的媒介技术和媒介语言,引导受众去感受那些附在内容背后的思想表达。在这个过程中,既存在与小说原义的天然误差,也存在电影创作者的二次加工。与此同时,日本电影评论家岩崎昶从受众层面进行非具象属性内容的讨论。他认为受众作为信息的接收端,也存在一定的差异性。人物传达的感情和心理实际上是受众感情和心理的反映,而不同领悟力和生活体验下的受众感情和心理的反映是存在一定感知限度的。[②] 这种感知限度不仅存在于电影受众中,同样也存在于小说受众中。只是二次创作后所受到的外在因素影响会更复杂,更难以控制。非具象属性内容不单是文字艺术的专属,电影也同样拥有。小说常用的象征、隐喻等修辞手法也被用于电影创作。只是小说用的是文字语言,而电影用的是影像语言。虽然两者所使用的基础元素不同,但本质上却是一致的。如果说小说的借喻和象征是通过多组文字内容的排列组合,让读者在脑海中将文字所感知的形象与具象实物进行对比来产生意义,那么电影则是用剪辑的方式将多组镜头进行有序组合。

众所周知,动态影像所依托的重要原理就是"视觉暂留"。它把握住物像在

---

① ［美］乔治·布鲁斯东著,高骏千译:《从小说到电影》,中国电影出版社 1981 年版,第 51 页。

② ［日］岩崎昶著,陈笃忱译:《电影的理论》,中国电影出版社 1984 年版,第 81 页。

视网膜上滞留的 0.1—0.4 秒时间，让静态画面动起来。美国参议员斯坦福和科恩就"马奔跑时蹄子是否都着地"所引发的争执诞生了最早的电影技术。这组由 24 张连续的马奔跑时的照片所构成的序列，也让大家看到了电影最初的样子。而电影并不满足于简单的信息传递，实际上，一般完整的电影不是连续不间断的，而是由一组又一组的镜头序列所构成。极具表达意识的先锋创作者，或追求特殊影像风格的创作者会放弃组合，使用单镜头序列进行创作。前者如美国先锋派艺术家安迪·沃霍尔，他将镜头固定对准纽约帝国大厦，完成了无声电影《帝国大厦》(1964)。全片 485 分钟，记录了帝国大厦从晚上 8 点到凌晨 2 点半的样子，却始终只有一个镜头。后者如亚历山大·索科洛夫，他动用超过 4500 人，拍摄 4 次才完成了这部 99 分钟的影片《俄罗斯方舟》(2002)，只为实现单镜头的影片创作。其后，单镜头更被视为一种特殊的创作方式保留下来。大多数的电影还是会运用剪辑来进行创作。

电影的创作思路是通过镜头与镜头组合下的逻辑关系来呈现的，观众通过想象去完成缺失内容的填补。而这种填补不仅能够实现非连贯动作的内容补充，而且可以催生剪辑者所预设的想象含义。早在 1918 年的库里肖夫实验就已印证这一点（库里肖夫选择苏联著名演员莫兹尤辛的几个静止的没有任何表情的特写，与不同的影片片段相互组合，来表达电影情绪）。正如布鲁斯东所说的，两段影片连接起来以后，就变成第三种新的东西，和那两截胶片各自独立时，完全不是一回事。[①] 这也正是如今电影所习惯采用的叙事手法——蒙太奇(Montage)。蒙太奇让剪辑能够成为体现某种非具象化内容的重要方式之一，通过具象化的镜头序列预设引导观众催生非具象化思维。当然，这里所提及的剪辑不仅仅针对视觉画面，还指代包含画面、音乐的综合性镜头序列。

蒙太奇有助于电影非具象化内容的呈现，它既可以引导观众，激发观众思维联想，又可以创造一种熟悉感来传达非具象的时空概念。这也是电影利用非语言元素来表现回忆和过去的一种常用方式。当我们认识了一个事物之后，这个事物就带有一种熟悉感。而这种感觉就如同带着过去的烙印，暗示观众进入一

---

① [美]乔治·布鲁斯东著，高骏千译：《从小说到电影》，中国电影出版社 1981 年版，第 26 页。

个回忆过去的叙事情境。这部分激发观众内在意识的元素可能是电影中已经出现过的,作为坐标来唤醒观众之前的观影记忆,锁定片段在影片中的时空定位。另一部分熟识元素,并不完全呈现在影片中,仅依托于现实生活中特定记忆的标识。电影创作通常会使用一些过往时间内拥有特殊意义的记忆元素,将个人记忆编码到系统的符号体系与修辞实践当中,在电影的光影交错中唤起观众的记忆,从而凸显关于集体记忆的深刻内涵,填补他们的情感空缺。① 这些元素可能是交互性的仪式、可识别的符号,或是浓缩化的叙事。观众会在作品中寻找到能够被识别的符号,进而完成认同的过程。

此外,媒介技术与视觉表演等重要部分也可以帮助电影完成非具象化内容的展现。高科技为扩展电影的想象力和感染力提供了广阔的技术与艺术潜力。② 媒介技术让电影所拥有的空间性更加灵活,从而使所表现出来的时间性也显得非常灵活。在现实生活中,一株植物从种子、嫩芽、花骨朵、开花到花谢需要漫长的过程,而在电影里几秒钟就可以完成。现实生活中的流畅动作在电影中可以实现站定、加快或者调慢的效果,让受众感受到时间的变化,从而产生一种梦境和超现实的幻觉。从操作角度来看,一方面,媒介技术对画面进行技术处理,由此对镜头做出不同的区分,比如用画面色调、滤镜、质感的更换来区分现实与梦境、真实与幻觉;另一方面,电影虽然不能表现思想的属性,却能找到适当的对应物来表现以速度的可变性(拉长、缩短、加快、降低)为特征的心理时间。③ 此外,就是视觉表演的方式。巴拉兹·贝拉认为,如果电影扩大了表现的可能性,那能够被表现的精神领域当然也随之扩大了。④ 电影中真实角色的身体语言为文本内容的表达拓宽了界限。电影享有书写文本欠缺的情绪、意念次文本(subtext)。⑤ 微表情、人物手势、口语韵律等演员在镜头内的不同表演,可以

---

① 王思:《论国产怀旧电影对集体记忆的建构》,《东南传播》2016 年第 2 期,第 22 页。

② 尹鸿:《当代电影艺术导论》,高等教育出版社 2007 年版,第 21 页。

③ [美]乔治·布鲁斯东著,高骏千译:《从小说到电影》,中国电影出版社 1981 年版,第 57 页。

④ [匈]巴拉兹·贝拉著,何力译:《电影美学》,中国电影出版社 2003 年版,第 32 页。

⑤ [美]路易斯·贾内梯著,焦雄屏译:《认识电影》,北京联合出版公司 2017 年版,第 208 页。

表现那种即便千言万语也难以表述的情感状态和精神体验。这既是依托于观众接受和解读的次文本，也是影像作品独特的非具象属性内容具象化表达的一种方式。

(二)电影样态的优势补偿

1. 转化背景下样态优势的嬗变

不同媒介拥有其独特的样态优势。当文本内容发生媒介转化时，自然会出现样态优势的嬗变。小说存在着自身天然的样态优势。一方面，小说文本与读者之间相处的时间较长。一本小说可能需要几十个小时，或者更长时间才能阅读完。连载模式下的网络小说甚至可以达到几个月，甚至几年。明宇发表于起点中文网的玄幻小说《带着农场混异界》，截至 2023 年 8 月全文已达 13402 章，总字数已逾 4540 万字。像这样超长的陪伴时间是一般电影所无法实现的。此外，网络小说的媒介特殊性使得文本主体间可以产生大量的互动内容，彼此的交流甚至还有可能影响到最终的文本构建。如此一来，愈加增加了受众对文本的情感厚度和黏性。另一方面，语言所赋予读者的想象空间是巨大的。语言有它自己的法则。文学作品中的人物形象和构成与这些人物形象的语言是不可分割的。因此，这些人物形象在影像中实现的具象化，往往难以让人满足。就如同克莱汶所认为的，他可以对一个被创造出来的人物身上与自己共同的那部分产生共鸣，但他并不能真的看到这个人物。[①]

媒介的样态优势并不是判定小说和电影优劣的标准，而是承认了小说所特有的天然优势。小说与接受者建立了稳固的情感关系，赋予了他们无限的想象空间，且判定了当电影确认对小说文本进行改编的时候，自然就损失了这部分小说的样态优势。相对应地，具象化的电影有着单纯文本所达不到的视觉效果，它可以通过自身的特点来完成样态优势的嬗变。

2. 电影沉浸效果的打造

电影媒介试图用一种短时间内高度沉浸式的观影体验来弥补对小说样态优

---

① 〔美〕乔治·布鲁斯东著，高骏千译：《从小说到电影》，中国电影出版社 1981 年版，第 25 页。

势的损失,即通过限定时间内,吸引观众完成高层次、高频率、大量的注意力投射来形成一种对文本的情感构建。电影拥有着天然的打造优势,拥有着比其他艺术媒介或呈现方式都要强的"临场"。打造电影沉浸效果的最基本、最简单的方式就是对外部环境的营造。相对于小说不确定的阅读场所,电影通常拥有一个固定的观看空间。除立体化的观影空间设计以及其他移动式的观影空间外,常见的观影空间是一个拥有银幕的恒定环境。观众置身在一个黑暗的环境内,拥有固定的观看位置。在一个相对受制的环境下,银幕成为空间中唯一的发光点,从而迫使观众将注意力投放在银幕上。正因如此,电影也就常常被比作梦。对电影而言,摄影机就是观众的眼睛。① 从表面上来看,摄影机确实和眼睛很相似。画面的捕捉范围就像眼睛的视野,画面的切换就如同视角的改变。摄影机是一种理想化、非现实的眼睛,有时要比眼睛更加灵活。它不仅可以捕捉不同景别的静态内容,还可以上天入地,拍摄不同类型的运动景象,甚至可以配合布景灯光,完成特定的画面需求。当然,摄影机作为完成作品的一个工具,它服务于拍摄者的需求。摄影机所拍摄的画面只是作为组成电影的原始素材。因此,这种沉浸式观影体验是一种主观化的客观引导结果,它需要通过精心设计的视觉呈现,来极大地吸引观众的注意力,从而促使代入感的产生,最终达到理想化的体验效果。

完整的电影作品借媒介技术和媒介方式,通过文本故事、视听语言以及形象表演的共同配合以达到沉浸效果。

具体来看,其一,依赖于文本叙事。从叙事层面来看,故事的连续性和流畅性是达到沉浸效果的基本要素。一段完整的情节都是由大量分散的镜头片段所连接而成的。镜头和镜头之间的切换必须要遵照一定的叙事逻辑和剪接规律,并借由音乐、色彩来加强画面的形象,进而带动观众的情绪。整个剪辑和故事线保持一致。与此同时,需要对片段进行必要的筛选,删去一些无意义的内容。任何跳脱于叙事主线的片段都有可能削弱观众的沉浸感。其中,无法被忽视的就是不同叙述视角的选择。摄影机如同人的眼睛,同样存在视角的差异。主客观

---

① ［苏］V·I.普多夫金:《电影技巧》,多林斯基编注:《普多夫金论文选》,中国电影出版社 1985 年版,第 71 页。

视角所带来的感受是不同的。主观视角,即摄影画面展现影片人物的视角。观众对角色产生强烈的代入感,由此出现一种"我演出"的心理效果。而客观视角,即摄影机作为第三方的角度呈现故事画面。此时的观众会有一种"我参与"的心理效果。电影创作者根据不同的预期效果,运用不同的视角,如果与电影文本配合得当的话,会大大增加影片的真实感。

其二,依赖于视觉刺激。电影的具象化一方面消解了小说无限的思维空间,另一方面其实也构建起了电影独特的优势。汤姆·冈宁认为,1906 年之前的电影显现出一种对视觉特性操控的特点,将其形容为"吸引力电影",并称它直接诉诸观众的注意力,通过令人兴奋的奇观——一个独特的事件,无论是虚构还是实录,本身就很有趣——激起视觉上的好奇心,从而提供快感。这是一种奇观之下耗费脑力便能获得的感官享受。他认为,如今吸引力电影并没有消失,而是转为地下,同时在某些电影实践中作为叙事电影的一个成分。影片呈现的奇观化视觉画面会给观众带来直接的感官刺激,他强调了视觉画面对观众感官刺激的重要性。简而言之,电影可以让观众看到日常生活中所看不到的视觉呈现。奇观化的视觉呈现,一方面体现在对客观事物的奇观化处理上,譬如用升格和降格的技术手段来改变画面的呈现效果,选择微距、超广角或特殊视角来拍摄肉眼无法捕捉的画面,通过后期技术处理画面元素来达到某种虚拟的特效;另一方面体现在对非客观事物的呈现上,这在众多的重类型电影作品中,常常被使用。所谓重类型电影通常指代科幻、魔幻、奇幻、灾难、神话、超级英雄等场面宏大、科技含量高、想象力丰富的电影。① 它们习惯构建一个非现实的虚拟空间,直接给观众带来视觉上的冲击。在小说改编的电影作品中,小说文本读者还拥有专属的奇观化体验。这种体验在一定程度上与小说内容的重现相联系,如情节文本、叙事场景、故事人物等等。这种专属体验甚至是脱离叙事,脱离智化的。这受限于他们的个人情感、对奇观化视效的判断,与他们不同的观影经验相关,并不能被完全控制和掌握。因而相对地,对奇观化视效认知程度的不同也直接影响观众的感官体验。

---

① 尹鸿、梁君健:《通向小康社会的多元电影文化——2015 年中国电影创作》,《当代电影》2016 年第 3 期,第 7 页。

二、原文本到新文本的转化

文本转化是小说迈向电影媒介的一个核心环节。不同媒介的承载内容、方式、特征或多或少都存在着一定差异性。创造派认为,改编从某种意义上来说是对于原作的再创造。巴拉兹甚至提出把原文本仅仅当作未经加工的素材,而根本不必在意素材已具有的形式。[①] 事实上,原文本需要经历删减、扩充、修改等改编操作,变为适合进行拍摄的剧本,而后才能转化为完整的电影作品。此外,网络小说不同于传统小说,其生成和发展在互联网环境中。互联网为大众提供了一个自由、低门槛的创作空间。在这个空间中聚集着各色的创作对象,肆意释放着各异的情绪。新民间文学、青年亚文化都在这里找到了落脚和蔓延的空间。网络小说无论规模有多大,背后的用户有多少,它依旧生长于一个亚文化的空间当中。而电影是大众喜闻乐见的艺术形式,亦是具有庞大受众数量的大众文化。换而言之,电影是构建在大众文化之上的艺术形式。作为一个相对主流的媒介,电影公开面对社会主流受众,承载着符合主流价值观的文本表现。因此,无论是媒介天然的差异性,还是改编主体的特殊性,都使得电影和网络小说在文本元素与叙事形式上存在着一定的分歧。由此,无论是从媒介转化所带来的必然性变化来看,还是从网络小说自身的特殊性来看,网络小说文本在改编过程中都需要完成适应性的转化。同时,在电影市场和文本价值的双重影响下,改编一方面尊重电影媒介的创作规律,另一方面还是需要努力实现原文本的文本价值转化。

(一)新文本的适应性改编

当网络小说 IP 所提供的内容作为文本素材进入电影媒介当中,文本内容对媒介的适应性转化自然就无可避免了。对于篇幅动辄几百万字的网络小说来说,文本篇幅处理便成了改编过程中最直观的问题。纵然不考虑其他改编的因

---

① 　[匈]巴拉兹·贝拉著,何力译:《电影美学》,中国电影出版社 2003 年版,第 280 页。

素,面对数十倍的文本差距,成段成章地删减已是在所难免。当然,即便是一本相对较短的小说,也不能将其全部内容放进一部故事片里。[①]

1. 人物角色调整

角色是通过书籍或者电影之类的媒介所呈现出来的个性鲜明的人物。[②] 在具有故事内容的文本中,角色作为文本中连接和推动叙事的主体,是观众情感投射的客体,也是最直观和最重要的文本元素之一。不同的角色存在不同的调整方式。按照在叙事中的重要程度,角色一般可分为主要角色和次要角色。

长篇小说通常会有许多次要角色。这些次要角色由一些次要情节串联,并依附在主要情节的发展轨迹上,如此一来,既丰富了文本的情节,也增加了文本的趣味性。然而,在文本改编的过程中,这些次要角色和情节可能会成为负担。电影所能承载的文本容量远不及小说。大银幕中所呈现的人物更追求代表性、特殊性、符号性和目的性。直接删掉或合并部分次要角色是改编行为者惯常选择去适配电影时长的方式。而主要角色作为故事的主体,一般无法进行简单删减或合并处理。改编行为者通常需要在保持人物完整性的前提下,对人物的角色背景和前史进行调整与重构。电影《致我们终将逝去的青春》去掉了小说中篇幅并不大的两个角色,即卓美和何绿芽,并对黎维娟和朱小北这两个角色进行了修改。最终,把 402 女生宿舍的“六大天后”浓缩为 4 个性格迥异的女生。敢爱敢恨且个性张扬的郑微、纯洁温婉且美丽痴情的阮莞、目标明确且现实功利的黎维娟、大大咧咧且自尊脆弱的朱小北,通过 4 个人物角色将大学女生宿舍的百态群像进行浓缩。同时,对郑微、陈孝正和林静三位男女主人公的角色背景都进行了一定的浓缩与调整:将郑微母亲和林静父亲的感情故事拆解;将陈孝正幼时的家庭变故、与母亲的相处模式等内容一笔带过……然而,小说中这些作为男女情感动机和积蓄的次文本内容被大大弱化,在一定程度上造成了男女主角情感厚度和深度的损失。但毋庸置疑的是,改编后的篇幅更适合电影媒介的容量,也使

————————

　　① 〔美〕约翰·M.德斯蒙德、彼得·霍克斯著,李升升译:《改编的艺术:从文学到电影》,世界图书出版公司 2016 年版,第 178 页。

　　② 〔美〕约翰·M.德斯蒙德、彼得·霍克斯著,李升升译:《改编的艺术:从文学到电影》,世界图书出版公司 2016 年版,第 26 页。

得故事聚焦在三位主人公的爱恋故事和情感表达上,从而实现电影文本的统一和集中。

短篇小说的改编则恰好与之相反。一些超短小说甚至都没有笔墨留给主要角色。《你相信谁》原是一篇超短篇网络恐怖小说。故事讲述了一对情侣与队友登山,中途天气突变,仅留女友一人看守营地。到了第七天,其他队员和男友先后回来,但彼此认定对方已经遇难,女友陷入两难。作者围绕"你相信谁"的核心问题,以寥寥数笔讲述了一个概念性的恐怖故事。文本中的人物描述只有关系,甚至没有职业、年龄、背景。电影《凶间雪山》(2012)抓住小说中"你相信我,还是相信他们"这一点,进行大量扩充改编,为男女主角,甚至攀登队友都增加了丰富的故事背景和人物关系,以完成电影叙事合理性和逻辑性的搭建。

2. 文本事件调整

一般来说,传统文学更注重情绪和剧情铺垫,用较长篇幅的铺垫和叙述来推动情绪的爆发与高潮的到来。而网络小说为保持对读者的吸引力,通常会着重考虑文本各节点的可读性。片段式的呈现方式使网络小说脱离了宏大叙事的框架,转而节节有高潮,处处有惊喜。每一个片段文本中暗含着作者设置的悬念和爆点。电影为适应如此特征下的小说原文本,不断探索与之相匹配的改编方式。

其一,大字节文本的情节整合。长篇小说拥有更为丰富的文本内容,配合长时间连载的阅读陪伴,通常具有较为庞大且稳固的粉丝群体。这给予改编行为者更大的再创作空间以及潜在的商业价值。分析现有的网络小说电影改编实例,可发现其中绝大多数改编自长篇小说。就这些实例来看,长篇网络小说的改编方式主要有两种:其一采用背景承接、片段截取的方式。电影文本依旧承接小说文本所构建的故事世界,包括主要角色、人物关系设定、主体剧情发生的前史和背景等。以此为基准,选取小说文本中的单个或多个片段故事,在保证电影情节完整性和连贯性的基础上进行片段的整合重构。这种方式更适用于有较为明确的片段化特征的小说文本,一般为系列小说,即小说文本由多个片段式的小文本共同构成,每个小文本共享同一个叙事空间和叙事主角,且具备自己独立的故事分线。这类文本类似闯关游戏的基本框架,每一个小文本都可以单独成为或组合成电影改编中的叙事主线,搭配小说文本的叙事背景即可构成完整的电影文本。譬如,《鬼吹灯之寻龙诀》(2015)和《九层妖塔》(2015)均改编自《鬼吹灯》

系列小说；《盗墓笔记》(2016)改编自同名系列小说《盗墓笔记》的《蛇沼鬼城》和其前传《藏海花》；《秦明•生死语者》(2019)改编自《法医秦明》系列小说《尸语者》；又如，同年上映的两部电影《心理罪》(2017)和《心理罪之城市之光》(2017)均改编自雷米的同名系列小说《心理罪》。前一部改编自《心理罪：画像》中的开篇故事"血之魅"，后一部改编自《心理罪：城市之光》。电影《心理罪》和《心理罪之城市之光》尽量保留小说文本中完整的故事框架，并对情节进行筛选、整合或添加。该方式将小说文本中的故事背景、人物角色、主要情节甚至故事结局进行选择性保留。具体来看，其以新文本所设计的叙事主线和创作意义为选择的标准，进而对小说素材进行选择性筛选、整合。从目前网络小说电影改编的实例来看，创作主体会尽量保留小说的故事框架，通过对次要角色、场景、情节等要素进行删减、合并，再配合媒介技术和方式的替换以满足完整叙事和故事片时长的要求。这种方式在网络小说电影改编中也是比较常见的，通过相对完整的故事框架与小说文本产生关联，在观感上保留了小说文本一定的完整性。

其二，小字节文本的情节扩充。在互联网时代下，任何人都可以通过网络创作来宣泄情绪、发表感悟。这些文本没有篇幅的限制，没有文法的约束。碎片化的时间加之非职业化的创作身份，使网络中存在大量碎片化、小字节的文本。这些小字节的文本显然无法具备长篇小说那样宏大的体量，通常会存在叙事内容不够丰富，或者文本体量无法满足电影文本需求等问题。同时，小字节文本也有诸如文本内容游离于叙事之外，主要是在抒发情感的情况，这将成为改编的特殊挑战。因而，针对小字节文本的改编，必然需要经过一定量内容的补充以完成其与电影文本的适配。

就目前来看，小字节的网络小说文本改编成电影的案例较少。根据现有案例分析，一般有两种改编方式。一是承接约翰•M.德斯蒙德、彼得•霍克斯所提出的交织策略。根据超短篇网络恐怖小说《你相信谁》改编的《凶间雪山》，根据作家安妮宝贝(庆山)的短篇小说《七月与安生》改编的同名电影，以及根据《从你的全世界路过》改编的电影《摆渡人》均是选择这种方式来完成文本的扩充。交织策略有益于保持小说文本的完整性，它保留了原文本中的大部分内容，并将内容分散在新文本各处，同时，增加新的文本内容，使其扩展到电影所适合的文本篇幅。二是采取文本合并重组的方式，即将几个叙事文本合并，从而构成一个完整的叙事文本。在改编具有明显片段式风格的网络小说时,通常会选择将现有的多个片段合并到同一个叙事空间,或在原文本的基础上再创作新的文本,并放置进原文本的叙事主轴中。此种方式最具代表性的案例就是电影《从你的全世界路过》。原作是张嘉佳的"睡前小说"系列。该系列由 38 个小字节文本组成,每个文本几千字不等且包含许多用以抒发情感、发表感悟的描述性文字。在电影改编的过程中,张嘉佳亲自担任编剧选取了原作中的 4 个故事。"第一夜初恋"中的《从你的全世界路过》和《猪头的爱情》以及"第二夜表白"中的《我希望有个如你一般的人》和《最容易丢的东西》。电影保留了 4 个故事中的部分角色和关键情节,将其修改并重新构建成一个新的叙事文本,通过邓超饰演的主角陈末串联起故事中的人和事。

(二)新文本的奇观化改编

不同的叙事载体对故事的选择、呈现和侧重存在着差异。电影媒介一方面受媒介形式的影响,以直接的视听呈现让观众捕捉信息,另一方面又受到艺术创作与工业生产的制约,因而表现出故事视觉呈现性、动态变化性以及强度超常性的叙事特征。在具体改编中,新文本往往会最大限度地发挥电影的媒介优势,着重于观影效果的强化。网络小说并不一定拥有华丽的笔墨、诗意的描写和深刻的内涵,但依旧显现出独特的文本价值。网络小说作为大众丰富想象力结出的果子,文中充斥着各类奇观化的环境和奇观化的故事。罕见的"他者"故事和异度空间对受众具有非常强的吸引力,足以引起受众的好奇。这些奇观化的元素恰恰成为改编过程中,被电影媒介所强调和看重的内容。

1. 奇观化环境的构建与重现

小说中对环境的描述主要是交代情节发生的场景,帮助读者实现思维上的重现。这些加重笔墨的描述承载着一定叙事上的作用:有的是帮助读者构建非现实的空间,譬如"巨型廊柱立在墓室四个角落里,墓室地面上到处堆着东西……那是小山一样的金银器皿、宝石琉璃"[①];有的则是起到推动剧情的作用,譬如"一下子陷入黑暗当中……忽然上面就亮了起来……无数绿色的小光点聚

---

① 　南派三叔:《盗墓笔记 3》,中国友谊出版公司 2007 年版,第 154 页。

集在房顶上，好像漫天的星海一样"①。事实上，小说文本中并非所有环境都有对应的描写。许多环境仅以宿舍、森林、厨房等统称一笔带过。电影是一种以视觉为主的艺术形式，天然强调视听效果，以最为直接的视听呈现让观众捕捉信息。小说文本中环境的重现是通过文字描述，读者自行在大脑内完成想象，电影文本对环境的重现则直接视觉化。因此，电影改编过程中的环境构建，既受文本叙事的影响，需要考虑与故事的适配性，本身的精致度、真实感，以保证叙事的完整性和观众的代入感，又受小说文本的影响，在保证细节还原度的同时，还需要完成大量小说文本中所省略的环境细节。

创作者往往并不期待观众用一种理性思维对电影中奇观化环境进行分析和拆解，他们更希望以最直观的图像输出调动观众非理性的情感体验。因此，创作者在将二维文字元素搭建成三维拟真世界时，便会对奇观化场景进行细节刻画、大篇幅展示，强调一些非日常或超日常的视觉元素，给予观众直观、瞬间的视觉刺激。《鬼吹灯之寻龙诀》制作团队为更好地呈现奇观化场景，一方面进行细致的文化考证，细到场景中的每一个石像设计、壁画纹理。导演乌尔善在筹拍前曾为此探访了很多墓穴和博物馆，并在专业团队带领下学习了风水学。另一方面，制作团队在场景改编中投入大量人力、物力，仅后期制作就用了一年时间，投入2.5亿元。他们启用了中国电影集团公司几乎所有的摄影棚，实景搭建出剧中巨大的地下宫殿，前期均用 3D 搭配巨型画幅格式进行拍摄，以 2742 小时的超长棚内拍摄完成素材采集，还特别聘请斩获奥斯卡金像奖最佳视觉效果奖的道格拉斯带队制作完成了 1500 多个视效镜头，占比达到了全片的 90%。在《鬼吹灯之寻龙诀》这样架空、玄幻、超现实小说文本改编中，奇观化环境强化呈现显得尤为明显。像《三生三世十里桃花》《悟空传》等以玄幻小说为原文本的电影改编需要重现三界仙境；而《微微一笑很倾城》之类结合虚拟游戏的原文本，在改编中则需要同时完成现实与虚拟双场景的搭建。

2. 奇观化文本的选择与呈现

网络小说的叙事表达个性化、年轻化，呈现出鲜明的娱乐性和宣泄性特征。反映到具体的叙事文本中，则相应呈现出多样化、奇特化、碎片化和情绪

---

① 南派三叔：《盗墓笔记 3》，中国友谊出版公司 2007 年版，第 56 页。

化的特征。网络小说并没有统一的标准，也没有统一的书写模式。网络小说创作者们充分发挥想象来满足个人本色的释放。而在改编过程中，这些题材特殊或故事猎奇的文本自然也被当作一种崭新且极具吸引力的元素吸收到电影创作当中。

其中自然不乏奇情关系的展现。网络小说的众多文本中，充溢着各种各样的奇情关系和奇情故事。而网络小说改编的电影则会选择性地提取其中具有特色和吸引力的元素及关系，并进行放大。《恋爱前规则》中美丽空姐冉静与宅男陆飞，《喜欢你》里女汉子厨师顾胜男与毒舌总裁路晋，《致青春·原来你还在这里》中帅气善良且家境殷实的程铮与柔弱倔强的苏韵锦，《何以笙箫默》里帅气的法律系高才生何以琛与普通女大学生赵默笙，《泡沫之夏》中尹夏沫与娱乐圈巨星洛熙、集团少董欧辰，《少年的你》中优等生陈念和街头混混小北……皆是用完美化的异性定位，去满足大众对理想异性的美好幻想；以主角间悬殊的身份差异，来制造悬殊感下的特殊美感；最后借由男女主角排除万难幸福地生活在一起，完成最终的情感释放和满足。这一非常熟悉的经典类型化叙事，在网络小说文本的加持下，重新得到了关注，并充分迎合了目标受众的喜好。

此外，还有新奇题材的呈现。网络小说中大量突破传统小说内容和题材的新类型文本，常常会被作为电影改编中的奇观化元素。网络小说中包含的猎奇故事大致可以分为两类：其一是在传统小说类型基础之上文本类型和题材的扩充。譬如，以《鬼吹灯》为代表的盗墓类、以《步步惊心》为代表的清穿类、以《三生三世十里桃花》为代表的玄幻类、以《全职高手》为代表的游戏类等等。这些新奇的文本类型打破了过往的电影模式，给予了电影观众崭新的观影体验，并大大丰富和拓宽了电影观众的观影想象。其二是非职业创作者所带来的职业性故事补充。大多数的网络小说创作者并不是职业作家。这些拥有不同生活经历、工作背景的网友的文笔可能逊色于职业作家，但他们创作出了带有职业元素的精彩小说文本。《心理罪》系列小说的作者雷米是中国刑事警察学院刑法学教师。精通犯罪心理学和刑侦学的他将这些专业知识都投射在了小说主角方木身上，通过主角串联起故事中的所有细节，完成文本的构建。安徽省公安厅物证鉴定管理处副主任法医师秦明同样如此。从起初用微小说的形式记录工作点滴到正式连载《法医秦明》系列小说，秦明始终将一些法医学知识融入创作的文字里。这些极具专业特征的文本完全是职业作家所无法完成的，它们无疑开阔了观众的眼界，满足了观众对这些职业奇观化的期待。仍需一提的是，这些文本所融入的专业科普知识，让观众能在娱乐的同时接触到一些专业知识，了解此前可能相对比较陌生的社会职业。这也是此类文本额外的价值体现。

(三)新文本的主流化改编

主流一词通常有两种不同的含义：一种是表达了执政集团利益和需求的主流；一种是代表社会多数人利益和需求的主流。① 在当下语境中，电影新文本的主流化改编主要体现在主流价值的取向和主流市场的需求上。接近这两种主流标准是新文本价值转化的基础，也是实现新文本价值最大化的重要条件。而理想状态则是实现主流价值和主流市场的"合流"。

1. 电影表演的考量

演员不仅是人物视觉化、具象化中最直观的呈现，也是电影与观众之间的中介客体。在网络小说的电影改编中，演员的形象和表演不仅影响到电影的视觉呈现，更关系到原文本的重现，影响原文本受众的情感迁移。由此，主流价值取向下的演员选择通常出于两方面因素的考量。

一方面可能与改编文本的预期呈现相关联。小说粉丝早在改编项目启动之初，便会积极投身角色饰演人选的讨论。而改编者同样会投其所好，进行预设市场的调研。2015 年，阿里影业宣布启动玄幻类小说《三生三世十里桃花》的电影拍摄项目，随即通过网络发起男女主角的投票，以求在选角上尽可能贴合观众的预期。电影成品的艺术性、价值性以及完整性是衡量其质量的重要前提。从电影角色出发，演员的外形和身上的一些细节是否与原著的描述完全一致并不那么重要。重要的是，要选择符合文学特征的演员，以保证他不会破坏故事的连贯性。②《鬼吹

---

① 尹鸿、梁君健：《新主流电影论：主流价值与主流市场的合流》，《现代传播（中国传媒大学学报）》2018 年第 7 期，第 83 页。

② ［美］约翰·M. 德斯蒙德、彼得·霍克斯著，李升升译：《改编的艺术：从文学到电影》，世界图书出版公司 2016 年版，第 336 页。

灯之寻龙诀》选择由黄渤扮演摸金校尉三人组中的王胖子。消息一经公布,便引发热议。小说中王胖子,又名王凯旋,自小体格就大别人一圈,大大咧咧、嘴碎话多且出手不凡。光从体形上看,黄渤与小说中的王胖子形象差距甚远。电影上映后,黄渤凭借自身在影片中的亮眼表演以及十足的气场,弥补了与角色的形象差距。在网络调查和访谈中可以看出,黄渤的王胖子形象颇受小说粉丝好评。由此可见,对小说角色的还原度并不单单指外貌特征,还与演员自身的塑造性和专业度息息相关。

　　另一方面则需要将市场效应纳入考量。电影既是一个艺术品,同时也是一个商品。天然的商品属性以及庞大的生产成本,使电影创作的每个环节都被纳入商业化考量。而演员不仅作为电影人物的扮演者支持着电影叙事的发展,同时还成为电影吸引观众、征服观众的一种创意元素[1],在市场效应考量中占有很重要的位置。早在 20 世纪初,好莱坞就借助演员的个人吸引力推动电影项目的发展,形成了以演员个人为主的明星制。如今,演员更是成为受众选择电影、评判电影的重要标准,成为推动影片商业价值转化的重要因素,直接影响着电影项目的最终收益。从社会表演学的层面来说,演员的表演不仅呈现于影片,也呈现于所有媒体文本。[2] 因此,在具体的演员选择环节中,改编行为者会综合考量演员的演技、知名度、社会形象、自身所携带的粉丝数量以及流量变现能力等多方面的因素。尤其值得一提的就是演员个人风险。2014 年 9 月 29 日,原国家新闻出版广电总局正式下发对"劣迹艺人"的相关禁令,即有违反法律法规、败坏社会风气行为的艺人,其参与制作的电影、电视节目、网络剧、微电影等也要暂停播出,其中"吸毒""嫖娼"行为被明确禁止。近年来,屡有电影作品因演员个人原因遭遇上映风险,由此演员个人风险被高度关注。

　　然而,主流价值与主流市场往往难以达到重合,导致所呈现的最终结果并不完美。许多改编作品的争议都围绕着"不恰当"的演员选择。从访谈结果中也同样可以看出,几乎所有的受访者都有提及演员和角色的话题。因而,参考当下改编现状,就助推选角层面"合流"进行一定的思考。其一,如今吸引流量的方式逐

---

①　尹鸿:《当代电影艺术导论》,高等教育出版社 2007 年版,第 135 页。

②　[英]理查德·戴尔著,严敏译:《明星》,北京大学出版社 2010 年版,第 53 页。

渐呈现从单一来源向多元化构成发展的趋势。这从一定程度上为市场认可与价值输出创造了可能。演员凭作品中的精湛演技、现实生活中的个人魅力同样可以为自身聚拢市场价值，给作品带来话题关注，而单纯凭借精致的外貌仅能存在于小部分族群当中，已然无法获得广大受众的认可。其二，演员的商业价值与电影艺术呈现之间的平衡关系将被纳入改编考量之中。如今，忽视文本，盲目依托商业价值堆砌所产生的反噬效果已然显现。高票房、低口碑就是不平衡关系最直接的市场反馈。其三，依托粉丝经济实现高票房收益，并不代表正常状态下的主流市场。从《三生三世十里桃花》《摆渡人》等改编电影票房遇冷就可以看出，流量明星扎堆并不能拯救票房，过硬的文本质量才是赢得主流市场的基础。

2. 叙事策略的调整

匿名化、自由化的网络空间推动着网络小说的私人化、个性化。网络小说被当作承载个人"本色"的容器。这里汇集了极具当下性、无束性的"真我"表达。在这里你可以肆意宣泄个人情绪，可以疯狂投射无限想象，当然也可以纵情倾吐自我心声。但这往往是一种私语化的书写方式。它专为特定社群而创作，以小说文本的形式展现着专属于某社群的表达方式和审美喜好，在社群中拥有相当强烈的情感共鸣，却鲜少被"他者"所认同。当这些私语文本被选中进行电影改编时，需要根据所面对的目标社群进行对应文本的转化。网络小说改编的电影不可避免地需要去寻找迎合主流市场和主流价值的叙事策略。

其一，根据电影改编的表达需求来调整小说文本，厘清所要传递的价值主题，把握明确的叙事主线，安排与之适宜的故事情节。由此在保持小说一定还原度的同时保证电影叙事结构的完整性、集中性和可看性。这种方式在长篇小说的电影改编中十分常见，可以有效帮助新文本的构建。在实际改编的项目中，根据小说文本的不同特征，具体策略也存在一定的差异。

以《新步步惊心》为代表的改编案例，选定电影文本所要表达的故事主线，大刀阔斧地删减与主线剧情无关的情节，来实现文本的集中叙事。根据桐华长篇小说改编的电影《新步步惊心》，保留小说主角现代都市白领张小文意外穿越时空隧道，化身清朝少女马尔泰·若曦的"穿越"故事框架，选择将爱情作为作品的内核。为了突出爱情主题，电影对小说故事情节进行了大量删减，小说中与爱情主题无关的情节和人物被舍弃掉。另外,女主角若曦的其他情感支线也被删除,影片集中体现其与四爷、十四爷之间的情感纠葛,并以此作为影片的叙事主线。

以《PK. COM. CN》《七月与安生》为代表的改编案例,选择把握小说文本中的一条叙事线索,并将其他线索进行弱化的策略。电影《PK. COM. CN》改编自网络小说《谁说青春不能错》。小说由主角张文礼收到的一封同学会邀请函而展开,构建出一场多重人格的回忆叙述。小说中穿插着张文礼与好友季银川、吴羽飞之间充满友情和朦胧爱意的大学往事。在电影改编中,改编行为者把握住小说中"N 个自我"的理念,选择突出寻找自我的主题,并弱化了小说中重要的爱情线。为突出主题,在创作过程中设计加入诸多符号化的道具,如面具、镜子、骨架,同时融合意识流式二维动画及配乐、极高饱和度的灯光特效、自我意识化的大段对话,并借由后期编辑技术共同打造一个虚幻超现实的叙事空间。由此,来全力展现角色内心的心理活动,完成文本中两个主角间"个体双生"的暗线设置。电影《七月与安生》同样选择弱化小说中的爱情主线,选择以女性视角展开,突出两个女主角的感情纠葛与彼此成长。同时,在原作基础之上,设置了七月与安生互换的多重情节。七月出走漂流,而安生回归了家庭,这让两个主角都完成了成长的转变。如此一来,在剧情的展现上摆脱了电影市场中传统青春爱情片的套路,融入了一定的现实性,同时,也符合对影片主题的把握。

以《悟空传》《鬼吹灯之寻龙诀》为代表的改编案例,选择将多主角、多线转化为多主角、单线的叙事文本,以人物角色作为原文本的保留元素,通过聚拢、重构叙事文本的方式,完成长篇网络小说的电影改编。2000 年连载于新浪网金庸客栈的《悟空传》是今何在的代表作,也是网络小说草创时期的经典作品。《悟空传》取材自《西游记》,但又不同于《西游记》以西天取经为单一叙事线索,而是以猪八戒与阿月、孙悟空与紫霞、唐僧与小白龙为代表的三条线索展开叙述,是典型的多线叙事文本。电影虽将悟空、阿紫、天蓬、阿月等原著中的重要角色予以保留,但在剧情上进行了很大的调整。影片选择以花果山复仇、对抗天命为叙述主线,将小说中的人物关系和叙事线索融合其中,由此进行剧情的重构和拓展。运用类似改编策略的还有《鬼吹灯之寻龙诀》。天下霸唱的《鬼吹灯》系列作品共有 8 部。影片选择打乱小说的叙事主线,以系列作品中的第五部《黄皮子坟》作为叙事的出发点,重构胡八一、王凯旋、丁思甜三者之间的人物关系和故事前史。与此同时,将小说中的情节和要素打散,并选取与电影文本相关联的部分,以寻找彼岸花为叙事线索串联起剧情,从而构建出不同于小说的新文本。

其二,电影改编时要将媒介特性、受众喜好、观影习惯等因素纳入考量,因而在文本构建中,网络小说改编的电影普遍削弱小说文本中阴暗面的呈现,转而偏向于对善的追求和回归。这一点在由中篇网络小说《网逝》(别名《请你原谅我》)改编的电影《搜索》中表现得尤为明显。最初发表在晋江文学城的《网逝》,是文雨入围第五届鲁迅文学奖的一篇现实主义中篇小说,也是首部入围的网络小说。小说围绕网络暴力的话题,通过一起让座事件,构建出了一个浮躁、现实的社会空间。《网逝》洋洋洒洒 10 万余字,谈不上妙笔生花,但够深刻且现实。现实的不仅是题材,更是文雨在作品中塑造的形形色色的人物。生动的、充满私欲的角色设定充实了整个故事内容。角色各自的利益和逻辑使得原本有些戏剧化的情节变得合理。陈凯歌选择以这部作品为蓝本进行电影创作。陈凯歌亲自参与编剧,邀请高圆圆、姚晨、赵又廷等一众知名演员加盟。2012 年 7 月 6 日,电影《搜索》登录中国各大院线。最终,影片以主创的知名度和号召力,配合辛辣且时下热议的话题,在取得超过 1.7 亿元票房收入的同时,收获了大众良好的口碑(见表 3-1)。

表 3-1　电影《搜索》与小说《网逝》角色人物背景对比

角色名	人物背景(电影)	人物背景(小说)
叶蓝秋	父母双亡,沈流舒的秘书	16 岁的时候,父亲死于白血病,17 岁的时候,母亲死于操劳过度;父亲治病,欠下一大笔钱,叶蓝秋还了近十年;男友路方出国留学,与其分手;沈流舒为其补过课,遭受非议后离开;为了解决基本生活问题而顺从沈流舒
陈若兮	电视台主编、杨守诚女友	父亲原是电视台主任,因和实习生鬼混,丢了官下海经商,后娶了年轻的媳妇,生了个儿子;靠父亲介绍当了实习记者,在行业内经历各种不易;25 岁时,经校长介绍认识了杨守诚,一个比她高 4 届的师兄
杨守诚	婚庆公司职员、陈若兮男友	建筑设计师,陈若兮男友

续　表

角色名	人物背景（电影）	人物背景（小说）
沈流舒	上市公司老总、莫小渝丈夫	10 年前,在一所中学教书,同情叶蓝秋,为她补习功课。后不堪流言,离开了学校,与莫小渝结婚,创业成功成为上市公司老板。对叶蓝秋心存爱慕
莫小渝	沈流舒太太	沈流舒太太,在 35 岁时做起了全职家庭主妇
杨佳琪（杨琪）	杨守诚表妹、陈若兮手下的实习记者	杨守诚的表妹,崇拜杨守诚,经陈若兮介绍进了电视台,成为其助理;对陈若兮充满敌意

　　通过两个版本人物背景的梳理与对比,可以发现电影《搜索》对小说《网逝》中的角色均做了一定的简化处理,消除了部分角色的复杂性,尤其是两位女性角色叶蓝秋、陈若兮。就角色设置而言,事件主角叶蓝秋和视频拍摄者陈若兮作为故事的关键人物,原本均有着丰富的人物前史,这在电影中全都进行了淡化处理。叶蓝秋仅剩下拥有美丽外貌、身患重病、父母双亡(台词提及)以及为沈流舒秘书的人物设定。而陈若兮基本没有人物背景介绍,只赋予其电视台主编和杨守诚女友的身份。伴随人物前史的淡化,角色与角色间的关系也趋于单纯化。杨佳琪(杨琪)不再倾慕表哥杨守诚,叶蓝秋与沈流舒之间没有了类似"情人"的关系,莫小渝也没有长期将叶蓝秋视为情敌。虽然简化后的角色大大减损了小说文本的可看性、复杂性、批判性,但更符合大众惯常的观影习惯和观影期待。修改后的电影文本让观众能够在限定的时间内完成对人物设定和关系的接受,从而快速进入剧情,反思影片主题。

　　具体而言,电影《搜索》消除了角色一定的复杂性和阴暗面,以迎合当下观众的观影取向,减少负能量的输出。小说中的叶蓝秋遭遇"网络暴力"的幕后推手其实是陈若兮:她会出于嫉妒去表达对叶蓝秋的不满,会删除中立帖来引导网络舆论的走向,会引导叶蓝秋班主任说出不真实的言论,还会利用莫小渝对叶蓝秋的憎恶来推动事件的发展。而在电影中,陈若兮自私、无情且带有强烈利益取向的人物设定被大大弱化,并在情节上进行了相应调整。杨佳琪拍摄影片是出于记者的职业敏感,莫小渝打电话爆料是因为意外撞见叶蓝秋和丈夫沈流舒抱在一起,班主任的倒戈是受新闻报道的舆论影响,陈若兮策划新闻报道是想博取大众眼球,而后来的网络爆料则是发现了男友和叶蓝秋在一起。如此一来,陈若兮仅仅是推动"网络暴力"发展中的一环，而非事件的主导者。基于一连串意外行为所致的施害事件，让观众失去了感情发泄的具体目标，只能将矛头对准虚无、盲目的大众，同时激发对新闻媒体和传播的反思。由此，电影文本主题牢牢锁定在对"网络暴力"的行为思考上（见图 3-1）。

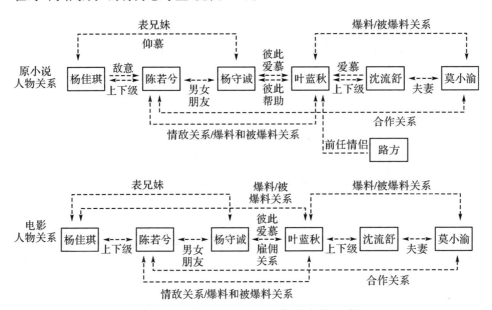

图 3-1 小说《网逝》与电影《搜索》角色关系对比

除此之外，电影改编也通过消除完全意义上反面形象的方式来减轻文本的负面价值。除了上述提及对陈若兮人物特质的弱化，《搜索》对其他角色的私欲描写以及结尾也做了调整。譬如，将小说中杨佳琪故意陷害陈若兮改为受人利用，不小心致使陈若兮失去工作，更将小说中沈流舒为叶蓝秋实施报复的情节全部删除等等。这些设计和调整都大大减弱了小说文本对人性阴暗面的展现，转而回归对善的追求。

其三，网络小说改编的电影作品通常选择消除小说绝对、残酷、悲剧的结局设定，更青睐于构建一个较为开放、中立、团圆的结局。这样的改编策略一方面将电影作为小说的再创文本，提供了一个弥补小说遗憾的机会，而另一方面自然也是出于对当下观众期待"大团圆"结局的迎合，让观众能够在电影中实现对圆满结局的期待。

在《致我们终将逝去的青春》的原著小说中，郑微选择和林静结婚并生下了孩子,陈孝正孤身一人,失去工作回到老家。而电影设置了一个相对开放的结局。郑微拒绝了林静的求婚,告诉他一直爱着他的施洁是更值得他爱的女人。对于陈孝正的复合请求,郑微则以"青春是用来怀念的"予以回绝。如此修改,对之前遗憾郑微、陈孝正这对情侣分手的读者有了一丝弥补,同时也给观众留有观影后思考和感悟的空间。电影《搜索》同样也运用了这样的策略。陈若兮被推到了社会舆论的风口浪尖,受"网络暴力"反噬,准备跳楼来结束这一切;杨佳琪自始至终都无法得到杨守诚的爱;而杨守诚徘徊在法律与公道之间,迷茫踌躇;莫小渝独自躺在切除子宫的手术室里。小说中的每个人在结尾都无法"善终",都身处绝望、无助之中。相较之下,电影则显得"和谐"了许多。电影中陈若兮虽然失去了工作和男友,但振作精神,选择重新开始;杨守诚创建了网络账号,让叶蓝秋以另一种形式继续存在着;莫小渝选择与沈流舒离婚,潇洒地奔向新的生活。电影中的人物都试图抚平伤痕,重新回到生活轨道当中。

(四)新文本综合改编分析

《七月与安生》与《少年的你》都是曾国祥执导的作品。前者助其一鸣惊人,后者则助其声名大噪。2016 年 9 月 10 日,《七月与安生》在第 13 届广州大学生电影节上作为开幕影片进行首映。曾国祥团队携该片参加马来西亚国际电影节、中国台湾电影金马奖、中国香港电影金像奖、大阪亚洲电影节、多伦多亚洲国际电影节、金砖国家电影节等多个国内外电影节,并在其中大放异彩。同时,也在中国收获票房达 1.67 亿元。三年后,一部《少年的你》横空出世。相较《七月与安生》,这部电影激起了更大的水花,上映首日便收获 1.45 亿元票房,豆瓣评分高达 8.4 分,最终收获票房 15.58 亿元,位列 2019 年度中国电影票房总榜第九名。2021 年 3 月,《少年的你》更代表中国香港提名第 93 届奥斯卡金像奖最佳国际影片。虽然小说陷入抄袭的舆论旋涡,但文本原罪并不妨碍这部电影成为值得分析的改编案例。

电影的审美性和商业性决定了网络小说的电影改编并不是一个简单移植的过程,也不是一个肆意创作的过程。电影改编是以改编媒介为基础的,需要尊重电影的创作规律,考虑电影市场的实际需求。当下的改编注重挖掘网络小说所蕴含的商业价值和文本价值,努力实现其价值的转化。网络小说充斥着个性、情感、欲望的释放。而改编则需要让这些在电影媒介的作用下实现内容的回归。《七月与安生》《少年的你》均为同一团队创作，同属网络小说改编作品（一部改编自短篇小说，另一部改编自中长篇小说），同样在口碑和票房上取得较好的成绩。两部电影具有一定的代表性和可归纳性，可作为分析网络小说电影改编的案例，为网络小说的电影创作提供一定的参考。

1. 短篇小说文本改编解读：《七月与安生》

《七月与安生》是安妮宝贝（庆山）早期创作的小说，后与《暖暖》《七年》等短篇小说共同收录于小说集《告别薇安》中。原作《七月与安生》是一部仅 17000 字的短篇小说。小说主要围绕七月、安生以及苏家明三人展开，讲述了两个女生在成长过程中友情与爱情。

短篇小说文本改编的最大优势就在于为改编者提供了较大的创作空间。曾国祥团队在转化过程中承接约翰·M. 德斯蒙德、彼得·霍克斯所提出的交织策略，将原文本中大部分内容保留，分散在新文本各处，并增加新的内容，使文本扩展到电影所适合的篇幅。电影将小说中图书出版改为连载中的网络小说，保留独白式叙述框架，通过小说章节的更新交代回忆事实与虚构故事，并串联起现实时空。电影中大致分为 6 个段落：①"初识安生"——性格截然不同的两个女孩彼此选择，成为好友；②"她、她和他"——苏家明的出现使三人陷入复杂的情感关系；③"问候家明"——安生远走他乡，两人分别；④"长大了，却没好"——家明北上，七月与安生重逢；⑤"无处逃避"——安生与家明偶遇，三人再次陷入情感困境；⑥"春天的婚礼"——家明返乡与七月结婚，家明逃婚，七月远走他乡。以上电影呈现段落，除部分改动外，基本还原了小说中较为关键性的情节。此外，围绕电影文本所要表达的主题，改编者对七月与安生的情感积累、两人分别后的生活状态、重逢后的摩擦对峙等内容进行了补充，由此，完成了适于电影媒介的文本构建。

虽然从剧情改编上来看，电影与小说所差无几，但进一步解读后会发现，两者在角色设定、情感关系、叙事表达以及价值输出上都存在着明显的差异。曾国祥团队在延续角色基础设定的同时，构建主角错位的性格；精准捕捉小说中的"双姝"特色，在寥寥数笔中汲取可供主题发散的内容；将原来的爱情主题回归到成长母题，打破青春片的固定模式；抛弃伤感落幕下的疼痛青春，以三重结局下的交换人生,实现角色复位的圆满。

其一,从两极吸引到错位契合。碍于小说篇幅,原作中七月与安生的角色设置较为单一。小说中的七月出生在一个幸福的四口之家,虽不富贵,但很安逸。她一直都是个温良、善良、乖巧的女孩。而安生则恰恰相反。母亲为爱,未婚生下了她。她没有父亲,母亲虽然为她提供着优渥的生活条件,但长居英国不常回来。这样的家庭环境使得安生对外言辞尖锐、桀骜不驯,对内却阴郁落寞,渴求自由。安生会带着七月一起去冒险,去做一些七月独自一人不会去做的事。小说中两个女生的个性完全不同,但犹如磁铁的两极,莫名地契合。这恐怕也只能用少时的情感积累以及冥冥中的羁绊去加以解释了。

改编后,电影大大增强了角色的多面性。两人不同于小说中的两极相吸,而更像是错位的双生子。影片开头延续小说中的设定,七月安静乖巧,安生活泼奔放。一直到结尾,观众才能看到真正的她们。最明显的悬念就是开头的消防铃。观众一直以为拿石头砸下去的是安生,但事实却恰好相反。原生家庭的不完整使得安生打心底里想要寻求一份安定感。她表面上的乐观、快乐仅仅是其内心孤寂的伪装。看似希望浪迹天涯、寻求自由的她,实则饱含着对安定的渴望。如果安生是皮相上的叛逆,那七月就是骨子里的叛逆。电影中七月从小就被塑造成一个乖巧的形象,学习、工作、结婚,按部就班地完成着自己的人生。她羡慕自由的生活,却害怕失去现在的一切。

小说中写道:"她们的友谊是安生选择的结果。"而在电影里,她们的友谊是互相选择的结果。为什么两人能够一拍即合,能够成为彼此成长过程中的好友?两人从外在到内在,构成了一种错位下的性格契合,并相互给予对方渴望的东西。在成长的几年里,七月和七月的家庭给予了安生想要的温暖,安生则给七月平淡的日子带来了一丝波澜。如此一来,似乎问题就得到了解释。这样的设计打破了原生家庭与孩子命运之间的顺拐思路,在深入挖掘角色多样性的同时,也大大增加了电影自身的可观性。

其二,从爱情主题到成长母题。青年男女对两性情感懵懂且憧憬。从《庐山恋》(1980)中纯洁而又含蓄的情感呈现,到《阳光灿烂的日子》(1995)里充满对异性的悸动和燥热……无可否认,爱情本身就是青春电影中非常重要的部分。2013 年,《致我们终将逝去的青春》的大获成功,带动了以校园爱情为主题的青春电影创作。渐渐地，爱情与青春影像结合得愈加密切，青春电影似乎等同于爱情电影。同时，姣好的面容、浪漫的相遇、甜蜜的恋爱、突然的阻挠、完美的结局，搭配跌宕的奇情故事，这似乎构成了青春爱情电影中一贯的叙事方式。如此一来，模式化的青春叙述自然显得疲软而又单一。

小说《七月与安生》的故事逻辑相对简单。虽然原作由两条叙事主线串联而成，一条是七月、安生与苏家明三人的情感纠葛，另一条是七月与安生之间的友情故事。但不可否认的是，小说将大量笔墨落在对三人故事的描述上，呈现了两个女生同时爱上一个男生的爱情故事。为了摆脱传统青春电影偏重爱情的叙事套路，影片选择弱化小说中的爱情主线，突出两个女主角的感情纠葛和彼此成长。如同戴锦华教授所指，青春电影强调成长内核，表达了青春的痛苦及其中诸多的尴尬和匮乏、挫败和伤痛。青春电影的主旨是"青春残酷物语"①。电影改编便由此回归到青春电影的元母题。

电影打造了一种"双姝"模式，并通过女性视角来聚焦女性成长。角色间互为镜像，借由彼此来完成自身人物的建构。镜像理论由雅克·拉康提出，最早用来指人在婴儿阶段通过镜中自我来完成自我构建的现象。人类认识世界和自我是需要媒介的。类似于雅克·拉康所提出的主体异化过程，人类使用媒介，每一个人之于另一个人就是一面镜子，你传递给我，我反射给你②，通过屏幕中他人的表达、形象、行为来辨别自我，甚至对个人产生影响。"双姝"模式为角色的镜像构建提供了天然的对照。故事中的七月与安生在错位契合下选择了彼此。七月拥有安生想要的家庭和稳定，安生怀揣七月向往的自由和奔放。两人互为对方镜像中的真实投射，形成他者与自我的吻合。

从剧情上来看，男主角苏家明是七月与安生之间矛盾的引爆点，在故事线中处于推动情节发展的关键点，发挥着很重要的作用。然而，"双姝"模式下的改编大大弱化了三角关系中男主角的分量。影片中几乎没有呈现以苏家明为代表的男性视角、男性态度和男性表达。他更像是一个符号，是少女青春懵懂时期必然

---

① 　戴锦华：《电影批评》，北京大学出版社 2004 年版，第 163 页。

② 　[美]丹尼尔·杰·切特罗姆著，曹静生、黄艾禾译：《传播媒介与美国人的思想——从莫尔斯到麦克卢汉》，中国广播电视出版社 1991 年版，第 105 页。

会经历的情感挫折。他与七月相识、相恋，与安生暧昧、纠缠，观众不能明确知晓他对两个女主角的情感态度，甚至不知道他将如何在两者间做出选择。然而，他的出现触发了两人的矛盾，他的存在推动了两人的成长，他的离开升华了两人对生命的领悟。那么，当男性作为"双姝"关系中的"他者"，变成电影叙事中的工具时，他的选择和态度也就没那么重要了。

"双姝"模式其实在小说中就存在，而电影改编则进一步强化了这种模式。前文已述，小说中的角色叙述较为单面，因而回归表层叙事则形成了一种因果关系。小说中的安生深受原生家庭的影响，养成了自由叛逆、横冲直撞的性格。从少时冒雨寻铁路，逃课一个月，到后来的佛像前告白，与家明生下孩子，安生一直都未曾改变。至于七月，小说中则多次出现相似的表达，"七月常常认为自己与安生相比，拥有的太多了，却又不知道能分给她一些什么"。直至两人对峙，七月都是喊出相同的话语。当安生回答"我爱家明，我想和他在一起"时，七月重重打了她一个耳光。之后，七月居然感受到的是后悔和焦虑。成长母题的实现体现在主人公的转变上。然而，小说中的两人随着年龄的增长，除心境的不同外，几乎没有其他明显的转变。这种一以贯之的人物特征导致故事走向的局限性，也就自然无法完成主人公的自我成长。

电影在这个部分进行了明显的调整。从人物设定上来看，七月和安生都对苏家明抱有好感，安生并没有同小说中那样大胆示爱，而是选择压抑自己的情愫。电影虽然保留了安生信中"问候家明"的桥段，但没有明确展现两人的越界行为，安生更没有为其生下孩子。而电影中七月一改单面的人物性格，她会看到安生戴着家明的玉坠而不信任，会因为信中的"问候家明"而心怀芥蒂，当然也会为安生与家明同住而大发脾气。两人从少时相识中收获友谊，到因为家明出现隔阂，从尖锐对峙、关系破裂，到想通后回归释怀。在这个带有情节起伏、人物转变的过程中电影向观众展现了主人公的自我成长；从剧情走向上来看，安生一直隐藏着对苏家明的好感，七月虽然知道两人可能存在情愫，但并未捅破。这种平衡状态一直到七月只身前往北京，撞见扶着安生的家明后被彻底打破。这个情节也成为影片的转折点。而后安生回归家庭，与老赵结婚，七月则在家明逃婚后离开了家乡。最终，两人打破了原有的桎梏，开始追寻自己内心所渴求的东西。角色由此完成了青春的蜕变和成长。

其三，从伤感落幕到三重结局。电影《七月与安生》大体还原了小说的内容，但对后半部分的结尾做了较大的改动。在小说结尾部分的叙述中，安生在与七月对峙后，同房地产公司老板去了加拿大。但安生因为旧病复发，并且怀了家明的孩子，而被老板抛弃。七月得知后决定接安生回家。安生最终在生产中去世。七月与家明共同抚养安生留下来的孩子，也再没有要自己的孩子。半年后，安生的书出版，书名是《七月与安生》。整个结局呈现出伤感落寞的氛围。安生在经历家庭不幸、社会摧残、爱而不得后草草落幕，而七月在与家明结婚后，过着看似平静安宁的日子。

反观电影，曾国祥团队在故事的结尾采用了交换人生的方式，通过交换抚平之前的性格错位，以实现角色成长。相较于小说，电影试图给予两个角色一个相对圆满的结局，让两人在经历痛苦成长之后，还能够体验自己理想中的生活。在此基础之上，电影至小说文本到现实空间巧妙编排了三重结局，给予观众充分解读空间的同时，也使影片的意义表达得到升华。第一重结局来自电影中小说里的描述，七月出走漂泊，安生回归家庭，两人分别获得了内心渴求的生活状态；第二重结局是安生对家明的叙说，七月生下孩子，托付给安生照顾后，继续追寻自由的生活；第三重结局是真实呈现，七月失血过多去世，安生抚养孩子，并写下了《七月与安生》的故事。三重结局从理想到现实，从虚构到真实，在逐步提升戏剧张力的过程中表达着成长过程中"残酷青春"的"残缺真实"。

2. 中长篇小说文本改编解读：《少年的你》

青少年游走在自我与他者、遵从与游离、亲近与疏远的夹缝中，青春成长经历在某种程度上演变成一种创伤性的极限体验。[①] 因此，青春电影自身拥有很多可供含义诠释的主题。近年来，越来越多的青春电影选择将视线投向社会议题，以一个不同于成年人的视角，碰撞出不同的成长体验和感悟。观照冷峻的社会议题后，青春电影显得愈加现实又残酷。而借由青春电影展现的社会议题，再一次被大众所正视。《少年的你》便是这样的典型案例。《少年的你》改编自玖月晞创作的中长篇小说《少年的你，如此美丽》。该小说最初连载于晋江文学城，后由

---

① 王彬：《颠倒的青春镜像——青春成长电影的文化主题研究》，巴蜀书社 2011 年版，第2 页。

百花洲文艺出版社出版发行。小说将校园暴力引入创作,从胡小蝶不堪霸凌,选择坠楼自杀开始展开,其中施暴者、旁观者、受害者、无为者,共同构建了一幅残酷冷峻的景象。曾国祥团队捕捉到小说文本的核心后,将校园暴力这一社会议题带入青春叙事当中,使影片一经上映,便引起了大众的热议。

电影《少年的你》秉持"双流"(主流价值的取向和主流市场的需求)平衡的原则,保留故事完整的框架,将小说文本中的人物角色、主要情节甚至故事结局进行选择性保留,但也对原作的故事背景、主题侧重进行了大幅度的调整。

其一,文本去复杂化以实现"双流"平衡。情节复杂、人物众多、结构宏伟是中长篇小说的特点。依电影媒介的容量自然是无法全部呈现中长篇小说的内容。去复杂化可能是无法完整呈现丰富内容的一种被动选择。曾国祥团队在对《少年的你,如此美丽》进行改编时,对角色、叙事以及情节都进行了一定的去复杂化。

首先,改编选择角色设定的去复杂化。小说中的陈念一直寄希望通过高考逃离糟糕的家庭生活环境,其心理上存在着阴暗面。当她看到同学被霸凌时,选择视若无睹,明哲保身;经过残酷霸凌事件后,她带上了刀,产生了杀死魏莱的念头,并且还为自己设计了不在场证明。而电影中的陈念被塑造成了一个相对纯粹的被害者形象,加害者魏莱的死也只是意外推搡后的结果。曾国祥团队将陈念这个角色进行了提纯,打造成了一个"完美受害者"的形象。由此,陈念摆脱了可能遭遇的价值争议和道德困境,让观众更容易、更自然地代入角色,在共情中完成对角色行为的认同。

其次,改编选择叙事表达的去复杂化。小说将魏莱案件的凶手作为小说的看点,并没有事先告知读者真相,而是让读者在阅读的过程中,随着文本的推进拨开案件迷雾,从而获得阅读的快感。电影为突出校园暴力的主题,选择削减文本中这些悬疑元素,大大降低案件的复杂性,直接将魏莱在与陈念的推搡中摔下阶梯的画面呈现出来。观众无须花费时间去思考事件的原委,只需要跟着画面的引导去思考事件背后的问题。同时,改编团队还选择删除了小说文本中小米和曾好两个次要角色,弱化了郑易和陈念的叙事支线,以完成叙事上的去复杂化。

最后,故事情节的去复杂化。网络小说的电影改编通常需要完成一定的文本净化。这种去复杂化来自媒介的差异性。自由的创作环境使网络小说文本带有更为大胆、简单宣泄，甚至粗鄙化的特征。然而不同于网络小说的个人化，电影媒介显得更为公共化一些。电影对伦理、文化有一些基本的共识或者底线，如果超出了这个底线，部分人就有可能觉得受到冒犯或者伤害。① 改编需要考虑到广大的受众以及社会普遍共识，对文本进行适度净化和过滤。这点在《少年的你》中尤为明显。小说涉及众多暴力、血腥、大胆的内容，这在改编中都做了一定的适应性调整和删减。譬如，魏莱被刀刺死改为被推下楼梯，陈念遭强暴霸凌改为剪发霸凌，小北杀死赖青的情节被删除，等等。同时，电影更是选择刻意规避、减少施暴的过程与直接呈现血腥等易引起争议和不适的镜头，由此减少对观众的感官刺激。

　　其二，主题表达去生物性以实现"双流"平衡。"共生关系，指两种生物互利生活在一起，缺失彼此，生活会受到极大影响，甚至死亡。"《少年的你，如此美丽》构建了一个极具生物性的叙事空间。电影选择以"你保护世界，我保护你"代之，显然温和了许多。虽然前者更具残酷性与批判性，但后者的处理更容易被大众所接受。这种较为温和的态度，贯穿整个改编过程。

　　从影片的主题来看，《少年的你》削弱爱情元素，牢牢抓住校园霸凌这个主题，以胡小蝶霸凌坠楼所延伸出来的一连串故事为叙事主线。电影中的陈念与小北被塑造成一种同被社会抛弃、彼此依偎取暖的情感关系。陈念虽然是学校里的优等生，却饱受校园暴力伤害；小北身处社会底层，从小混迹街头。两人境遇不同，但同处于各自环境中的底层。两人相遇后，小北成为陈念的保护伞，陈念成了小北的希望寄托。原作中的关系呈现更偏向于异性间的爱恋情愫。其中有大量属于两人情感积累的过程，有身体接触、懵懂情欲的描述。而这些在电影中被大量删减，取而代之的是同为受伤者的关心、理解、保护和依靠。如此改编，同《七月与安生》一般，避免了青春电影囿于爱情主题，从而突出对社会议题的表达。与此同时，懵懂的青春故事中，所遇到的情感是简单而又真挚的，但如何界定却是复杂的。青春影像中不确定的情感关系，反而更贴近当下的青春现实。

----

① 尹鸿、王旭东、陈洪伟：《IP 转化兴起的原因、现状及未来发展趋势》，《当代电影》2015年第 9 期，第 24 页。

从表达来看,影片消除绝对的恶,呈现出一种明显的追求善和美的倾向。"路边有人走过,她们也肆无忌惮",这是小说在陈念被霸凌时的描写。视若无睹、无人施救的社会环境和无所顾忌、纵恣肆意的施暴者,从路人、同学到老师、警察都无能为力,无法适时给予主角帮助。学校里有霸凌者,学校外有"雨衣人",小说营造了一种极致的无助感和窒息感。而电影则大大减弱了这种极致的感觉。施暴者魏莱是有软肋的。她会因为霸凌时发现有目击者而慌张、害怕,也会因为害怕被揭发而下跪求饶。多起强奸案的凶手"雨衣人"赖青被删除,周遭袖手旁观者的存在感也被尽可能地降低。由此,打破了封闭的、窒息的绝望空间,让角色和观众都有了一丝喘息的空间,以及祈祷希望曙光的可能。

从结局来看,影片给予了符合主流价值表达的呈现。小说中赖青是杀害魏莱的真凶,同时也参与了对陈念的霸凌。一次醉酒后,赖青向小北炫耀时告知了真相,并打算将罪行嫁祸给陈念。小北为保护陈念,一气之下拿起扳手朝赖青砸去。小北因杀害赖青,被判 7 年有期徒刑,而陈念则如愿考上了北京的大学,走出小镇。小北实现了自己的愿望:"喜欢一个人,想给她一个好的结局。"正如陈念在结尾的回信中写道的:"从没有一个人像他那样保护我,保护我的内心免受黑暗侵袭,保护我心灵纯洁完整。"小说结局是以一人的牺牲来换取另一人的圆满。而电影将赖青删除,陈念成为意外导致魏莱死亡的原因。小北为保护陈念,选择替陈念背负罪行。影片结尾处两位少年各自坐在不同的押送车里,阳光洒在两位少年的脸庞上,陈念说觉得现在特别轻松,小北说我现在不怕了。话毕两人相视而笑。话语中透露出,陈念选择说出实情。电影对小说中魏莱案件的情节进行了修改,两者存在明显的差异性,但单从电影结局来看,陈念和小北消除心理压力,彻底释怀,对他们而言,这无疑是最好的结局。同时这样的结局也符合主流价值的表达。

三、原受众向新受众的转化

未被接受的任何文学文本和艺术文本都不可能是独立自主的,因为它们还远没有完成。不仅远没有完成,其实这样的文本提供的只是潜在因素,只有通过被接受，潜在因素才得以实现。① 受众作为文本构成的重要主体之一，对文本起着非常重要的作用。

(一)改编实践中复合受众的差异关系

经由网络小说改编的电影作品，其跨界行为所带来的是受众的差异和融合。网络小说与电影两者所处的媒介空间不同，所面对的受众自然存在着一定的差异性。改编文本无法仅仅停留在原受众群体之中，自产自销的模式一方面无法满足电影创作的巨大投入，另一方面也会消解文本媒介跨越的意义和价值。因此，经由网络小说改编的电影作品所面对的受众群体，不仅包括原文本的读者粉丝，还包括原本圈层外更为广阔的受众群体。这个时候改编作品所面临的受众会呈现出一个复合的、多重的状态，即小说的读者以及电影的观众。改编行为带来的是不同媒介的跨越，从人们抛弃了语言手段而采用视觉手段的那一分钟起，变化就是不可避免的。② 想要把原文本一比一地在电影媒介中重现显然是不可能的。这也就预示着拥有复合受众的改编产物，其受众内部的矛盾也是无可避免的。原文本受众与新文本受众之间的差异关系也就成为跨媒介文本研究中不可忽视的部分。

余秋雨在《观众心理学》一书中用以审美心理定式的概念来阐述观众的心理。观众的审美心理定式已成为一种不争的事实存在于世，而且规模很大，成为很多群体的文化标志。③ 他认为，这种审美心理定式是观众长期以来的审美经验、审美惯性内化和泛化的结果。内化是从个人角度出发，指代审美经验和审美惯性的一种内向沉淀。在此基础之上形成了观众心理上对待审美对象的预置结构。当然，这种结构并不是恒定的，而是会随着新的审美经验的加入而调整和改变的。而泛化一般表现在两个方面。首先是对同类对象存在的，从个人性泛化为民族性、地域性的心理结构。相较于难以捉摸、纷繁复杂的个人结构，这种泛化了的公共结构才是创作者最为重视的。其次是对不同类对象存在的，从单个

---

① 余秋雨：《观众心理学》，安徽文艺出版社 2014 年版，第 33 页。

② ［美］乔治·布鲁斯东著，高骏千译：《从小说到电影》，中国电影出版社 1981 年版，第 5 页。

③ 余秋雨：《观众心理学》，安徽文艺出版社 2014 年版，第 52 页。

泛化为整体的审美态度。简而言之,就是对某一门类的喜好偏向,会延伸到对其他门类的选择上。正是基于审美惯性和审美经验的泛化,改编为不同受众群提供了一个互相转化和调和的可能性。

当然,审美心理定式的泛化只是让不同门类的心理定式间产生影响,而非归于一致。就如同接受者不可能拿小说的审美标准去对待一部电影一样,接受者对待不同门类作品的心理定式是存在差异的。如果审美心理定式都趋于一致,那艺术的分类也就失去了意义。因此,无论你是原文本的读者粉丝,还是从未接触过原文本的一般观众,对待电影作品的审美心理定式都是基于电影本身的。不同受众审美心理定式内化和泛化的差异性构成了用以区分的标准。

1. 文本联结的区分

不同的联结经验和联结程度导致了受众之间的身份区分。小说粉丝们在文本阅读中得到了自我欲望释放和填补后的快感,在文本的互动中以众筹的方式构建起主人翁的身份意识。情感投入后的读者与文本之间存在着深厚的情感连接。具体来看,网络文学通过角色的设定、幻想世界的构造、故事情节的设置共同构建起一个供受众做白日梦的场景。在文本阅读的过程中,读者强烈的代入感让文本角色成为自身形象的一部分,或面对难关,修炼升级,或抽丝剥茧,探寻真相,或经历悲欢,收获情怀,由此陷入自身的情感映射。无论是获得契合的认同、刺激的观感还是陪伴的情怀,都可以让读者找到欲望情感的发泄出口,同时也在一定程度上消解了自身的负能量。由此,网络文学把身处剧烈转型期中国人的欲望和焦虑以各种"类型文"方式塑形,并形成一套"全民疗伤机制"①。而一般受众则完全不同。他们与文本之间并无深厚的情感连接。对他们而言,改编文本仅仅被看作一个崭新的文本。

2. 预设期待的区分

受众的心里并不是一种真空,而是早就有了预置结构。这种预置结构由明明暗暗的记忆、情感积聚而成。当其与作品的结构相撞击,在撞击过程中决定理解和接受的程度,决定是否突破这种预置的心理结构,并把审美活动推向

---

① 邵燕君:《网络时代的文学引渡》,广西师范大学出版社 2015 年版,第 161 页。

新的境界。① 受众的预置结构是个人化和公共化心理定式的结合体。个人化的心理定式受个人因素的影响，具有明显的个体差异性。而公共化的心理定式相较而言，在一定群体内存在相似性，且更易捕捉、更具影响力。同时，受众对特定对象的预设期待会受到期待视域的影响。当作品展现与期待视域比较接近的情况时，就会使接受者进入一个快速、轻便的接受过程。但这样的过程未必能产生深刻的审美愉悦。不同的受众群所接收到的文本信息、文本情感具有差异性，所达到的期待视域也就存在区别。已然形成的预置结构和特定对象的期待视域共同构成了受众的预设期待。面对网络小说 IP 改编的电影文本时，相较于受众公共化的预置结构，新文本所给予的特定期待视域，更能体现受众间的差异。

原文本粉丝的期待视域来自两方面：一方面是出于对文本的情感连接，是一种对喜爱文本跨媒介重现的期待。如果说原文本的构建是一个造梦的过程，那文本的电影改编就是梦境实现的过程。由此，能否唤醒文本和阅读记忆，保持原文本所给予的阅读快感构成了他们对新文本的期待；同时，他们的预设期待会受到涉入程度的影响。原文本粉丝拥有鲜明的粉丝属性。访谈中大部分的参与者都表示会关注改编作品，甚至会主动搜寻有关原文本的信息和周边，积极关注文本改编的进展和动态。在不断的投入和交互中，受众的主体身份得到了巩固，预设期待也随之不断提升。与之相对，一般受众显得被动。他们对新文本的了解来自公共平台所给予的公开信息，包括主创阵容、文本类型以及部分视觉效果的呈现等等。受接收信息限制的他们，预设期待一般集中在演员的表演是否有突破、作品呈现是否如宣传预期、类型表达是否到位等。

3. 观影感知的区分

感知是感觉、知觉两个心理活动的合称。感觉和知觉共同构建起对对象的认识。其中，感觉是将对象基础属性反映在大脑里的过程。而知觉是在感觉的基础上构成对对象全面认识的过程。感知是个人审美活动的出发点。感知领先，产生映象，然后才会吸引长久的注意力、激发情感、触动想象、获取理解。② 在观影中存在一种"剧场感知"的概念。剧场感知相对于日常状态下的感

---

① 余秋雨：《观众心理学》，安徽文艺出版社 2014 年版，第 34—35 页。

② 余秋雨：《观众心理学》，安徽文艺出版社 2014 年版，第 98 页。

知显现出高强度的特点。心理学实验证明,在感官刺激延续较长时间的情况下,人们的触觉、嗅觉会因渐渐适应而减弱,而视觉反而会因适应而增强,听觉则呈现出稳定的状态。[①] 可见剧场感知主要用到的是视觉和听觉的感知。同时,一般受众解除了生活中许多无形的束缚和种种设防,整个心理感受器官处于柔和的状态。此时他们的感知机制呈现出一种自愿且开放的状态,更容易投入影片的内容当中。

然而,原文本粉丝所具备的剧场感知与一般受众存在差异。原文本粉丝是带着具体的目标和一定的标准进入观影空间的。对新文本长时间的交互和关注将他们的文本期待推到了一个制高点。他们并不能像一般受众那样将心理感受器官放置在一个放松、柔软的状态,而是处在一个检视、紧张的情绪当中。受众一旦离开这种轻松的状态,就很难再次全身心地投入其中。幻想下的期待视域是他们对新文本的判断核心。即使符合了他们的期待视域,他们也很难重新回归一般受众那样的心理感知。

(二)复合受众下网络小说 IP 改编策略

IP 是新时代下崭新的文本来源,其自身拥有着让市场和资本趋之若鹜的特质。对于植根于"粉丝经济"的网络小说 IP 来说,受众是其先天的潜在价值,也是改编者无法忽视的因素。因为网络媒介,受众的能动性得到了进一步的提升,使改编者无法忽视。对网络小说而言,这些粉丝受众伴随着文本生成的整个过程。他们是 IP 文本重要的潜在价值来源,也是影响改编项目的重要因子。改编作品所面临的受众呈现出一个复合的、多重的状态,即小说的读者以及电影的观众,这两类受众与文本的联结、对新文本的预设期待、观影的感知都存在差异。不同类型的 IP 文本、不同选择的受众定位将会影响作品的呈现和最终的结果。由此,以复合受众研究为出发点的策略研究也为网络小说 IP 的改编提供了另一种行之适用的思路,在与受众匹配的转化策略下,推动改编作品的顺利实现。

---

① 余秋雨:《观众心理学》,安徽文艺出版社 2014 年版,第 91 页。

1. 网络小说 IP 项目的划分

从 IP 受众角度来看,IP 概念下的文本用户是具有一定规模性的。但这个规模性的概念存在广义和狭义上的差异。不同 IP 文本背后的受众群体规模是不同的。与之对应,拥有绝对数量受众群体的 IP 项目,可称为"超级 IP";而其他相对小众的 IP 项目,则称为"一般 IP"。这样的区分代表着原文本的影响力以及商业开发的潜在价值。两种 IP 项目先天拥有不同的 IP 属性,这影响着 IP 项目的策略制定。

其中,超级 IP 的开发更多需要考量原文本受众的需求,且一般以原文本为核心枢纽。在 IP 影视开发初期所看中的就是背后庞大的受众群体以及较强的文本黏性。改编行为者希望借由情感共鸣下的粉丝黏性带动活跃的粉丝群体完成迁移,并对新文本进行产品消费以及口碑宣传。而原著粉丝,即指阅读过原著,且对原文本抱有热爱乃至迷恋倾向的读者,他们伴随着原文本的生成而生成,对文本中的人物、情节、场景、风格都了如指掌。对于此类网络小说 IP 的开发,需要对他们有更加深入的了解。庞大群体性下的原文本粉丝能够发挥出强大的作用力,同时也具有明显的双面性。他们可以使出浑身解数为诠释的文本摇旗呐喊,反之也可以将诠释的文本贬得一文不值。关键在于新文本是否处于他们的预期接受范围之内。可见,超级 IP 不仅面临着巨大的商业契机,同时也面临着较大的改编风险,致使文本改编空间狭小。一旦不能把握原著中的核心价值点、独特性,非但无法将原文本的强 IP 性转化为新文本的 IP 价值,反而会成为新文本发展的阻力。

而一般 IP 不同于前者,通常拥有的粉丝数量较少,粉丝黏性相对较低,更多地站在大众立场上考量,且以新文本为核心枢纽。此类 IP 在生成阶段,可能由于选择的题材类型小众、忽视文本传播或书写质量低等问题,没有得到大量读者用户的青睐。然而其文本本身可能具备独特性、创意性或高质量等特点,存在被开发的可能性。由此,此类型的 IP 开发与前者相比,以新文本的呈现为核心,大众化定位使得文本改编的空间更大。

2. 超级 IP 类改编项目:"模块化转接＋端口开放"的转化策略

超级 IP 尤为需要抓住读者与文本的情感连接。原文本与小说粉丝之间的强黏性,不仅仅因为文本的内容,更多的是因为粉丝情感的投入。在转化中,新文本需要在保持电影媒介相对独立的基础上,尽可能地实现文本幻想的视像化,帮助粉丝保留梦境的完整性。由此,还原度便成为他们对文本的评价标准之一。粉丝常常被指认为"过度的消费者"。重复、深入的消费行为加固了他们与文本之间的联结,同时也坐实了粉丝的身份。对于小说粉丝而言,重复而深入的文本阅读表达了他们对于文本的喜爱,同时这也是他们得以在文本群体中沟通和互动的基础。越资深的粉丝对文本越为熟悉、理解越为深入,这方面他们甚至可能超越了小说的作者。然而,对于动辄上百万字的网络小说来说,其文本是一个庞大的世界。粉丝对文本的熟悉程度也会随文本的篇幅增加而降低。面对如此庞大的文本体系,能否唤醒粉丝对原文本的记忆以及保持对原文本的忠诚度,通常取决于两个文本中原文本框架、关键情节是否得以重现。在焦点团体访谈(见附录)过程中,同样可以看出关键情节是否重现已然被小说粉丝当作评价标准之一。受访者认为,抛开电影质量来讲,如果电影非常关注原著剧情,那他们就会比较有代入感……如果电影篇幅不够的话,希望不要省略经典场景。

其一,了解文本核心,选择模块化转接。面对大字节的网络小说,需要认识到在电影改编中是无法一比一还原小说文本的。因此,在改编中通常会选择文本中最为粉丝群体津津乐道的情节。这些情节可能是整个故事的转折处、高潮处,或者能够引发读者感官刺激和身体反应的片段。它是阅读过程中给予读者深刻记忆的地方,也可能是被阅读次数最多的篇章。这样模块化的重现方式在如今的网络小说改编中经常能够看到,且对于牵动读者粉丝对小说文本的情感记忆有着很好的效果。张晶教授以及学者李晓彩在"基于网络文学 IP 跨媒介叙事"的研究中,将这种改编策略称为"剧情模块化转接",即把同一故事的不同情节连同人物关系、场景设置、台词对白等元素进行打包切割,组合成"桥段"式模块,实现影视时空中经典剧情再现①。

网络小说与传统小说存在着一定的差异。在无形之中给模块化的重现策略增加了难度。具体来看,片段式、章节化的情节设置使得网络小说情节数量繁

---

① 张晶、李晓彩:《文本构型与故事时空:网络文学 IP 剧的"跨媒介"衍生叙事》,《现代传播(中国传媒大学学报)》2019 年第 5 期,第 78—84 页。

多、彼此独立、缺少链接,但内容刺激、可看性高,能时时给予读者阅读的快感,如此应和了互联网时代的快节奏和"即见即得"的阅读法则,与传统通俗小说的缓慢和繁复、人物之间的反复盘旋、谋篇布局的处心积虑,以及对最后大结局高潮的耐心营造有着鲜明的区别①。因此,面对章节繁多,且每章都有"爽"点的网络小说,对于关键情节的选择和处理具有一定难度。

然而,剧情模块转接并不是一个简单的机械化重现的过程。对关键情节的选择和处理,需要引起改编者更多的重视,其对文本和读者粉丝要有更为深入的了解。判断和操作的失误仍旧会引起读者粉丝的不满。譬如,在关键情节的选择中,出现关键情节缺失的情况。网友旸夜在豆瓣评论区发表了一篇长篇评论,来表达对电影版《微微一笑很倾城》关键情节缺失的遗憾:因为你看不到微微退出"帮会",满腹的辛酸和无奈,所以理解不了奈何出现的时候,是怎样一种心安;因为你看不到游戏里抢 BOSS 互黑,所以理解不了万人成仇有人为你背叛世界同站一条战线,是怎样一种情谊;因为你看不到一起刷 BOSS、下本、日常里的陪伴,所以理解不了感情如何在这些美好时光中滋生。

又如,改编中对关键情节处理不当。在选取若干关键情节后,改编行为者会根据影片叙事的需要以及情节重要程度的判断,将情节处理后放置在叙事主轴中,而在这个分配的过程中,就有可能会出现情节弱化、叙事偏差等因处理不当而导致的问题,致使观众的期望值大打折扣。小说《三生三世十里桃花》讲述的是青丘白浅上神和天族太子夜华彼此三生三世爱恨纠葛的故事。小说文本的时间跨度之长、人物故事之复杂都给电影的改编增加了难度。电影一经上映,网络上就充斥着来自原著粉铺天盖地的吐槽。虽然电影的大量情节都是小说的重现,并通过白浅对于师父墨渊的记忆闪现以及凡人素素与夜华故事的插叙,重现原著小说中的故事内容,但是由于对关键情节的不当处理,造成影片叙事时间线的混乱,大量观众仍旧表示"为什么我一个原著粉竟然看不懂电影"。

其二,选择性的端口开放,邀请粉丝参与。传统电影开发模式使得创作主体和受众群体间存在一定的割裂。这个割裂是创作主体与受众产生矛盾的主要原

---

①　邵燕君:《网络时代的文学引渡》,广西师范大学出版社 2015 年版,第 23—25 页。

因之一。如今网络媒介提供了一个受众能够参与到开发过程中的机会,也提供了一个可以弥补割裂的方式。如果能像原文本那样,开放封闭的改编环节,让受众的意见能够反馈到开发当中,那就可以大大改善如今创作主体与受众之间的矛盾关系,降低改编风险。时任腾讯集团副总裁程武曾表示:IP 培育得成功与否,能否撬动粉丝经济,其实本质上很大程度取决于用户与粉丝的意见能够在多大程度上反映到作品创作中。① 当然,电影项目的开发是一个极具专业化的过程。这里提及的开放并不指代全部的生产环节,而是通过有选择的、部分的开放,去收集受众的意见和反馈。

当然,也有许多的项目借此方式来邀请大众参与。譬如,开放电影项目的选择。2005 年,紫禁城影业在新浪网举办了电影题材的票选活动。最终,网络小说《谁说青春不能错》以 100 多万票胜出并被改编成电影《PK. COM. CN》。如此,在项目未启动之前,就收获了一批参与其中的用户的关注。又如,开放电影项目的演员选择。演员选择是否适合角色,演员诠释的效果是否符合读者的心理预期是非常重要的。选择一个适合的演员会让整个改编的效果事半功倍。因此,演员的选择也是读者最为关心的问题之一。然而,小说文本中的人物角色存在于每个读者的脑海中,是一个感性的、个人化的、虚拟化的形象。封闭式的组内讨论和理性的分析显然无法得到一个很好的结果。因此,不少开发团队会选择以各种形式去收集粉丝的意见。虽然通过民调方式选择出来的演员不一定是最适合电影剧本的,但是可以作为参考来了解粉丝的虚拟想象,在一定程度上降低项目的风险,如《三生三世十里桃花》项目。小说自 2008 年在网上连载之后收获无数粉丝,也成为作者唐七公子的成名之作。2014 年 9 月,阿里巴巴影业将其改编权购入。面对一个如此大的 IP 项目,其角色选择一直备受关注。网络上更是出现了关于电影男女主角投票的活动,其中刘亦菲以 11 万的票数高居榜首。最终,阿里影业通过线下调研、书迷访谈以及网络投票等各种形式收集观众的意愿,选定刘亦菲饰演女主角白浅。

---

① 程武、李清:《IP 电影热潮的背后与泛娱乐思维下的未来》,《当代电影》2015 年第 9 期,第 19 页。

3. 一般 IP 类改编项目："类型化框架"的转化策略

电影的类型化起初是好莱坞全盛时期的一种电影创作方式，即按照不同的类型要求而创造出相对应影片的过程。它的出现是为了满足市场，使电影制作变成一种可以被模式化、有参考的操作。如此一来，通过类型化的电影架构去了解固定群体的观影口味，有针对性地进行影片制作，可以降低开发风险并提高效率。电影的类型化其实是观众和创作者之间多次实践与接触的产物。它让观众对于电影有了一定的可预见性，也一定程度上促进着电影的分众化。因此，借助已有类型的模式进行改编创作，是一个行之有效的参考模式。但是需要明确的是电影的类型化，并不代表题材和剧情的相似化。类型化的电影更需要讲求剧情和题材上的创新。在如今注重内容的时代，类型化的电影更需注重对于不同分类电影的经验总结，并在类型框架下进行题材和情节上的创新构思。

中国的网络小说普遍呈现出商业化类型写作的特点。各大平台对于旗下小说都做了精细的类型分类，以满足不同细分读者群体的阅读需求。因此，类型小说通常比较容易收获受众群。这一点恰好与类型化的电影创作有相似的联结点。同时，这也为网络小说的电影改编朝电影的类型化发展提供了一个契机，为以网络小说为蓝本的电影创作提供了一个有迹可循的开发路径。这种路径已经在许多改编作品中有所应用，且颇具成果。

首先，是"重类型"文本。长期以来，国产电影受制于编剧水平、想象能力、技术水准以及投资水平等因素的影响，无法构建起类似幻想题材的重类型电影。虽然偶尔也有幻想类型的电影出现，如《画皮》系列，但总体来说，国产电影一直都以爱情片、喜剧片以及动作片为主。在中国本土市场上所谓的重类型电影大都是好莱坞大片，经典科幻系列的《星球大战》、革新 5 项技术的《阿凡达》，引发全民追捧的漫威超级英雄系列等，每一部作品都引领着中国观众的观影热潮。在好莱坞电影培养下，观众已经建立起较高的欣赏水平。然而，中国需要原创的幻想类电影，这既是中国电影产业持续发展、提升市场竞争力的需要，也是向青少年观众传播东方世界观、提升艺术想象力的需要。①

---

① 尹鸿、梁君健：《通向小康社会的多元电影文化——2015 年中国电影创作》，《当代电影》2016 年第 3 期，第 8 页。

如今,一系列架空于现实的网络小说的出现,在一定程度上为国产电影注入了新鲜的血液,同时提供了一个弥补所谓重类型不足的契机。网络小说可以为中国重类型电影提供多样化题材的文本。其不仅有西方舶来的奇幻类文本,更有许多不同于好莱坞的幻想类文本,譬如中国传统素材中的玄幻、神话类文本以及本土原创的修仙、盗墓类文本。同时,幻想类文本在网络小说中拥有庞大的读者群体,具备可供开发的市场前景。根据"猫片·胡润原创文学 IP 价值榜"2017、2018 年两年的统计对比(见表 3-2),位于前 10 名的原创文学 IP 中,绝大多数是幻想类文本。

表 3-2 "猫片·胡润原创文学 IP 价值榜"2017、2018 年前 10 名统计表

作品名	2017 年排名	2018 年排名	平台类型标注
《斗破苍穹》	1	7	玄幻、异世大陆
《盗墓笔记》	2	5	悬疑灵异、寻宝探险、盗墓
《凡人修仙传》	3	2	仙侠、幻想修仙
《将夜》	4	1	玄幻、东方玄幻
《琅琊榜》	5	14	古代言情
《后宫·甄嬛传》	6	30	宫斗
《神墓》	7	—	玄幻、异世大陆
《择天记》	8	8	玄幻、东方玄幻
《龙蛇演义》	9	16	武侠
《花千骨》	10	20	仙侠奇缘
《鬼吹灯》	12	3	悬疑灵异、寻宝探险、盗墓
《全职高手》	13	4	游戏、虚拟网游
《三生三世十里桃花》	11	6	仙侠、古风言情
《雪中悍刀行》	17	9	玄幻、奇幻
《圣墟》	—	10	玄幻、东方玄幻

注:数据来自"猫片·胡润原创文学 IP 价值榜"(2017、2018)。榜单基于 1998 年以来的各大原创文学平台的作品,通过全网阅读量、月票量、推荐量和收藏量的大数据做出初步筛选,再由胡润研究院及业内资深文学编辑根据作品影响力、文学价值和历史转化价值综合评分后排列出结果。

此外，就已改编的项目来看，2015 年上映的《鬼吹灯之寻龙诀》和《九层妖塔》，为网络小说 IP 的所谓重类型电影改编迈出了第一步。两部电影尽管褒贬不一，各自也存在许多的漏洞和不足，但是在幻想的设计和技术的展现上，都展现出国产电影的较高水平。前者票房更是高达 16.79 亿元，后者也斩获了 6.82 亿元的票房成绩。两部作品在票房上的成功，显然为国产电影在此类型的发展上打了一针强心剂。而后，《盗墓笔记》（2016）票房突破 10 亿元。《三生三世十里桃花》（2017）和《悟空传》（2017）也均收获了较高的票房收入。无论是从网络小说文本价值，还是从网络小说改编电影的票房收益，都可以看到此类型文本所具有的巨大发展空间和市场潜力。

其次，"轻类型"文本。所谓的轻类型电影与重类型电影相对应，通常指代爱情、喜剧、青春等对媒介技术要求较低，制作要求和投资成本也相对较低的电影作品。在各方面的条件限制下，此类型一直是国产电影的首选。随着中国电影创作水平的不断提高以及多年创作经验的累积，国产轻类型电影更是逐渐发展完善，不断细分，且都具备一定的创作水准。与此同时，观众对喜剧、爱情等类型一直保持着一贯的爱好，使得轻类型电影在市场上保持着一定的需求。

根据艾瑞咨询的调查数据，在网络文学用户中，女性用户占比将近一半。[①]而轻类型文本通常出现在女频（女生频道）中。所涉题材包罗万象，无论是都市爱情、古代言情还是校园爱情、职场故事都能在网络小说中找到。这些收获追捧的作品满足了当下网生代的剧情追求和情感需要。这种天然的文本筛选，更是为轻类型电影的文本创新提供了一条便捷的道路。而综观已改编的项目，爱情题材占据了一大半，且类型丰富，如职场故事（《杜拉拉升职记》）、都市爱情（《失恋 33 天》《第三种爱情》）、校园爱情（《匆匆那年》《致青春·原来你还在这里》）等，并且此类影片大多数都取得了较好的票房收益。

当然，在经过长期发展之后，轻类型电影对于创意的要求也更为苛刻。在保持类型框架下，能否融合文本创新成为电影作品能否获得认可的关键因素。譬

---

①　上观新闻：《网文女频 IP 大热，成为内容领域新机遇》，https://sh. qq. com/a/20190115/004360. htm，2019 年 1 月 15 日。

如,2017 年,改编自网络小说《终于等到你》的电影《喜欢你》一上线便击败了同档期上映的经典 IP《春娇与志明》系列的《春娇救志明》,最终收获 2.1 亿元的票房。该片虽然故事主线较为传统,承接原文本"总裁文"的特质,但是轻松流畅的叙事结构、清新柔美的画面色调、浪漫逗趣的情节展现,搭配原文本大叔、萝莉的反差萌设计和恰当的美食元素,既抓住了传统爱情片的叙事模式,又融入了原著小说中的创意剧情,最终成为一部较为成功的商业类型电影。

4

第四章
电影营销对网络小说
IP 价值的最大化

电影既是一件艺术品,也是一种商品。前文已从电影创作改编的角度,对网络小说文本的转化进行了分析。本章则从电影营销的角度切入,探求推动 IP 价值最大化的有效营销策略。电影市场营销立足于市场,面向观众,以最大限度地满足市场需求、观众需求和企业营销为目的,力图使电影的社会效益与经济效益在市场中得到真正的实现和统一。① 网络小说改编的电影《失恋 33 天》借助特色营销策略狂扫 3.5 亿元,同时还带动了国产电影对网络小说 IP 的开发。可见,在网络小说改编电影的价值转化和价值最大化过程中,电影市场营销是非常重要的推动因素。

一、市场营销与电影市场营销

(一)市场营销

市场营销,简而言之就是管理有价值的客户关系。其具有双重目的:通过承诺卓越的价值吸引顾客以及通过创造满意来留住和发展顾客。② 这个概念中的市场指的是某种商品的实际受众和潜在受众的结合体。从营销者角度出发,具体的营销行为是受到市场营销观念影响的。与之对照,首先,在众多细分市场中明确商品的目标市场。目标市场的准确定位能够帮助营销行为取得有效的反馈。其次,有目的地对目标市场受众进行各种信息的采集。在了解受众需求的前提下,有针对性地制订营销计划,从而实现稳固实际受众群,以及挖掘潜在受众群的目标,并最终从受众的行为中获得利润(见图 4-1)。

---

① 俞剑红、翁旸:《电影市场营销学》,中国电影出版社 2008 年版,第 1 页。
② [美]菲利普·科特勒、加里·阿姆斯特朗著,楼尊译:《市场营销:原理与实践》,中国人民大学出版社 2015 年版,第 6 页。

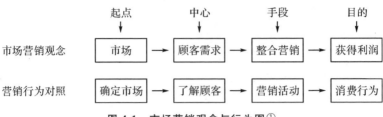

图 4-1　市场营销观念与行为图①

当然，营销活动并不仅仅是卖方行为，其实买方也有类似行为。当消费者搜寻商品、与公司互动，以便获得信息、执行购买时，他们也在从事市场营销活动。②尤其是在数字技术和社交媒体普及之后，受众在营销体系中变得更为灵活、主动、强势且重要。他们可以通过网络平台快捷地获取商品信息，可以随时参与对商品的评价和讨论。同时，他们也在网络中形成了一定数量的受众社群。随着受众属性的转变，营销方式也发生了一定的变化。营销者在设计具体计划时，会将目标受众的特点纳入考量中。在具体方式上，不再采用单向灌输的方式，而是采用一种双向互动的方式。营销者为受众搭建活动所需要的信息、物资和平台，吸引受众参与到活动当中，由此来增强受众在营销过程中的自主性和能动性。另外，受众依托网络媒介，进行自发创作、评论等，并通过这种方式来影响商品的销售。这种连接线上线下，从消费终端发起的营销活动在商品营销中发挥着越来越重要的作用。

(二)电影市场营销

20 世纪 90 年代的中国电影行业可以说是"内忧外患"。中国文化娱乐市场得到了快速的发展。电视、广播、录像等多种娱乐形式的出现，不仅丰富了大众的娱乐生活，还对电影行业产生了直接影响。同时，中国电影股份有限公司开始引进"十部进口分账大片"。大片在一年内就占领了中国电影市场的大部分份

---

① [美]菲利普·科特勒、加里·阿姆斯特朗著，楼尊译：《市场营销：原理与实践》，中国人民大学出版社 2015 年版，第 24 页。
② [美]菲利普·科特勒、加里·阿姆斯特朗著，楼尊译：《市场营销：原理与实践》，中国人民大学出版社 2015 年版，第 9 页。

额。① 然而,适逢中国电影由原先的计划经济模式向市场经济模式转型,"电影市场营销"的概念也随之进入电影行业当中。

　　中国电影从过去市场低迷到年票房突破 600 亿元,巨变之下市场观念和营销思维所发挥的作用已然彰显。如今,电影市场营销已是电影生产链中非常重要的一环,推动着电影市场繁荣发展。而对强调商业属性的 IP 项目而言,营销更是起到了非常重要的作用。有效的营销方式成为实现 IP 价值最大化的动力。《失恋 33 天》凭借特色营销策略狂扫 3.50 亿元的票房收益。该影片成为成功开发的范例,带动了国产电影对网络小说 IP 的开发。尤其是在 2015—2017 年,各方资本大量投入网络小说 IP 电影改编的项目中,并将这股风潮带到了最高点。多数网络小说 IP 电影改编项目都获得了较好的市场收益,且大多开展了各种有效的营销策划活动(见表 4-1)。

表 4-1　网络小说 IP 电影改编项目统计表(票房过亿元的项目)

序号	年份	电影片名	票房(亿元)	电影类型
1	2015	《鬼吹灯之寻龙诀》	16.78	动作、奇幻、冒险
2	2019	《少年的你》	15.58	爱情、青春、剧情
3	2016	《盗墓笔记》	10.02	悬疑、奇幻、冒险
4	2016	《从你的全世界路过》	8.13	喜剧、爱情
5	2013	《致我们终将逝去的青春》	7.19	爱情、青春
6	2017	《悟空传》	6.96	动作、奇幻
7	2015	《九层妖塔》	6.82	动作、冒险
8	2014	《匆匆那年》	5.88	爱情
9	2017	《三生三世十里桃花》	5.34	爱情、玄幻
10	2015	《左耳》	4.85	爱情
11	2016	《摆渡人》	4.82	喜剧、爱情

---

①　俞剑红、翁旸:《电影市场营销学》,中国电影出版社 2008 年版,第 38 页。

续　表

序号	年份	电影片名	票房(亿元)	电影类型
12	2019	《最好的我们》	4.11	爱情、青春
13	2015	《何以笙箫默》	3.53	爱情、青春
14	2016	《致青春·原来你还在这里》	3.36	爱情、青春
15	2011	《失恋 33 天》	3.50	爱情
16	2017	《心理罪》	3.04	动作、犯罪、悬疑
17	2016	《微微一笑很倾城》	2.75	爱情、青春
18	2017	《心理罪之城市之光》	2.24	动作、犯罪、悬疑
19	2017	《喜欢你》	2.10	爱情
20	2012	《搜索》	1.73	剧情、悬疑
21	2016	《七月与安生》	1.67	剧情、爱情
22	2016	《夏有乔木 雅望天堂》	1.66	爱情
23	2010	《山楂树之恋》	1.44	爱情、剧情
24	2016	《28 岁未成年》	1.29	喜剧、爱情、奇幻
25	2010	《杜拉拉升职记》	1.24	喜剧、爱情

注：数据截至 2019 年 8 月 1 日，猫眼专业版。

　　有效的市场营销推动着有效的价值转化。市场营销学专家大卫·乔布尔在其著作《市场营销学：原理与实践》中总结了有效的市场营销组合的 4 个特点，即符合顾客需求、创造竞争优势、合理搭配以及与企业资源匹配。以此为基础，结合电影市场实际，从正向营销方式的 4 个方面（资源组合推动、营销活动策略、品牌营销构建以及市场口碑营销），加之受众的反向营销共 5 个方面进行论述和分析（见图 4-2）。

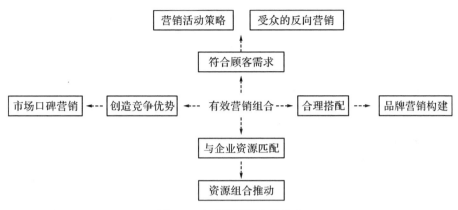

图 4-2 有效营销组合的特点

二、电影的正向营销方式

(一)资源组合推动

市场概念下的网络小说改编更像是一个商业项目的运作。在网络小说 IP 的电影改编中,每个生产环节所拥有的储备资源以及各环节间彼此的资源融合和搭配,都会影响改编项目的开发,以及网络小说 IP 价值的转化。因此,寻求改编项目与电影资源之间匹配且平衡的关系,成为实现 IP 价值最大化过程中需要解决的基础性问题。

1.电影资源配置的优化效果

IP 项目与电影资源的配置可以被看作一个价值集聚的过程。电影是个多环节、高投入,且拥有复杂生产链的创作类型,同时也是复杂环境里价值的集合体。原文本是其中非常重要的组成部分,但并不是全部。以 IP 项目受众层面为例,经网络小说 IP 改编的电影项目,原文本所附带的读者粉丝自然就成为新文本的起始受众。而资源配置下的文本类型、主创团队⋯⋯同样也会带来部分新的受众群体。由此,他们共同构成了新文本的目标受众。当然,电影资源的配置在为新文本不断增值的同时,也为项目增加了相应的可营销点。

IP 项目与电影资源的配置也可以被看作一个优化投资回报率(ROI)的过程。投资回报率通常指通过对项目的投资行为而返回的价值收益。电影资源与

IP 项目的匹配程度直接影响到 IP 价值的转化程度。在 IP 项目开发之前,改编行为者会对具体项目进行一系列评估,包括原文本的知名度、粉丝数量、文本类型、媒介兼容性等,并根据评估的结果计算最可观的投资回报率,然后进行电影资源的配置和项目团队的组建。

2. 电影资源与 IP 项目的匹配组合

配给 IP 项目的电影资源需要与 IP 项目的价值体量相匹配。强 IP 与低资源、弱 IP 与高资源,像这样项目与资源之间的不匹配,很可能会导致整个 IP 项目的失败。具体来说,电影资源的配置在很大程度上取决于 IP 项目的文本以及 IP 属性。不同的题材、剧情、类型,不同的用户数量、用户黏性等,都会是考量的因素。从这个角度来看,可将网络小说 IP 大致划分为强 IP 文本和一般 IP 文本两个类型来分析。

其中,强 IP 文本通常具有规模庞大的受众群体以及较强的用户黏性。在文本属性上,它们一般都拥有较长的篇幅,故事背景宏大,人物关系复杂,且题材大多为幻想类。因此,这些强 IP 文本通常需要相对较高的电影资源配置,像一些"超级 IP"更是如此。强 IP 文本在开发初期就已为价值转化提供了良好的先决条件。而如何推动价值转化,如何实现价值最大化成为项目开发的当务之急。"高概念"电影显然为此提供了很好的模式依据。改编项目的强 IP、高资源特质与"高概念"电影的发展逻辑相匹配。"高概念"电影是美国电影产业中非常兴盛的一种商业模式。尹鸿、王晓丰曾在《"高概念"商业电影模式初探》一文中,就此概念进行了详细的阐述。"高概念"电影是按照电影运作的差异来进行划分的……其所谓的"高"往往来源于大导演、大明星、大场面、大事件,这些"大"给电影带来了"高概念",使电影可以被识别、被关注、被期待、被炒作和被营销。"追求最大化可营销性"和"确保受欢迎程度的最大化"都体现了"高概念"电影强烈的商业属性。①

目前,许多的强 IP 文本也正尝试以"高概念"电影商业模式的发展路径去推动项目的价值转化,去实现项目的价值最大化,譬如电影《鬼吹灯之寻龙诀》。影片改编自经典网络小说《鬼吹灯》系列。该系列小说开创了盗墓小说的先河,收

---

① 尹鸿、王晓丰:《"高概念"商业电影模式初探》,《当代电影》2006 年第 3 期,第 93 页。

获了大量的读者粉丝,并成为网络小说中的"超级 IP"文本。面对这样一个拥有强 IP 属性的网络小说文本,改编行为者选择了与之相配的高资源和大投资。一线演员、名导演、实力制片商、奇观化的电影类型以及经典网文的搭配,使电影锁定了一大批起始受众,并且牢牢抓住了营销热点。项目一经发布,就吸引了各方的关注。与此同时,改编行为者还牢牢抓住变量因素以推动价值转化。影片在档期设置上,选择贺岁档上映,且同档期未有同类型的电影与之竞争;在口碑管理上,借势于《九层妖塔》,以"正宗摸金范"为宣传主题,紧贴目标受众对影片的期待视域,推动口碑营销。最终,影片收获了 16.78 亿元的超高票房。由此可见,在合理融合、优化资源的前提下,搭配"高概念"电影商业模式可以帮助强 IP 项目实现其价值的最大化(见表 4-2)。

表 4-2   "高概念"电影商业模式与《鬼吹灯之寻龙诀》项目对照

序号	项目	特点对照
1	明星:大明星组合	陈坤、黄渤、舒淇、夏雨、刘晓庆
2	导演:名气	乌尔善
3	电影类型:戏剧性+奇观+场面	幻想题材:悬疑奇幻、寻宝探险、盗墓
4	故事:陌生的熟悉	经典网络小说文本
5	制片商:品牌+实力	万达影业、华谊兄弟、光线传媒等
6	成本:大投入	2.5 亿元(1.8 亿元制作成本、7000 万元宣发)
7	黄金档期+全面覆盖	2015 年 12 月 18 日贺岁档上映
8	口碑+评论	豆瓣评分 7.5;猫眼评分 9.1;淘票票评分 9.0

不同 IP 文本的市场体量是不同的。因此,并不是所有的 IP 文本都能成为"超级 IP"。一般 IP 文本虽没有绝对数量的受众群体,但在其所属的文本类型中收获了一定规模的忠实读者。在文本属性上,一般 IP 文本的篇幅相对较短,且题材多数以爱情、恐怖、悬疑类为主。一般 IP 文本并不具备绝对的 IP 潜在价值,但因其相对较低的开发门槛、开发风险和开发难度同样受到改编行为者的欢迎。

现有的 IP 开发成功案例大多来自一般 IP 文本。在一定条件下,如匹配的资源配置、优质的项目呈现、恰当的营销策略,一般 IP 文本同样有机会"以小博大"成为"爆款",最终实现 IP 价值的最大化。譬如,以 890 万元的投资成本,获得了

3.50 亿元票房的《失恋 33 天》成为国产小成本电影的开发典范。又如，《最好的我们》《左耳》《喜欢你》等一系列取材于网络小说的爱情题材电影，均以较低的投资成本获得了可观的票房收入。

(二)营销活动策略

如今，传统的消费模式显然已经无法满足受众的心理需求。个性化的体验和参与显得越来越重要，这一点在非必需品上尤为明显。对电影项目而言，营销活动在一定程度上可以满足受众心理需求。营销活动的策划立足于受众需求，融合不同 IP 文本的概念和特征，将其自身的价值发挥到极致。改编行为者通常选择原文本的名称、表达的主题、角色的故事以及与项目相关联的内容作为转化元素，设计一系列活动，来达到市场宣传和营销的效果。而这些基于 IP 特色和受众需求所设计的活动内容，往往更能激发原文本粉丝的热情。改编行为者通过各类营销活动增加项目与受众之间的接触点，从而减少目标受众的遗漏和流失，并且增加潜在受众的转化机会，同时，充分发挥受众的个体能动性，凭借受众的力量推动 IP 项目的转化和宣传。

基于对 IP 项目(经由网络小说 IP 改编，且票房过亿的电影项目)特色营销活动的整合统计，本书从众筹特征活动、效应借势活动以及文本联结活动 3 个方面出发，就营销活动的策划方式以及如何实现价值转化进行归纳和分析(见表 4-3)。

表 4-3　票房过亿的网络小说 IP 电影改编项目的特色营销活动统计

电影片名	特色营销活动
《鬼吹灯之寻龙诀》	3D 灯光秀、百度贴吧合作、陈坤与粉丝线上互动、限量硬币
《少年的你》	"给小北写封信"征集活动、"陈念给二十年后的一封信"征集活动
《盗墓笔记》	戛纳国际电影节造势、周边众筹、"盗笔狂欢季"
《从你的全世界路过》	上海外滩大屏秀、"路过你的朗读者""全世界都在听"活动
《致我们终将逝去的青春》	明星导演处女作
《悟空传》	华晨宇演唱主题曲、30 款 App 霸屏合作
《九层妖塔》	系列广播剧、导演弹幕场

续　表

电影片名	特色营销活动
《匆匆那年》	高校巡演、设计师合作设计周边
《三生三世十里桃花》	主角投票、角色海选
《左耳》	视频照片征集、青春校园行、作者巡回宣讲
《摆渡人》	作者校园路演
《最好的我们》	视频照片征集活动、全国路演
《何以笙箫默》	电影 slogan 征集、单身狗宣传视频、黄晓明校园暴走
《致青春·原来你还在这里》	主创生日会、与"I DO 致青春"演唱会影唱联动
《失恋 33 天》	失恋物语、失恋博物馆
《心理罪》	主创生日会、收集祝福视频
《微微一笑很倾城》	盟友征集令
《心理罪之城市之光》	寻找最美城市之光、点亮东方明珠
《喜欢你》	电影间联动
《夏有乔木　雅望天堂》	主创生日会、加油视频征集
《七月与安生》	征集闺密故事

1. 具有众筹特征的活动

众筹(crowdfunding)一般被看作一个新型的融资渠道,大量的人共同筹集资金用于某项活动,是众包(crowdsourcing)及替代性金融的一种形式。如若将网络媒介平台当作一个崭新的权力工具,连接起权力主体双方,而其中衍生而来的众筹模式则可以被当作一种富有创造性的活动内容,去帮助权力主体更有效率地完成任务。而以营销目的为发起点的众筹活动,大多不是出于融资目的,更多的是将众筹作为一个中介,构建起受众生产者的身份,在满足受众参与感和体验感的同时增强受众之间的情感黏性。简单来说,众筹活动就是改编行为者开放部分改编的主动权,在满足受众诉求的同时推动项目的价值转化。众筹特质贯穿于网络小说文本的生成,它能拉近文本与受众之间的距离。由此转化的互动模式,则承接了众筹的效果和属性。"参与"可能更多地追求产品与用户之间的近距离,"众筹"则更强调消费者的主导权,即一种物即是我的主权人格,而不是旧商业时代的他人制造角色。① 参与者会不自觉地树立起"主人翁"意识，为参与项目不遗余力，加之众筹本身带有的宣传属性以及话题性，这就会达到一个非常有效的宣传效果。

此外，由众筹基本逻辑出发，项目发起者借由互联网平台向不特定公众发布项目信息，从而实现项目所需资源的筹集。在这个过程中，一群志趣相同的人聚集在一起，发挥协同效应为共同的一个项目努力。其间，经过一层层过滤之后，最终形成了一个富有活力与凝聚力的社群。在群体中成员间的联结并不是建立在经济利益之上，而是为了某个共同的效应，或爱好，或情怀，或挑战。众筹模式为产品所创造的价值远远高于众筹所得的资金。你花一倍的钱购买一件商品和花几倍的钱众筹一件商品，这两者的意义是完全不同的。前者只是购买了一件商品，而后者是共同创造了一件商品，这个过程往往才是消费者参与众筹的初衷，也是对于他们来说最有价值的东西。由此，众筹透露出一种极具社交性质，并助推电影项目的价值转化。

众筹活动一般可细分为两种，一是以资金为中介，符合一般定义下的众筹活动，即众筹是指筹资人通过互联网对外发布筹资提案，向不特定公众筹集资金用于某项活动的行为。② 以资金为中介的众筹活动似乎可以为电影作品的未来收益贡献一个相对可靠的保障。一方面，对于一个电影众筹项目来说，参与项目的投资人相当于已经超前为这部电影作品贡献了自己的票房。在电影制作的前期已经提前拥有了一定的票房收益，当然这部分收益是有限的。另一方面，电影项目的传播流量、投资人数、投资金额以及项目所引起的关注热度等一系列有效数据，将会为项目发起人提供一个预估项目收益的标准。具体来看，众筹资金一般可以分为两类：一类是用于电影项目的制作资金，另一类就是用于电影周边衍生品的预定。譬如，电影《盗墓笔记》与京东众筹平台合作，在平台中发起了"瓶邪·双萌"充电宝、"生死同行"智能口罩、"探墓·淘沙"绘本明信片隐匿版等多款创意周边的众筹活动。

二是摆脱了资金筹集概念下的众筹活动。其核心目的与前者一致，同样开

---

① 吴声：《超级 IP：互联网新物种方法论》，中信出版集团 2017 年版，第 139 页。

② 袁毅、陈亮：《中国众筹行业发展研究 2017》，上海交通大学出版社 2017 年版，第 1 页。

放了部分电影生产环节,但众筹内容则是用户的情感、故事和创意。非资金类的众筹活动较资金类的众筹活动参与成本低、门槛低,所能调动起来的参与者自然更多。因而,其旨在通过广泛的大众参与,吸引潜在受众的注意力,在潜移默化中为影片增加曝光量和扩大普及度,最有代表性的就是《失恋33天》。在电影上映前,片方在其官方微博发起"失恋物语"活动,一方面在广州、深圳、杭州等多个城市对失恋者进行采访,另一方面向大众收集实体或虚拟的感情信物,而后,将征集的素材制作成"失恋物语"宣传视频。该视频在各大视频平台的播放量突破了 2000 万,并在网络中引起了广泛的话题讨论。《失恋33天》充分运用众筹模式的特点,抓住大众共性情感,组织适配的营销活动,极大带动影片的社会关注度和影响力,并有效助推了项目的获益。这种以情感为中介,开放部分电影生产环节,促进项目与受众情感连接的形式,在许多网络小说改编项目中均可看到。如电影《左耳》向大众征集关于毕业的影像资料,为推广曲 MV 的制作提供素材;电影《何以笙箫默》征集标语(slogan),让大众有机会参与电影海报的设计;电影《微微一笑很倾城》征集网络世界常用的昵称,为电影中的游戏人物设计名称;电影《三生三世十里桃花》甚至征集演员,直接参与电影拍摄等。

2. 运用效应借势的活动

效应借势的活动旨在借助除项目本身外的其他有利因素,或尽可能地扩大项目与大众的接触点,来完成影片的营销宣传;或依靠主创人员参与活动,来扩大项目的影响力和熟悉度。因而,效应借势活动面对的是更为广泛的市场受众,通过"文本+"的形式来实现营销的预期,为本项目价值的最大化助力。

其一,"文本+名人",借势名人效应,以名人的吸引力和影响力来为电影增值。名人一般具有较大的知名度和影响力。导演、编剧等既拥有一批各自忠实的受众群,又在社会大众中具有一定的熟悉度。通过名人的合作,推动电影的普及度和覆盖面。

对具体的项目而言,最主要的就是电影项目本身的主创人员。他们与项目有天然的联结,加之配套的宣传活动一般会纳入项目合同中,因而,一般都承担配合项目宣传的责任和义务。参与首映、巡回路演、公共媒体宣传、节目录制都是惯常的宣传形式。当然,还有一些比较特殊的活动。譬如,《心理罪之城市之光》发起"点亮东方明珠"的活动为电影造势。该活动公开征集 99 位各行各业的城市英雄，与主演邓超共同蓄力，点亮上海东方明珠塔。电影《何以笙箫默》推出"晓明暴走两万里，苦寻校园赵默笙"的营销方案。片方安排主演黄晓明在 14 天内，走访 8 个城市的 8 所高校，与高校里的学生互动，借此宣传电影。而《鬼吹灯之寻龙诀》则是运用大数据技术，通过对电影潜在受众进行分析并制作用户画像，发现大多为陈坤的粉丝。因而，为其进行精准化营销活动，包括安排陈坤与粉丝的超级首映礼见面会，售票应用更是推出"明星选座"功能，邀请陈坤为粉丝占座。除以上直接参与电影创作的名人外，另一类参与者也比较常见。片方会邀请歌手演唱影片原声，让其以特邀演唱的方式参与到电影项目当中。如《悟空传》片方邀请华晨宇创作并演唱主题曲；《从你的全世界路过》的主题曲《你在终点等我》由王菲演唱；《喜欢你》片方则请来了陈绮贞献唱《我喜欢上你时的内心活动》；而由陈奕迅倾情演唱的《让我留在你身边》（电影《摆渡人》主题曲）更是同时入围了 2017 年香港电影金像奖、台湾电影金马奖最佳原创电影歌曲奖。

此外，片方还会邀请一些未参与电影项目的名人为电影站台。较为常见的方式有推荐小片录制、首映礼站台、社交媒体宣传等。电影和名人之间还有一些比较特殊的、更为深入的合作方式。电影《从你的全世界路过》讲述了 DJ 陈末和一群朋友的都市情感故事。片方提取了影片中的电台元素，推出了"路过你的朗读者"以及"全世界都在听"活动。前者邀请名人作为朗读者，来朗读网友分享的温情故事。同年 8 月 15 日至 10 月 14 日，张若昀、杨幂、欧豪、马思纯等 33 位朗读者分享了 33 个故事。活动历时 2 个月，贯穿了电影上映前的预热期和上映后的热映期，相关话题阅读量超 4000 万次，在线播放量超 500 万次，给电影带来了持续性热度。后者在电影上映前 12 天启动，与荔枝 FM、蜻蜓 FM 以及网易云音乐合作开办了一个与电影同名的网络电台。电台节目共 30 期，邀请黄渤、柳岩、张译等 20 余位名人担任 DJ，通过电波分享睡前故事和进行歌曲点播。此外，电影《致青春·原来你还在这里》则实行了"电影＋演唱会"的计划，与"I DO 致青春"演唱会进行影唱联动。演唱会不仅有电影主创到场互动，为电影造势，更邀请了李宇春、郑秀文、老狼等歌手登台献唱，吸引了大批歌迷到场支持。

其二，"文本＋品牌"，借势品牌效应。跨领域的品牌联动是较为常规的项目营销策略。其出发点是每个品牌分别在不同的产品类别中占有优势，那么联合后的品牌将对消费者产生更强的吸引力和创造出更高的品牌效益。同时，合作品牌还可以利用两个品牌的互补优势,并帮助企业将其现有品牌扩展到新的市场,因为品牌单独进入新市场可能会困难重重。①

　　跨领域的品牌合作是一种常见的营销方式,也被充分运用在各类电影项目当中,这样不仅大大增加电影项目的受众面,还增加了品牌的影响力和熟悉度。其中最为传统的就是强植入方式,即在电影中放置并凸显合作品牌的产品或广告,合作品牌为电影项目提供一定资金,并附带贴片广告。相较之下,当下的合作方式更讲求与电影文本的贴合度。项目方和品牌方会挖掘各自的特征和优势进行策划。《鬼吹灯之寻龙诀》选择与美图秀秀 App 合作,在应用中推出杨颖(Angelababy)剧中同款神女妆特效。由此,不仅能依托平台的超高用户量,迅速扩大电影普及度,还能借自拍特效助推话题"出圈"。同样,选择手机应用宣传的电影改编项目不在少数。《悟空传》联合 30 款 App,开启霸屏模式;《九层妖塔》携手乐视超级手机,席卷各大城市的公交推广;《从你的全世界路过》携手潮自拍,独家定制电影同款滤镜。当然,跨领域品牌还会策划一些线下的大型合作活动。电影《鬼吹灯之寻龙诀》与北京丰台万达广场合作,开启了一场"《寻龙诀》奇幻之夜"活动。现场上演了一场创意裸眼 3D 秀,同时还配合真人互动,来展现电影中的惊险片段。这次表演将电影片花投放在 400 多平方米的万达广场外墙面,配合 1000 支激光笔,让现场观众叹为观止。又如电影《从你的全世界路过》发起的"全世界点亮上海外滩大幕"策划活动,连续 6 天在上海花旗银行楼体上出现电影的宣传图像,让路过黄浦江边的民众都可以看到。

　　在双方的合作中,往往伴随着合作结晶的诞生。除上述同款滤镜、特效等虚拟产品外,更多的还是线下实体的衍生产品。这些可供售卖的合作产品还可以创造出可观的商业回报,成为 IP 价值扩展的另一重要形式。电影《三生三世十里桃花》便以其超高的人气先后与金龙鱼、汇源、百雀羚、美康粉黛、云南白药、全棉时代等多个品牌合作,提取影片中的中国风、水墨画等基础素材,推出限定款商品。除此之外,搭配主角刘亦菲、杨洋两人的代言产品以及影片的官方衍生品,共同打造了逾 3 亿元的电影衍生产品市场。

---

①　[美]菲利普·科特勒、加里·阿姆斯特朗著,楼尊译:《市场营销:原理与实践》,中国人民大学出版社 2015 年版,第 252—253 页。

3. 文本联结的专属活动

粉丝的消费决定了所有娱乐产品的最终价值,而粉丝的"情绪资本"则影响其具体价值的大小。① 网络小说文本背后蕴藏着一大批读者粉丝。这批读者粉丝自然成为影响改编文本价值转化的关键因素之一,尤其是对于"超级 IP"而言,改编行为者通常会借粉丝与原文本之间的情感连接,策划一系列有针对性的专属活动,以实现稳固粉丝受众的目的,同时保持甚至提升他们对改编作品的热情与期待。

就现有案例来看,针对原文本粉丝的专属活动,其设计路径一般有两种:其一,直接由文本出发进行专属活动的策划。改编行为者仅需要设计一个交互话题,借助文本特征来建立改编文本与读者粉丝间的情感纽带,唤起读者粉丝之前的阅读记忆,譬如"十年我们的鬼吹灯"故事分享会、"示爱·悟空传"大赛、"耿耿余淮说给树洞"活动。活动依托的是读者粉丝自发的社群分享和参与,不需要过度干预,就可以实现活动带动社群,社群引发话题,话题吸引关注的营销目的。其二,与原作者产生联结,形成影响辐射圈。此类活动还需要改编行为者与原作者形成更深入的合作关系,由原作者作为活动的核心,吸引读者粉丝的关注和参与,进而形成极具影响力的辐射圈,将改编文本纳入其惠及目标,以带动电影项目的宣传。饶雪漫"再·见青春"全国巡回宣讲、张嘉佳全国校园路演、南派三叔全国巡回签售会等都是照此路径展开的。

围绕《盗墓笔记》所发起的文本联结专属活动是最为典型的。2016 年,正逢《盗墓笔记》系列小说诞生十周年。作者南派三叔以此为契机,正式开启了 8 月"盗笔狂欢季"。狂欢季期间相继推出了电影、网剧、舞台剧、手游等相关改编产品,还开创了"签售＋路演"新形式,以签代演举办了全国巡回签售会。最长时南派三叔更是连签 9 小时,共吸引了 2 万多"稻米"。同时,活动还与"八一七稻米节"结合,在长白山举办了大型的十周年庆祝活动。其间,更与贴吧、微博等粉丝社群合作,推出了"盗吧好声音""接文大赛""晒晒盗墓笔记"等一系列线上活动。"盗笔狂欢季"充分调动起了原文本粉丝的情绪。而影版《盗墓笔记》凭借着这股热潮,获得超过 10 亿元的票房收益,顺利成为 2016 年暑期档的"爆款"。狂欢季

---

① 张嫱:《粉丝力量大》,中国人民大学出版社 2010 年版,第 99 页。

活动虽然具有一定的偶然性和特殊性,但作者南派三叔的做法却是值得借鉴和思考的。活动将 IP 原文本与改编文本完美结合,共同构建统一的 IP 文本世界。围绕原文本所构建的系列活动,充分调动粉丝情绪,带动了 IP 价值转化的最大化。

(三)品牌营销构建

桂格燕麦的前任 CEO(首席执行官)约翰·斯图尔特曾经说过:"如果一定要分开这个企业,我愿意放弃土地和厂房。只要保留品牌和商标。"[1]品牌是企业最重要的资产,在文化产业中同样如此。品牌化是推动项目可持续发展的不竭动力。品牌存在于受众的头脑中,如若能在受众心中建立起对项目的品牌化印象,无论是对原文本的发展,还是对延伸产品的开发都是一个核心的保障。

从项目自身出发,各个品牌在市场中的价值和影响力是不同的。这来自长时间在各自领域中的积累和努力,也来自不断的产品创新。这也适用于改编串联起的原文本与新文本的品牌化打造模式。首先,品牌化源自持续的文本开发。从 IP 项目的角度出发,原文本在其领域中经历了品牌定位、品牌名称选择以及原始品牌内容和受众的积累,逐渐建立起一个或大或小的单一品牌,即原文本品牌完成了场域内的资本积累。接下来如若要追求 IP 品牌价值的扩展则需要实行进一步的品牌开发。品牌的开发和巩固是保持品牌活力,维持品牌与受众关系的策略之一。菲利普·科特勒、加里·阿姆斯特朗指出,品牌开发主要的策略有 4 种,产品线延伸、品牌延伸、多品牌或者新品牌策略。[2] 小说文本的电影改编,以原文本为基础,在同一个故事世界的维度当中进行开发,属于 4 项中低成本、低风险的产品线延伸策略。改编行为将不同媒介联结在一起,在一个共同的故事世界,不同媒介产生互补效应,形成一个品牌。产品线的延伸打破封闭的场域限制,收拢新的受众群体进而扩大品牌的影响和价值。最终,品牌化的文本愈加提升了 IP 的影响力和价值,由此形成一个庞大的循环体系。但需要了解的

---

①　[美]菲利普·科特勒、加里·阿姆斯特朗著,楼尊译:《市场营销:原理与实践》,中国人民大学出版社 2015 年版,第 247 页。

②　[美]菲利普·科特勒、加里·阿姆斯特朗著,楼尊译:《市场营销:原理与实践》,中国人民大学出版社 2015 年版,第 481 页。

是,以上只是一种理想化的状态。媒介场域的融合、品牌化文本的构建都需要建立在用户融合的基础之上,同时也是基于延伸线产品成功实现对原著内容的多维度开发。

而在产品线延伸的过程中,还伴随着品牌化的主体联动。网络小说 IP 以小说为核心,在项目开发上,上游的网文平台与下游的改编主体形成联动关系。网文平台是网络小说与读者之间的交互场域,同时也是项目开发的最上游。平台中聚集着大批有待推动和迁移的原著粉丝,通过平台可以了解他们的喜好、文化、态度以及变化趋势。而在以往改编项目开发中,平台上下游常常各司其职,各行其是。版权是网文平台收入的重要来源。平台会将小说文本的开发版权或打散或完整地授权给不同媒介企业,进行电影、漫画、动画、电视剧等的开发。由于没有统一的规划,可能会造成各延伸产品之间定位、核心价值观不一致,从而削弱了原文本的特定内涵和品牌价值。下游开发者则同样会忽视网文平台在开发过程中的重要作用,与网文平台仅有买卖的关系,而缺少深入的联结,不仅浪费了平台的先天优势,同时也会造成本项目延伸产品与其他延伸产品间之间的认知混淆。

(四)市场口碑营销

在新的媒体环境和营销环境下,消费者的个人价值开始凸显,其主要信息传播渠道是社会化媒体。口碑传播成为品牌传播中最有效的环节。这意味着社会化分享将主导品牌价值并影响销售渠道与流通环节。[1] 社会化分享以消费者为主体,形成和推动品牌口碑的循环传播。从价值传播出发,它面向广阔的社会大众传输产品所附带的核心价值,在获取大众的认同后持续进行传播,以达到价值共享的效果。具体来看,口碑传播的一般路径是将产品试放给一批先行受众,完成起始口碑的培养。其后,以此为基点形成裂变,将产品推广至更大的市场,吸引消费者完成消费行动,从而生成二次口碑,再进行持续扩散循环。

该路径并非固定的理想化循环,需观照其中的两个关键节点。

---

① 段淳林:《整合品牌传播:从 IMC 到 IBC 理论建构》,中国出版集团、世界图书出版公司 2014 年版,第 255 页。

其一,起始口碑的生成和传播。起始口碑作为整个口碑营销策略中的发酵节点,在路径中起到了一个非常重要的作用。对具体的电影项目而言,内部特映和局部点映是孕育起始口碑的常用方式。两者都是电影正式上映前进行的小规模放映,但面对的观众群有所差异。内部特映针对的是专家学者、演员、导演以及媒体人等行业内人士,而局部点映主要面向的是部分的市场受众。前者代表业内的专业态度,后者反映大众的真实观感。两部分观众对应不同类型的受众社群,他们共同生成了电影项目的起始口碑。原文本粉丝与原文本有着紧密的情感连接,高忠诚度让他们成为口碑传播的最理想人选。在起始口碑生成过程中,这些具有规模性、群体性、主动性的粉丝群就显现出尤为重要的作用。良好的起始口碑提升了他们的期待和热情。他们将片方整理公布的信息作为传播的素材,自发地进行传播工作,大大降低了片方的宣传成本。

其二,二次口碑的生成和循环。二次口碑是在产品完成初次交易的前提下而形成的。在理想的状态下,影片所呈现的效果如同受众所预期的那样,由此影片所传递的价值也获得了受众的认可。广大受众自觉地成为二次口碑的传播者,自发推动影片收获最理想的票房收益。当然,值得注意的是,在口碑传播的过程中,改编主体所扮演的角色是传播素材的提供者。他们需要不断地向传播者更新已经过整理和设计的影片信息与资料,以便传播者能进行方便、快捷的传播。但此时口碑如何,已经抛给了广大市场来检验,改编主体无法控制。影片的质量是影响二次口碑走向的决定性因素。尤其是那批最忠实、最富有热情的小说粉丝,他们可能成为对影片产生最大反噬效果的受众群。萧鼎(张戬)创作的《诛仙》是大热男频(男生频道)IP,拥有大量男性读者。2019 年 9 月 13 日,由小说《诛仙》改编的电影《诛仙 1》在中国上映。在上映之前,电影的宣发策略十分保守,并未进行大规模的路演,没有制造舆论热点,也没有举行内部特映和局部点映,但依旧能在上映首日便取得 1.4 亿元的票房成绩。这主要归功于主创的粉丝和小说的读者。而从电影票房明细可看出,《诛仙 1》前三天的票房占总票房的 60%,而后逐日呈递减趋势。自 9 月 23 日起,电影每日票房不足千万。这与电影二次口碑的反噬紧密相关。《诛仙 1》在豆瓣电影的开分为 6.7 分,不到两天便跌出及格线。大量小说读者不满电影改编效果而打出低分,致使电影口碑不佳,传播受阻,连带影响票房收益(见表 4-4)。

表 4-4　《诛仙 1》日票房明细(2019 年 9 月 13 日—9 月 23 日)

序号	日期	综合票房(万元)
1	2019 年 9 月 13 日(周五)	14442.6
2	2019 年 9 月 14 日(周六)	8505.1
3	2019 年 9 月 15 日(周日)	4370.2
4	2019 年 9 月 16 日(周一)	1836.1
5	2019 年 9 月 17 日(周二)	1434.8
6	2019 年 9 月 18 日(周三)	1192.8
7	2019 年 9 月 19 日(周四)	1016.6
8	2019 年 9 月 20 日(周五)	1000.2
9	2019 年 9 月 21 日(周六)	1730.8
10	2019 年 9 月 22 日(周日)	1313.6
11	2019 年 9 月 23 日(周一)	519.7

资料来源:猫眼专业版。

　　此外,还有一种口碑营销策略就是依托各类专业性平台,借这些平台的权威性和知名度为电影造势与背书,提升观众对电影的期待,从而带动影片的口碑和影响力。譬如,电影《盗墓笔记》亮相第 69 届戛纳国际电影节,电影《夏有乔木 雅望天堂》入围第 19 届上海国际电影节,这些都能为电影"镀金增值",宣传造势。又如,2016 年 10 月 1 日,电影《七月与安生》获台湾电影金马奖 7 项提名。而后,片方宣布电影密钥延期一个月,以金马奖的影响力来带动电影价值的二次转化。

三、电影受众的反向营销

　　媒介融合背景下的受众早已经摆脱了单纯的接受者形态。普拉哈拉德和拉马斯瓦米提出的共同创造的概念,就已经将消费者作为一个重要的环节纳入其中。新兴消费者是积极的、流动性的、通过社交联系起来的、喧闹嘈杂和开放公开的。[①] 新兴消费者热衷于参与媒介行动,以完成自身形象的搜寻与建构,满足自身的媒介需求。具体而言,他们随着大众媒介的发展而变得更为活跃,显现出一定的主动性。他们的主动的媒介行为,对项目而言是非常重要的。尤其是在数字技术和社交媒体普及之后,受众在营销体系中变得更为灵活、主动、强势且重要。他们可以通过网络平台快捷地获取商品信息,可以随时参与对商品的评价和讨论,并且主动去推动项目的商业价值实现和扩展。由此,形成了受众发起的反向营销活动,并对项目产生影响。

(一)网络小说IP电影改编项目的复合型受众

1.电影改编项目的受众理解与分类

菲利普·科特勒、加里·阿姆斯特朗根据潜在的盈利性和预计的忠诚度,制作了"顾客关系群体图示"(见图4-3)。其将受众分为"陌生人""蝴蝶""挚友"和"藤壶"4个群体。"陌生人"表示低忠诚度且低潜在盈利性的受众,说明提供的商品并不符合此类受众的需要。"蝴蝶"是具有高潜在盈利性但忠诚度低的受众。"挚友"是既保持高忠诚度,又极具商业价值的受众。他们是项目最理想的受众群体。"藤壶"这类受众非常忠诚,但是所能带来的价值却非常有限。

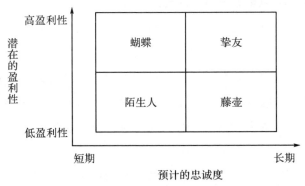

图4-3　顾客关系群体图示[②]

---

① 〔美〕亨利·詹金斯著,杜永明译:《融合文化:新媒体和旧媒体的冲突地带》,商务印书馆2012年版,第50页。

② 〔美〕菲利普·科特勒、加里·阿姆斯特朗著,楼尊译:《市场营销:原理与实践》,中国人民大学出版社2015年版,第25页。

"顾客关系群体图示"对了解电影项目的受众以及电影营销的目标对象,提供了一定依据。首先,帮助改编行为者了解项目的受众群体。"陌生人"可以看作一批平时根本不会去影院消费,或对项目所属电影类型、题材以及主创团队比较排斥的受众。想要将"陌生人"转化为项目的受众非常困难,且需要投入巨大的资源,因而最好的处理方式就是放弃投入。"蝴蝶"这类受众不存在先天的媒介偏见,甚至是电影媒介的高频率消费者,但对具体的电影项目并没有任何情感连接,可对应广大的潜在受众。"挚友"与"藤壶"都是项目的忠实受众,而两者的差别在于实际受众的占比数量和对应的盈利性。其次,在理解的基础上区分项目的受众组成和设定相应的目标。在一般的概念中,项目的市场由项目的实际受众和潜在受众组成。市场构成与"顾客关系群体图示"中的"蝴蝶"和"挚友"相对应,两者都是具有高盈利性的受众群。他们决定着项目的最终商业价值。当然,对具体的电影项目而言,受众群体的内部成员并非固定不变的,而是流动的、变化的。因此,从这个角度来看,IP 项目想要实现其价值的最大化就需要完成两个目标任务,即在稳固项目原有"挚友"受众群的基础上,尽可能将"蝴蝶"受众群转化为"挚友"受众群。虽然两者身份的转变是一个非常困难的过程,但这是项目实现价值最大化的关键。

2. 网络小说 IP 电影改编项目的粉丝受众

经由网络小说 IP 改编的电影,天然拥有跨越媒介的特征,对应受众通常可分为粉丝受众和一般受众两个类型。粉丝受众一般可以理解为原小说所携带的读者粉丝(原著粉)、电影转化过程中所牵引的粉丝以及观影后转化为电影文本的粉丝。从 IP 文本的角度来看,小说所携带的读者粉丝与 IP 文本存在深厚的情感连接,且具备明显的 IP 属性。因而,这里所提及的粉丝受众主要以这批受众为主。

粉丝受众是较为特殊的一个群体,具备鲜明的粉丝属性。他们显现出高度主动性。粉丝受众与一般受众的区别主要体现在项目参与度上。通常来说,粉丝受众接触项目在深度和广度上,都要比一般受众更进一步,并且在具体消费和社交传播中也表现出更为明显的积极性与热情度。这种主动性会随着粉丝情感的投入而增长。

他们还具有更明显的群体性。新媒体的强大社交功能把数以亿计的用户连接在一起。他们根据自己的兴趣和爱好选择关注对象,久而久之就形成了一个个网上社群。这些社群往往有相同的价值观与消费习惯,是一个天然的细分市场。尤其是当下青年一代,他们游走在网络世界中,寻找志同道合的伙伴,并在虚拟社区里与伙伴们一起讨论,相互交换信息,从中汲取满足感、归属感和认同感。这些社群所释放出来的能量往往很强大。粉丝受众聚集在一起会大大提升影响力的上限,增强受众主动性行为的效果。

此外,他们还具备特殊的"跨圈"属性。IP 文本之所以成为电影市场中炙手可热的项目,很大程度上是因为原文本身后庞大的读者粉丝群体。改编行为者预设这批读者粉丝为新文本的起始目标受众,并且希望他们吸引、影响其他受众。改编行为连带着刺激粉丝受众完成"跨圈"行为。

需要认识到的是这批粉丝受众并不直接面对新文本,而是以原文本为中介,完成迁移的受众。因此,这批受众可以说是稳固的,也可以说是不稳固的。稳固来源于粉丝与原文本之间的情感连接。即使有其他受众转化为新文本的粉丝,仍然没有办法达到他们与原文本之间的深度。而不稳固则来源于粉丝受众与新文本之间的间接关系。原文本粉丝与新文本之间的关系构建是有条件、有前提的。他们追随的是原文本,对新文本,他们随时都有转变身份的可能。其转变所形成的能量和幅度,甚至远远超过一般受众。因此,这批既稳固又不稳固的受众,作用于新文本的效果自然也具有双重性。他们可以严重阻碍新文本的价值转化,也可以全力助推新文本的价值最大化。至于能否推动他们的有益行为,关键在于是否满足他们对新文本的期待和赢得他们的认同,在于是否能调动他们对原文本的"情绪资本",转而投身到新文本之中。

3. 复合型受众的行为模式

1898 年,美国广告学家 E. S. 刘易斯提出了传统的消费者行为模式 AIDMA,即 attention(注意)、interest(兴趣)、desire(欲望)、memory(记忆)以及 action(行动)。而后,互联网的出现给消费者的生活方式和消费行为带来巨大变化。电通公司基于传统的 AIDMA 模式,提出了新的消费者行为模式 AISAS,即 attention(注意)、interest(兴趣)、search(搜寻)、action(行动)、share(分享)。AISAS 模式开始注意消费者的主动性。其中的 search 与 share 更能体现互联网所带来的消费者行为的变化。而后,随着移动数字技术的普及和社会化网络的发展,消费者进入了 Web3.0 的时代。段淳林教授将价值概念与互动概念加入 AISAS 模式当中，提出新的消费者行为模式 AIVSA，即 attention（注意）、interest/interaction（兴趣/互动）、value（价值）、share（分享）、action（行动）。模式中的消费者行为是一个动态的过程。而价值认同是消费者采取某一行为的基本动力。

AIVSA 模式更贴近当下环境中的消费者行为逻辑。将其代入 IP 项目的受众分析中，会发现粉丝受众与一般受众身份上的差异，构成了他们不同的消费者行为模式。其中，一般受众符合 AIVSA 模式的基本动态逻辑，并呈现出 5 个内置循环的行为阶段（见图 4-4）。

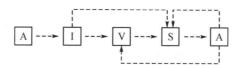

图 4-4　一般受众的行为模式（AIVSA 模式的动态性）①

第一阶段，引起注意。受众主动或被动地接收来自起始传播者的项目信息。这里的项目信息不仅指被注意的商品和服务的信息，还包括一切能够有效实现品牌传播的信息。② 受众获取信息是推动其消费决策的起始，也是非常重要的一环。

第二阶段，产生兴趣与互动。互联网时代，受众的兴趣往往同互动和参与结合在一起。这个阶段的受众开始发挥自身的主动性。他们在与其他受众以及项目主体的互动中，进行价值观的匹配，进而选择推进下一步行为的对象。

第三阶段，价值认同。在 AIVSA 模式下，价值关系其实一直贯穿于整个过程当中。特地将其作为模式中的一个阶段，是因为这个阶段是整个受众行为模式的关键。价值认同是受众与项目确定构建起关系的转折点，直接影响着受众是否会在价值引导下完成自己的消费行为。而当完成实际消费行为后，受众会将项目与预期价值进行匹配。其结果会影响受众的身份转变以及是否进行二次

---

① 段淳林：《整合品牌传播：从 IMC 到 IBC 理论建构》，中国出版集团、世界图书出版公司 2014 年版，第 193 页。

② 段淳林：《整合品牌传播：从 IMC 到 IBC 理论建构》，中国出版集团、世界图书出版公司 2014 年版，第 189 页。

消费。两次价值匹配作为行为循环中的枢纽,是推动循环能够继续的关键。

第四阶段,信息或价值分享。AIVSA 模式的分享是广义的分享,涵盖了消费者自主生产、加工、选择和传播等行为。[1] 在整个行为路径中,一共有三处分享行为:其一,在产生兴趣与互动的过程中,自然会产生分享行为。其二,在完成与项目之间的价值关系构建之后产生分享行为。当然,价值认同是信息分享的主要动力,但不是唯一动力。分享行为是个人内部以及外部环境等多种因素共同作用下的结果。其三,在受众完成实际消费行为后,产生分享行为。

第五阶段,实际消费行为。只有完成这个阶段,消费者行为模式才算是完整的。这个阶段是项目实现文本价值和市场价值的核心。

相对于一般受众,粉丝受众是对原文本已经完成消费者行为的一批受众,当然也包含由主创所带动的部分粉丝群体。根据焦点团体访谈的内容,以及参考相关粉丝理论发现,他们与一般受众的行为模式存在着一定的差异。在具体的行为运作中,attention 与 interest/interaction 被前置于项目循环,粉丝受众行为模式可大致划分为以下 4 个环节(见图 4-5)。

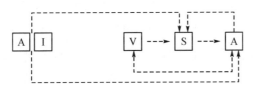

图 4-5　粉丝受众行为模式(AIVSA 模式调整)

第一环节,信息获取与搜寻。相较一般受众,粉丝受众对信息的获取表现出更主动、积极的态度。在本环节,引起注意和产生兴趣在同一时间发生。15 位访谈参与者中有 13 位表示会主动关注网络小说改编的影视作品。一旦得知原文本改编的信息,粉丝受众便会主动投入到接下来的环节中。

第二环节,信息分享与传播。从访谈和观察中可看到,粉丝受众的分享行为一般集中在两处。其一,在获得项目消息之后,实际消费之前。新文本是经由原文本改编的产物,默认承接着原文本的价值体系。因此,粉丝受众自然跳过了价

---

① 段淳林:《整合品牌传播:从 IMC 到 IBC 理论建构》,中国出版集团、世界图书出版公司 2014 年版,第 191 页。

值认同的环节。出于对原文本的价值认同和阅读记忆，粉丝受众自然而然会主动推进自身的消费行为。他们自发地作为最起始的传播主体之一，主动收集项目信息，并积极进行信息的分享和传播。其二，在实际消费行为之后。受众完成了与新文本的价值匹配。此时的分享行为，根据价值匹配的结果可能出现分歧，并对其个人和他人的消费行为造成影响。粉丝受众可能会推动新文本的项目发展，抑或阻碍其转化。

第三环节，实际消费行为。粉丝受众的实际消费行为较一般受众而言，意外性较少。他们将对原文本的热爱转化为对新文本的期待，将消费作为一种回忆的仪式。访谈中所有成员都表示会去观看改编电影，即使觉得电影呈现可能无法达到预期。而能否进行循环的消费行为，取决于价值匹配的结果。当然，改编作品的观影评价还是会在一定程度上影响受众的下次观影。

第四环节，价值匹配。对新文本的首次消费不仅仅是他们的一次消费行为，更是他们价值检验和匹配的行为，即检验新文本是否承接了原文本的价值内涵，或新文本是否与他们的价值内涵相契合。粉丝受众检验的标准主要来自小说，集中在演员、剧情以及视觉呈现等方面。其中，演员部分较多涉及匹配度以及演技，剧情部分则侧重于对经典的还原度。其匹配的结果同样影响着受众接下来的行为。

当然，上述都是基于一个较概括性、理想化的行为模式。模式中的受众身份、路径顺序并非固定不变。研究结果主要用于把握一般情况下的受众消费行为路径，而非全方位地囊括每一位受众。因而，在对受众行为进行具体研究的过程中，还是需要考虑到其他影响因素。

其一，这是一个比较完整的、一般化的行为路径。但是，电影的消费行为还会受到许多外在因素的影响。因此，不一定所有受众都经历此行为模式的全过程。受众可能会跳过中间行为阶段直接到达最后的阶段，也可能完成了前几个阶段之后而未能完成实际消费行为。其二，在实际的行为路径中，路径可能是线性的也可能是循环的。当然，受众身份也并不是一成不变的。在受众完成最后的消费行为后，与项目价值关系的不同会影响受众的行为以及身份。当两者达到高度匹配的时候，他们有可能从一般受众转变为新文本的粉丝受众，从而可能进行多次、重复的消费行为。而当两者出现分歧的时候，他们也可能不会再消费，甚至影响其他消费者。

(二)IP 价值转化与扩展的受众行为

从之前的消费者行为分析和总结中可以看到,受众对具体消费产品的行为模式大致可以分为两类,即接受式的消费行为、参与式的传播行为。除此之外,还有一种特殊的受众行为,就是再创造行为。

具体来看,接受式的消费行为是受众转化中最为基础的,也是为项目创造直接现实收益的行为。消费行为是一种接受式的行为模式。其具体表现为以货币为中介,通过交易行为支持项目,如改编产品的购买(含多次观看、包场、组团观看等行为)以及其他衍生产品(含周边商品、活动等)的购买。参与式的传播行为,不同于上述中以货币进行直接交易的行为模式。它可以被看作一种受众生成的营销方式,属于受众参与式的行为模式。其主要通过对项目口碑的传播,从侧面促进 IP 价值转化的受众行为。社会化的媒介使受众处于信息生成和传播的中心位置。他们在使用媒介进行互动和交流的过程中,都伴随着传播行为。同时,受众所构建起来的网络口碑对其他受众在消费决策、行为、感受和体验等方面的影响力越来越大。而受众的再创造行为,在 IP 的商业价值转化中被看作一种特殊的传播行为。这种行为模式强调受众并不只是外部信息接收的主体,他们同样可以成为主动创造文本内容和意义的消费者。不同于前两种行为模式,再创作行为让受众从接受者转变为生产者,且这种情况一般出现在粉丝受众当中。如今的中国网络媒介中,存在着很多这样积极且富有创造力的用户。他们可能是出于对原文本的不满足,可能是出于对原文本的热爱,选择通过自我的创新来表达对内容的情感,来凸显自我的个性和喜好。对他们而言,无论是原文本,还是改编文本,都可以作为创作的素材。

因此,接下来以消费、传播以及再创造这三方面的行为作为框架,融合对观察、访谈的总结,对 IP 复合型受众具体转化行为进行分析。

1.粉丝受众对 IP 价值的实现

影视产业是一个资金密集型的行业。一个项目想要有较好的发展,在其制作、发行、放映每个环节都需要大量的资金投入。项目高投入的背后带来的是高风险。而互联网时代背景下的 IP 项目,其背后所联结商业转化的潜能是可以被量化的,庞大的粉丝群体以及粉丝的活跃度也是直观的。这些粉丝受众将会成为新文本的目标受众，并带来可观的市场收益。这也就是 IP 项目逐渐成为影视行业宠儿的原因之一。此外，需要强调的是，在受众群体中，粉丝受众相对于一般受众更具有受众行为特征。粉丝的身份交织在普通大众和读者用户之间，他们拥有着不同于一般受众的浸入式感受，由此所爆发出来的热情更是巨大。这些原文本粉丝在 IP 的开发过程中发挥着重要的作用。他们的行为不仅是网络小说 IP 商业价值转化的基础和起始，同时也会触及其他受众的消费行为和感知，从而影响整个 IP 的开发结果。

其一，粉丝受众的消费行为。消费行为是 IP 原文本释放商业价值最直接的表现。搜集与参与可以被看作粉丝的行为特征之一，他们将爱好延伸到日常生活当中。[①] 作为网络小说的读者粉丝，改编作品在整个文本世界中可以视为原作的"衍生周边"。无论是购票观影，还是对电影周边衍生品的支持，都是出自对原文本的喜爱及对原文本不同方面的需求欲望。在具体的访谈中也可以看到，小说的粉丝受众大多会对改编作品实施消费行为。由此，从粉丝角度来看，网络小说 IP 项目的商业收益底线是可以被预估的。IP 性越强，收益底线就越高。南派三叔的代表作《盗墓笔记》，仅贴吧就拥有高达 386 万的粉丝数，发帖数量合计已逾 1 亿。南派三叔的微博粉丝也超过了 1200 万。面对庞大的粉丝群体，电影《盗墓笔记》的收益可想而知。项目一经公布，就引起"稻米"的广泛关注和讨论。猫眼平台上的想看人数逾 51.5 万，淘票票上响应的人数也超过了 38.8 万。影片上映首日票房就已破亿，连续 7 天占据票房冠军的位置。即使在口碑不如读者粉丝预期的前提下，依旧获得了 10 亿元的高票房收入。

其二，粉丝受众的传播行为。网络小说 IP 项目相对于普通项目，在传播行为方面显现出巨大的优势，即新文本承接粉丝对于原文本的情感资源。这批受众就自然而然地成为新文本最忠实的起始传播者。以这批受众为基点，可以将文本信息传播给更多的潜在受众。

粉丝受众的传播行为呈现出鲜明的主动性。行为由获取新文本项目信息开始，且一直贯穿在整个项目链之中。拥有相同兴趣群组的粉丝受众所蕴含的影响力是巨大的。同时需要注意的是，他们在完成消费行为之前的传播行为是线

---

① 张嫱：《粉丝力量大》，中国人民大学出版社 2010 年版，第 65 页。

性的,而在完成消费行为之后则会出现分歧。如上所述,此时的传播行为受到价值匹配结果的影响。粉丝受众对改编作品很苛刻,是出于对原作的喜爱;粉丝对改编作品很宽容,同样是因为对原作的喜爱。粉丝态度的差异基于消费新文本之前所设定的对该作品的期待和隐性的接受底线。这也成为粉丝对延伸产品的评价标准。它决定着粉丝是继续产生有益的粉丝行为,还是转为有碍的粉丝行为。这也就显现出了粉丝行为对新文本鲜明的双重性。同年上映的,根据同一部小说改编的两部电影——《九层妖塔》和《鬼吹灯之寻龙诀》,就是粉丝行为双重性的最好印证。前者将电影类型定位为怪兽片,对原著的粉碎性改编突破了粉丝的心理底线,由此遭遇原著粉的疯狂"讨伐"。他们发起帖子,支持作者张牧野(天下霸唱)以著作侵权状告影片方。最终作者张牧野取得了胜诉。而后者则把握经典的故事结构,遵循原著的类型气质,并且邀请原著作者参与到影片的创作中。虽然也有许多与原著有出入的地方,但总体符合预期。在电影上映期间,粉丝在贴吧精华帖《如果这是一场梦,灯丝愿大梦不醒》上以煽情的言语表达对电影的支持。① 贴吧中的精华帖反映了贴吧管理者的态度。对内,粉丝在社群管理者的号召以及成员们的响应下,进行着群体内部的宣传。对外,粉丝更是自愿游走于各种平台,线上线下进行一系列自发宣传活动,包括收集相关资料、发送影片观感、推广影片信息等。可以说,《鬼吹灯之寻龙诀》的成功离不开粉丝不遗余力地传播、推广。

　　其三,粉丝受众的再创作行为。再创作行为其实是一种粉丝身份所特有的受众行为。这种通过"文本盗猎"而形成的新文本、新产物被亨利·詹金斯称为"参与式文化"。詹金斯在《文本盗猎者:电视粉丝与参与式文化》中,借由电视文化的案例,描述了一群名为"文本盗猎者",且对媒介内容积极、对媒介技术熟练的粉丝群体。无论是对原文本的不满足,还是对自我情感的发泄,他们所进行的这些文本创作,从根本上挑战了媒体产业对流行叙事的控制权。② 他们以原文本为基础,创作出完全不同的内容,且他们所创作的内容与整个粉丝圈共享,具有

―――――――――

① 　涂俊仪:《IP 电影的原著粉丝:文本争夺与身份构建》,《电影艺术》2018 年第 1 期,第61 页。

② 　[美]亨利·詹金斯著,郑熙青译:《文本盗猎者:电视粉丝与参与式文化》,北京大学出版社 2016 年版,第 267 页。

非营利的特质。在网络上有一个为人熟知的概念叫"同人"。"同人"一词源自日本，通常指有相同志向的人们，它的另一个含义是指不受商业影响的自我创作。具体有一次同人（原创）和二次同人（再创作）的区分。而在受众行为中主要是引用其 fan-fiction 的概念，指代粉丝基于原有作品而进行的二次创作。

　　粉丝的这种再创作行为，在文娱类文本上常常出现，尤其是网络小说。如今，只要是热门的小说文本都可以在网络社群中找到由它们所衍生出来的同人作品。虽然这些作品可能是一种对媒体产业权力的挑战，是一种非营利的模式，是一种非主流文化下的产物，但并不妨碍这些或有趣、或有创意、或制作精细的新文本跨越原始的粉丝群体而产生出圈的效果，从而得到更广泛群体的关注。可以说，粉丝的再创作行为在一定程度上帮助原文本增加价值积累，以及推动新文本的价值转化。

2. 一般受众对商业性价值的扩展

　　如果说原文本的粉丝受众体现和实现了 IP 原文本的商业价值。那么文本跨圈后的一般受众则是站在电影媒介和新文本的立场上，对 IP 的商业价值进行扩展。跨媒介后的呈现就注定了新文本所面对的受众，不仅仅是原文本的粉丝受众，更多的是跨圈层后的一般受众。原文本的粉丝受众对新文本的态度以及所产生的影响存在不确定性。即使是经由超级 IP 所改编的电影，也不可能只考虑原文本的粉丝受众。因为一般受众往往蕴藏着更为庞大的商业价值，他们被当作电影项目的潜在受众。此外，还需要注意的是一般受众缺乏像粉丝受众那样的主动性，且一般受众是以新文本为目标来推进自己行为的。他们会受到各种因素的影响，或主动或被动地完成消费行为。但是他们的身份并不是一成不变的。伴随新文本的消费行为，他们可能转变为新文本的粉丝受众，如此一来，进一步实现了新文本的商业价值扩展。当然，他们也可能会脱离新文本的受众领域，转为"陌生人"，不再进行关注和消费。

　　其一，一般受众的消费行为。并不是所有的 IP 原文本都拥有足够体量的粉丝受众，支撑起电影项目的成本和收益。大多数经由网络小说 IP 改编的电影作品，所面对的受众是更为广大的一般受众。一般受众的消费行为直接影响着电影的市场收益。当然，值得注意的是他们的单次购买行为只是价值转化的第一步。让一般受众发挥出对商业价值的扩展能力的关键在于，推动他们身份的转变。粉丝的消费行为是一种认同、一种习惯,更是一种生活态度的表现。其消费行为的主要特点就是重复性。触发受众认同的开关,将一般受众转化为粉丝受众,带动重复性消费行为,才能实现消费行为所带来的最大收益。

其二,一般受众的传播行为。一般受众的传播行为与粉丝受众相似,以消费行为为中介,可分为两个节点。第一个节点是发生在对项目产生兴趣之后。当一般受众开始主动搜寻项目信息、与生产者、其他受众开始互动交流的时候,他就已经在进行传播行为了。第二个节点是在完成消费行为之后。一般受众观看新文本所呈现的效果以及接收传达的内容价值之后,根据价值匹配的结果进行第二次传播的行为。当然,一般受众的传播行为从程度上说并没有粉丝受众那么激烈。但一般受众的数量相对庞大,其所产生的影响力也是不容小觑的。

其三,一般受众的再创作行为。这里的再创作与粉丝受众的再创性存在着一定的差异性。这种差异来源于不同的创作核心。粉丝受众以原文本为创作核心,一般受众则以新文本为创作核心。具体来看,在创作素材上,一般受众摆脱了原文本的"母体"内容,以新文本为素材进行再创作;在身份动机上,一般受众是以新文本的粉丝受众的身份进行再创作;在传播对象上,这些作品是为新文本的粉丝受众而创作的。

第五章

网络小说 IP 的生产逻辑

IP 生产是保持 IP 活力和实现 IP 价值的基础。网络小说 IP 作为特殊的文化资源立足于精神价值的生产,具有可循环的生产性质,由此,衍生出 IP 的单次生产与循环生产的概念区分。其实,两者是一个相互联结的概念,共同构成 IP 的生产。网络小说 IP 是网络时代崭新的文本来源。伴随着行业整合、资本流入、媒介推动,知识版权早已成为网络小说主要的收益来源,并形成了以网络小说为核心的 IP 产业链。场域概念给予当下切实性的路径指引。而如何推动网络小说 IP 的理想化生产则会是接下来行业内外的重要课题。前文已按照网络小说 IP 活动的纵向逻辑进行了分章梳理和介绍,包括网络小说 IP 的生成、电影创作对网络小说 IP 价值的转化以及电影营销对网络小说 IP 价值的最大化。而本章在此基础之上,从宏观的角度来进一步理解 IP 的生产逻辑,进行切实的现状总结和逻辑研究,并从中探究 IP 实现理想化生产的路径。

一、跨场域的价值转化:网络小说 IP 的单次生产

IP 的单次生产可以被看作一个线性的版权开发逻辑,是实现 IP 价值转化的基本路径。单次开发路径作为构成循环、多次开发路径的基础,也能够帮助了解整个 IP 价值的生产和转化逻辑。网络小说 IP 生产以原文本为基础、新文本为延伸,打破原媒介设置的固定场域,通过原内容背后可被预估的商业价值(用户群体和用户黏性)来降低新项目开发的风险。

(一)价值驱动:“原文本—新文本”的开发路径

网络小说 IP 的生产路径一般以一个文本内容为源头,该文本在其领域形成了一定的影响力后再逐渐跨越到其他领域中,从而形成更多类型的延伸文本或体验形态。在“原文本—新文本”的开发路径中,单一文本的形成过程伴随着用

户通过追更,完成初次的文本消费,并在消费过程中形成了对文本内容和文本价值的认同。这意味着网络小说完成了文本特定领域市场的初次检验,同时也与用户建立了一定的情感连接,使文本、作者、受众构成了一个高度交互的状态。伴随文本的生成,IP 原生场域内的价值资本也开始逐渐累积。对影视这样一个高风险、高投入的产业来说,网络小说 IP 的优势在于文本在完成基本构建的同时,经过了初级市场用户的检验和筛选。同时,网络媒介又将这一检验结果直观地展现在大众视野之中。这让改编行动者们能看到网络小说 IP 内容的潜在转化价值,吸引着他们加入 IP 的改编生产场域当中。

其中经典作品、极具人气的作品凭借自身直观且稳定的原始资本构成,无疑就成为电影改编者们的首选。如今,在影视市场上所看到的网络小说改编作品基本都是选择此类型的作品,如《少年的你》《鬼吹灯之寻龙诀》《七月与安生》等。然而,越来越多的行动者希望在这些网络小说中寻找适合开发的文本内容。面对大批融入的资金,经典网络小说显然是供不应求的。因此,资本转而投向正在培育中的文本。改编主体在平台中寻找有人气、有潜力的文本进行提前的版权购买,即时地进行改编延伸。其依赖于对原文本即时的市场观察和受众反馈,通过现有的市场表现进行 IP 资本价值的预估和判断。IP 项目被购买版权后,即时投入改编。这种即时性的改编项目需要对文本进行各方面的预估和判断,虽然开发更具时效性、更为高效,但对价值预估的判断要求更高,改编风险也相对有所增加。

(二)内容孵化:"新文本—新文本"的开发路径

"新文本—新文本"的开发路径是一个内容孵化,产品组合发行策略下的产物,即一种多领域多媒介共同开发,彼此共同构建一个 IP 的路径。它并没有一个明显的原 IP 的概念,转而体现出一个复合型内容群的概念,将"购买开发"转变为"创造开发"。这种路径在开发过程中更具有开发效率,但也因而失去了原本 IP 内容开发的优势,大大增加项目的风险。腾讯集团原副总裁程武曾在采访中提及过这种开发路径,并通过腾讯旗下开发项目《勇者大冒险》进行阐述。《勇者大冒险》的开发是以一个共同的主题,同时涉及网络手游、端游、动漫、电视游戏、网络小说等多个领域。然而,这种路径的开发和实行是有前提与难度的。

这种孵化式的开发路径需要立足于互联网的渠道特性,基于已经成形的各潜在受众群体以及他们的情感需求。围绕一个个既有群体进行内容的设计。互联网提供了一个开放的平台。即使再小的群体,也能让受众找到自己的虚拟社群。互联网吸引力法则把共性变成了一个个数字世界中的超链接,让拥有共性的成员都能清晰看到、彼此吸引、同频共振、同质相吸,逐渐形成群体。互联网使得群体效应、分众化更为明显,爱好不是个体的,而是群体的。由此,这些群体就成为推动内容转变为 IP 内容的动力,以及影响 IP 开发的重要因素。正如腾讯集团在推出《勇者大冒险》项目前,需要了解目标用户群体的情感需求,创作出一个无割裂、相统一的 IP 世界打通到各个用户群体中去。与文本先行路径不同,这种路径需要针对特定场域内的受众进行意见的收集和处理,并且反馈给各领域的创作者,并左右后续创作的走向。就如同程武所说,IP 培育与粉丝经济紧密相连,本质上就看用户和粉丝的意见反映到具体创作中的程度。① 而这种路径显然已经把用户统统纳入项目的创作团队中,以沉浸式的互动和参与加深其对于文本的情感连接。

　　然而,这种开发路径的可行性需要依附于一个相对完整的全产业链体系,去形成 IP 全产业链一体化的生产方式,即打通产业链上各门类的关联,获得商业利益的最大化。② 一方面,同步开发路径对各个媒介文本的统一性有着更高的要求。在整个 IP 开发体系中的文本,彼此间互相辅助又互相延伸。这就要求不同的改编主体需要彼此联动、共同协商,以构建一个完整的 IP 体系。《勇者大冒险》在 IP 构建过程中就是采用这样的方式,将小说作者、游戏策划人、视频制作者以及漫画创作人等各领域文本的主创团队,组建成一个 IP 文本的创作委员会。而这个委员会定期进行文本构建的相关讨论,如故事的走向、人物的设定以及情节的设置等,以此来保证各领域之间的文本保持联动,不至于形成割裂。另一方面,这样的联动方式需要在实行前就组建一个一定体量的开发团队,或如同《勇者大冒险》的开发公司腾讯集团那样,自身拥有一个完整的生产链系统的开

　　① 程武、李清:《IP 热潮的背后与泛娱乐思维下的未来电影》,《当代电影》2015 年第 9 期,第 18 页。

　　② 许昳婷:《生产式的参与和抵抗:创意时代的中国 IP 文化》,《编辑之友》2021 年第 7 期,第 53 页。

发团队。如此,同一个团队范围内的同步开发显然更便于项目的策划和运行。就目前来看,各大互联网公司纷纷创立各自的 IP 开发体系,设计 IP 孵化计划。无论是上游网文平台还是下游影视开发,都存在产业链整合的趋势,以进一步完善自身的产业生态。因此,这种路径可能会是各大平台占据 IP 市场,创建旗下 IP 品牌的一种开发策略。

二、多场域的价值联动：网络小说 IP 的循环生产

网络小说 IP 的循环生产立足于场域集合的概念,在多次的生产活动中形成场域的有机联动,完成原文本的价值增值。因此相较之下显得更为复杂,其中可能包括不同媒介的多次生产、同一媒介的多次生产以及"超文本"的循环生产。前两者较易理解,即不同媒介的多次生产指代同一个网络小说 IP 在不同媒介中实现生产;同一媒介的多次生产指代同一个网络小说 IP 在同一媒介中被多次生产。"超文本"的循环生产较为特殊,是形容 IP 效力延伸至文本以外,超脱 IP 文本本体所构成的循环生产路径。就目前来看,为了实现 IP 的循环生产所涉及的具体路径,主要包括品牌化生产路径、多文本借势路径以及作者再生产路径。

(一)价值共享：品牌化的 IP 生产

仅单次开发也许可以依靠自身的价值,而不一定需要品牌化策略来推动项目的生产。但在循环模式下的开发则需要一定的品牌化构建。品牌是用于识别产品或服务的生产者或消费者名称、术语、标记、符号、设计,或者上述因素的组合。[1] 品牌所拥有的意义远远超过其产品本身,是推动产品可持续发展的关键因素。尹鸿教授认为："IP 应该不只是生产一个 IP 产品,它在一定程度上又是一个品牌,是可延伸产品。"[2]那么 IP 的品牌化构建则是基于原文本以及延伸文本,在用户群体中形成自身的识别系统以及独特的符号,最终实现与受众之间持续性

---

① ［美］菲利普·科特勒、加里·阿姆斯特朗著,楼尊译：《市场营销：原理与实践》,中国人民大学出版社 2015 年版,第 234 页。
② 尹鸿、王旭东、陈洪伟：《IP 转换兴起的原因、现状及未来发展趋势》,《当代电影》2015年第 9 期,第 28 页。

的品牌关系。就如同漫威模式一般,IP 的品牌化生产路径可以推动 IP 价值开发的最大化,让 IP 生产实现可循环。

其一,品牌化的构成主体与生产环境,即构建一个统一的生产环境,通过各行动者加入 IP 生产场域当中,打通 IP 开发的各个环节和渠道。如此一来,行动者不仅仅是简单地将自身携带资本投入 IP 生产当中,以实现增加 IP 的资本价值,更是需要紧紧围绕 IP 的文本特点和固有价值,设置准入标准,以选择合适的行动者共同构建良好的生产环境。

此外,品牌化的开发是一个可循环、可延伸的过程,而完全不同于产业上下游阻隔,粗放型的开发模式。从品牌开发的构成来看,最理想的状态就是不同的改编团队能够通过认真研究作品的特点和用户心理来做预案,形成高度统一,在 IP 的各个环节里,达到一个最大的阈区。① 让文本能够在一个统一且和谐的环境中跨界。阅文集团推出的"IP 共营合伙人制",就是为了构建一个品牌化的构建主体和生产环境而做的一次尝试。该制度主要以 IP 为核心,连接起项目开发的上下游产业,形成一个完整统一的产业链。充分发挥磁铁效应,让作者、上游平台、粉丝、下游开发方都能够获得最优的项目结果。阅文集团副总裁罗立还表示,合伙人模式可以有很多种合作形式,未来或将与下游厂商针对高端 IP 成立 IP 运营公司,甚至一起构建 IP 的世界观。②

其二,品牌化故事世界的构建,即原文本和新文本承载于不同的媒介,提供有所差异的叙事文本,彼此形成文本故事的扩展以及不同文本间的互文关系,共同构建出同一个故事世界。亨利·詹金斯曾以《黑客帝国》现象为例,详细阐述了跨媒介叙事的概念。其指出跨媒介叙事是把多种文本整合到一起,创造出宏大的叙事规模,通过一个媒介作为故事的开头,而后通过其他媒介内容进行进一步叙述。这个过程中的每一步都建立在上一步基础之上,同时又提供了新的切入点,且任何一个产品都是进入作为整体的产品系列的一个切入点。③ 在品牌化

---

① 马季:《IP 的实质:网络文学知识产权漫议》,《文艺争鸣》2016 年第 11 期,第 71 页。

② 凤凰科技:《阅文集团"IP 合伙人"模式》,http://tech.ifeng.com/a/20160608/41620464_0.shtml,2016 年 6 月 9 日。

③ [美]亨利·詹金斯著,杜永明译:《融合文化:新媒体和旧媒体的冲突地带》,商务印书馆 2012 年版,第 155—157 页。

的 IP 生产和再生产中，无论是不同媒介的文本改编，还是同一媒介的多次改编，如若想要构建这样一个完整的品牌化的 IP 宇宙，都需要考虑的是各个文本之间的联动性。

这种联动性不仅存在于不同的文本之间，还存在于 IP 受众。一者受众本身在故事世界的构建中具有一定的作用。叙事学家戴维·赫尔曼提出了"故事世界"的概念，用以界定为叙事或明或暗地激起的世界，包括无论是书面形式的叙事，还是电影、绘图小说、手语、日常对话，甚至是还没有成为具体艺术的故事……"故事世界"是重新讲述的事件和情景的心理模型。① 概念强调受众在接受对叙事文本的外部叙述后，在内心进行故事内容的构建和重现。二者受众作为品牌的感知主体和价值来源，需要考虑受众的品牌认知。品牌并不仅仅是一个名称或者一个象征，还存在于消费者的头脑中，表达了品牌或服务在消费者心中的意义，消费者对某种产品及其性能的认知和感受。② 也就是说，受众判断文本是否属于某一品牌序列的标准来自他们大脑中的感知。而在统一故事世界中，彼此联动的文本是构建受众对品牌认知的关键。

其三，品牌化新文本呈现，就影视产业而言即经由同一媒介内的多次生产所构建的品牌化文本概念。目前的改编影片，主要可以包含单部、重拍以及系列（多部）三种类型。其中系列是品牌化最为明显一种。系列作品立足于文本的 IP 效应，通过 IP 文本的多次改编，构建一个同一媒介内完整的故事世界，一个庞大的 IP 宇宙。在生产和消费的循环中，形成稳定、庞大的受众群体以及系统的制作模式，借由已受市场检验的文本和制作模式完成项目的推进。这种方式无疑是最为简单且低风险的做法，同时相对来说也更为"安全"。而系列电影的创作者们通常会选择两种形式来实现：一种是根据原文本的积累进行持续的挖掘和开发，表现为根据同一篇小说或小说集而进行多次的改编。或者借原文本的部分背景、角色而进行改编创作。譬如根据《鬼吹灯》改编的《龙岭迷窟》《云南虫谷》《昆仑神宫》。三部电影均由非行执导，试图构建一个统一且连贯的《鬼吹灯》

---

　　① 　尚必武：《叙事学研究的新发展——戴维·赫尔曼访谈录》，《外国文学》2009 年第 5 期，第 101 页。

　　② 　［美］菲利普·科特勒、加里·阿姆斯特朗著，楼尊译：《市场营销：原理与实践》，中国人民大学出版社 2015 年版，第 466—467 页。

故事世界。第二种则回归原文本,在此基础上进行续写。通过人物小传,故事前传、后传等文本的创作,形成一个源源不断的文本来源,从而再进行文本的改编。最具代表性的就是南派三叔的代表作《盗墓笔记》。虽然主体早已经完结,但其仍然创作了《老九门》《沙海》《藏海花》等围绕这个系列的相关小说,对《盗墓笔记》的文本世界不断进行扩充。

(二)同源互动:多文本的借势活动

多文本借势路径以多次 IP 生产的同源性为基础,即使用同一个 IP。其不同于有规划、有目的性的品牌化生产逻辑,而是立足于既有的线性 IP 生产过程中所产生的,对新一次生产的影响以及推进再生产活动的方式。因而,这种脱离计划的多文本借势需要纳入改编行为者的前期分析和调研环节,选择适宜的营销策略以贴近借势目的。

过程中,改编行为者需要正视网络小说 IP 改编的同源性。在当下以单一线性为主体的开发环境下,多次生产的转化行动者、转化媒介、转化体系等内容要素,或许都存在着一定差异,但同一 IP 文本却将它们绑定在同一个文本空间。这是客观存在的同源性所形成的客观事实。网络小说 IP 的生产是借势于 IP 原始价值积累的转化活动。同源性视角下,IP 文本的多次生产所面对的转化价值不仅仅来自原文本。它是基于原文本以及既有新文本所共同累积的当下 IP 价值。此外,同一文本的多次改编,在时间上、媒介上都可能存在一定的差异。因而,在新一轮的 IP 生产环节中,改编行为者需要在认识到 IP 原文本的影响因素下,将既有的改编作品也纳入改编考量之中。

此外,改编行为者更需要正视 IP 多文本改编的两面性。文本转化的时空存在差异,但是新文本的来源却是相同的。同源性使得两个新文本之间的比较和借势在所难免。然而,这种多文本的借势路径需要认识到它的两面性。首先,前者自然会给新一次的生产带来借势的可能。新文本的生产存在一个时间的差异。这个差异为新生产的文本提供了借势的可能性。《步步惊心》《三生三世十里桃花》《微微一笑很倾城》《诛仙》等热门网络小说 IP,均是先推出电视剧版,而后才推出电影版。由此,随着电视剧的热播,收获了一批新的受众,为原文本附加了一定的价值资本,从而连带着增加了影片的关注度。但是,需要注意的是,这样的联动在带来关注度的同时，新文本之间的比较也随之而来。IP 的生产活动所带来的不仅仅是新的文本，还有新的受众。生产活动将整个 IP 的空间进行了重新构建。如若首次改编的文本所面临的比较对象是单一的原文本，那么新一次的生产所要面临的比较对象则是多样的。而这种比较行为将会对新一次生产产生重要影响。尤其是对同一媒介的新文本而言，这是同一个文本空间所带来的必然结果。比较行为对再生产，一方面会给新文本带来话题性和关注度，另一方面比较的结果也会影响新文本的价值转化。

（三）超文本生产：作者 IP 的生产延伸

作者再生产路径是"超文本"循环生产中最具代表性的路径。作者先借助网络小说完成自身价值的积累，而后转换主体来实现 IP 的"超文本"再生产。此时 IP 再生产的核心虽然从原先的小说文本转为作者，但生产活动持续受到小说 IP 价值的影响。作者、读者以及小说文本依托互联网共同构成了一个虚拟的群组。群组成员中作者作为小说文本构成的主体，同时也是文本的实际拥有者。文本的创作、生成以及转化，协同文本作者个人价值的生成和累积，同时过程中也联结着作者个人的特殊象征性功效。由此，作者便有可能在网络小说 IP 生产的路径中，构建出一个围绕自身的特殊再生产逻辑，并且贯穿在整个 IP 的生成和转化当中。

其一，内容创作阶段，确立作者身份，价值资本逐渐生成。网络文本的创作者拥有着特殊的"吸粉"优势。他们从大众中诞生而来，与受众有着天然的亲近。网络文本的创作者不像传统文本的创作者那样拥有明确的作家身份。纵览网络文本创作者，从早期的安妮宝贝（庆山）、邢育森，到后来的慕容雪村、南派三叔、辛夷坞、天下霸唱、唐家三少，再到如今的我会修空调、忘语、我爱西红柿，都非专业作家。在网络中任何人都可以成为文本的创作者。[①] 由此，消解了作家头顶上神圣的光环，昔日象牙塔中"社会雅士"的心态也被无名者的键盘所击碎。此外，网络文本创作者所创作的内容也更接近受众。其文本内容也随着创作者身份的变化而不同于传统文学体系，趋向大众，靠近民间。同时受到影视和 ACG（动画、漫画、游戏）文化的影响，他们的作品更受大众的喜爱，尤其是青年受众群。互联

---

① 欧阳友权：《网络文学概论》，北京大学出版社 2008 年版，第 8 页。

网提供了一个让作者与读者、读者与读者之间联系和沟通的渠道。在网络小说创作、连载的阶段,作者作为核心发起人,以文本为纽带吸引并牵连起所有读者,从而构建起一个三者间的情感共同体。在这个彼此交互的过程中,作者作为文本的创作者,树立起文本群组中的权威身份,拥有受到认可的对于小说文本的特殊阐释权。

其二,IP 内容生成阶段,文本带动作者个人价值资本的累积。文本内容在小说群组收获了一定规模的影响力后,普通文本转变为 IP 内容。在这个过程中,作者的个人风格被用户所认可,开始拥有一批粉丝受众。作者的身份便逐渐发生转变,开始构建群组中的个人品牌,孕育作者 IP。随着个人资本的累积,作者逐渐携带特定领域内的名人效应。名人效应通常指名人自身的行为,对大众有一定的带动作用,产生扩大影响、强化实物的效果。在完成作者个人资本的累积之后,拥有一定号召力的作者将作为 IP 的核心,实现特殊的作者 IP 开发路径。此时,作品反而成为孕育作者 IP 的要素。随着新文本的加入以及文本延伸产品的不断推出,作者个人资本不断增加、个人品牌不断巩固,从而扩大整个 IP 所覆盖的版图和内在价值。

以南派三叔为例,南派三叔凭借《盗墓笔记》系列,收获了一批固定的书迷,其微博粉丝早已突破千万。2014 年,其成立了南派影视投资管理公司(2016 年更名为"南派泛娱有限公司")。公司主要围绕南派三叔的个人效应,积极推进 IP 生态产业链的开发和运营。其不仅围绕《盗墓笔记》系列小说进行版权的自营、深度开发和扩展经典作品系列,包括在起点中文网恢复更新《盗墓笔记》小说,担任电影《盗墓笔记》的编剧,投资制作系列话剧等转化举措,而且还与各大平台和公司合作,创作新的 IP 项目。南派三叔与腾讯集团合作,连载《勇者大冒险之黄泉手机》小说;与湖南卫视合作,担任《寻找爱的冒险》监制一职,参与场景和情节的设计,等等。此时的作者在自身文化产品的积累下,形成了个人化的 IP 符号,从而开始 IP 内容的转变和再生产。

其三,文本转化阶段,价值资本伴随权力效果推动身份转变。从文本转化的角度来看,在文本进行跨媒介转化的过程中,往往会考虑邀请作者加入创作。作者作为文本的创作主体,对文本有足够的了解,同时在文本创作的过程中,与读者群体有着大量的互动和交流,充分了解读者的喜好。这让作者能够从文本、从粉丝多方位的角度来进行改编文本的构建。

除此之外，更重要的是作者个人资本所赋予的特殊权利。作者作为虚拟群组中的核心角色，早在文本创建的过程中，就已经完成了作者身份的构建以及个人资本的累积。如上所述，在群组中具备了一定的受群组成员认可的文本阐释权。如此一来，大大增加了改编文本对原文本拆解和重组的空间，同时降低了 IP 项目的开发风险。正因如此，《悟空传》《从你的全世界路过》《傲娇与偏见》《异性合租的往事》《微微一笑很倾城》《第三种爱情》等改编项目均选择在文本创作过程中邀请作者加入，借此扩大文本拆解和重组的空间，降低 IP 开发的风险性。当然，作者参与电影改编的身份转变是多样的。在《盗墓笔记》《致青春：原来你还在这里》等多数电影中，原文本作者均以编剧的身份参与到电影的创作中。在电影《鬼吹灯之寻龙诀》项目改编中，创作主体特别邀请作者天下霸唱参与文本的构建，为影片的剧本创作提供意见。在电影《摆渡人》中，作者张嘉佳甚至直接以导演的身份参与到文本的转化中去。但作者与读者一样具有双重性，文本作家与影视编剧、导演毕竟有所不同。因此彼此是否合作，是否共同参与，抑或是两种身份合二为一，在具体案例中，还是需要经过审慎的思考。

三、场域集的价值可供性：网络小说 IP 的理想化生产

经过 20 多年的行业探索，网络小说逐渐形成以版权经济开发为主的商业模式。然而，这种开发模式却仍然处于探索和变革的阶段。基于现实实践而言，文本先行与同步开发路径，已然显现出网络小说较为成熟的单次开发逻辑。同时，行业内也确实在探索 IP 循环开发的可行路径。但资本裹挟着简单的变现思维，始终左右着网络小说的生产开发。场域概念给予当下切实性的路径指引。如若从价值的角度出发，IP 生产的目的是实现自身的增值。那么它最理想化的状态就应该是，从一个内容出发，通过单次生产构成循环生产，再通过循环生产达到理想化生产，在生产模式下构成一个以 IP 文本为核心的 IP 生产场域。IP 文本实现横纵向、多媒介的生产活动，并在场域内的循环生产中始终保持着自身的增值性，使得原内容的 IP 价值得到最大限度释放和源源不断扩展（见图 5-1）。

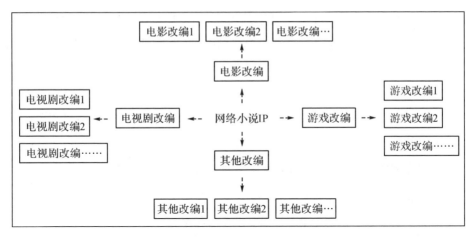

图 5-1　网络小说 IP 生产构建图示

　　每个单独事件只有放在系统中去分析才有意义。[①] 对于网络小说 IP 理想化生产的理解,不妨从场域概念切入。场域是布尔迪厄社会学理论体系中的重要概念之一。从分析角度看,他将场域定义为"由不同的位置之间的客观关系构成的一个网络,或一个构造"[②]。布尔迪厄的场域是充满对抗性和批判性的。他揭示场域内生产的冲突和掠夺。一个场域的原动力尤其存在于彼此冲突的各种各样特殊力量之间的距离、差距和不对称性中。[③] 行动者在场域中所占据的位置是非常重要的,为了维持或变更对自己有利的力量结构而持续开始争夺。而作为个体场域为了获得、维持自身的自主性也处在不断斗争当中。由此,场域概念为 IP 生产的阐述提供了反思和警醒的视角。同时,布尔迪厄的场域理论又具有着不确定性。一方面,这种不确定性来自场域的不确定性。他认为,场域并非由任意行为所产生,行动者必须遵守不言自明的规则。然而不同的场域存在着差异性。每一个场域都具备自身的逻辑和规则。同时,这些逻辑又是动态的,并不是固定不变的状态。另一方面,这种不确定性也来自场域关系的不确定性。不同

---

　　① 〔美〕达德利·安德鲁著,李伟峰译:《经典电影理论导论》,北京联合出版公司 2018 年版,第 27 页。

　　② 〔法〕皮埃尔·布尔迪厄著,包亚明译:《文化资本与社会炼金术:布尔迪厄访谈录》,上海人民出版社 1997 年版,第 142 页。

　　③ 〔法〕皮埃尔·布尔迪厄著,包亚明译:《文化资本与社会炼金术:布尔迪厄访谈录》,上海人民出版社 1997 年版,第 147 页。

场域之间的相互关联是一个极其复杂的问题，不能进行简单的回答，即使是已有分析，也并不能一劳永逸。而正是这些不确定性给予了研究演绎更多的可能。正如布尔迪厄所认为的"场域观念的主要价值在于促进和发扬了一种构建（对象）的方式"①。

基于以上，实现网络小说 IP 的理想化生产，从场域的角度来看，可以从四个方面进行推动。

1. 实现网络小说 IP 的理想化生产需要了解生产中的资本属性

布尔迪厄时常以游戏来描述场域。游戏者携带着不同类型和数量的资本，在彼此达成某种共识后进入游戏。资本的拥有作为一种权利，资本代表着游戏者的相对力量和空间的位置，代表着游戏者之间的力量关系，影响着参与游戏的策略取向。在这个过程中，资本作为场域的构成元素，既是场域内推动行为的动力，又是追求的对象。生产中的资本属性，会对生产的决定、方向和结果产生影响。

网络小说 IP 生产中的资本是具有多样性和变化性的。布尔迪厄将资本划分为四种基本形态，即经济资本、文化资本、社会资本以及象征资本。经济资本是以财产权的形式被制度化的资本；文化资本是以教育资格的形式被制度化的资本；社会资本是由社会关系所构成的资本；象征资本则是与认可、名望相联结的资本。其中，经济资本是基础性的资本类型，其他资本在一定条件下可以转化为经济资本。而网络小说 IP 的资本构成要显得更为复杂。网络小说在自身生成场域里，从文本的构思、创作，一直到完成，不断吸引着文本所对应的读者受众，由此，生成 IP 本身的文化资本，以及背后所蕴藏的经济资本。从 IP 的资本构成来看，IP 本身就是一个多种资本的集合体，并不仅仅来源于文本本身。网络平台和作者的个人象征资本，以及文本背后的受众资本也都是构成 IP 资本的一部分。这里需要强调 IP 的受众资本。IP 拥有着一定规模的受众，给其带来了可观的可转化为经济资本的价值。但受众拥有着巨大的能动性，不能简单划入经济资本之中。当网络小说作为资源投入至另一场域空间进行

---

① ［法］皮埃尔·布尔迪厄、华康德著，李猛、李康译：《实践与反思：反思社会学导引》，中央编译出版社 1998 年版，第 151 页。

再生产时,其文本以及所携带的这些资本被作为场域内的吸引器,来推动其他拥有资本的行动者加入。对电影改编而言,资本形式包括电影媒介的受众资本、主创团队的象征资本、庞大的经济资本以及编剧、灯光、场务、后期、场景设计等大量的人力资本,由此共同完成了场域转化后网络小说 IP 场域内的资本累积(见图 5-2)。

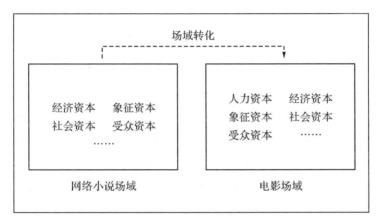

图 5-2　网络小说 IP 场域的资本构成

此外,资本作为推动场域运动的要素,随着场域内的变化而有所不同。布尔迪厄认为,每一种资本的相对价值是由每个具体的场域,甚至是由同一场域前后不同的阶段所决定的。[①] 也就是说,资本的等级次序根据资本在场域内的效力所决定,而同一资本的效力并非在所有的场域或同一场域内的所有阶段都保持一致。当然,除了单个资本在场域内的价值具变化性,场域的资本总量也在变化。无论是网络小说自身的资本价值,抑或是转化后电影文本的资本价值都不是恒定的。小至其他同类型文本的数量和质量、同源新文本的数量和质量、文本与受众的互动情况、开发时间长短,大至当下政策、市场环境,这些场域内、外部的因素都会对其造成影响。总的来看,场域内资本结构和资本总量都呈现出不断变化的动态,而这些资本变化性均来源于场域运动。

---

① ［法］皮埃尔·布尔迪厄、华康德著,李猛、李康译:《实践与反思:反思社会学导引》,中央编译出版社 1998 年版,第 135 页。

2. 实现网络小说 IP 的理想化生产需要把握生产的目标性

当然，这里所提及的可增殖资本如同 IP 多样化的资本构成一样，是一个综合性的概念，并非单指经济资本。马克思所著《资本论》中，首章即提出资本总公式 G—W—G'（货币—商品—货币）。公式直接揭示了资本运动的最终目的就是实现增殖。① 网络小说 IP 的价值资本同样也拥有增殖性。这种增殖性构成了场域内行动者和 IP 自身发展的共同目标。

首先，资本的增殖性是 IP 场域内行动者追求的目标。资本是积累的劳动（以物化的或具身化的形式）。当这种劳动在个体性、排他性的基础上被行为者或集体化占有的时候，他们就能够以具体的、活生生的形式占有社会资源。② 在场域构建之初，行动者根据自身所携带的资本结构和总量被分配至场域内的某个位置，被赋予某种权利。行动者一直在努力推动场域内的资本运动，通过对资本的重新调配，或调整或维持自身的位置。其中，资本的增殖自然成为资本可供重置的基础。IP 开发者们投入自带资本，通过对 IP 版权的再生产来希冀利润的反馈。这之中的推动逻辑主要就是谋求资本的增殖性。再者，资本的增殖性也是 IP 得以实现循环生产的基础。IP 通过生产实现自身的增值，通过再生产实现自身的再增值。每一次的生产都立足于之前生产的资本总额，在不断生产和再生产的过程中构成资本增殖的闭环。而在其中，IP 价值的增值则是 IP 持续生命力的保证，也是维持 IP 生产闭环的动力所在。

3. 实现网络小说 IP 的理想化生产需要关注生产的潜在问题性

其一，维持生产场域的平衡。布尔迪厄曾将文学场划分为两个亚场：有限生产亚场和大生产亚场。有限生产亚场的文化生产是为了满足场域内个体需求，拥有高水平的艺术追求，场域显现相对自治性且拥有比大生产亚场更多的象征资本。大生产亚场则与之相反，场域内生产为了满足广泛的社会需求而相对平庸且媚俗，但场域外活动产生巨大的经济和社会效益。布尔迪厄划分的两大亚

---

① ［德］卡尔·马克思著，中共中央马克思恩格斯列宁斯大林著作编译局译：《资本论（第一卷）》，人民出版社 2018 年版，第 171—172 页。

② Pierre Bourdieu. *The Forms of Capital*. Pochardson. J, Handbook of Theory and Research for the Sociology of Education. Westport，CT：Greenwood Press，1986，pp. 241—258.

场所代表的是两种不同的生产目的和价值体系,构建了一个两极对立、彼此对抗的局面。而从另一个角度切入,这种划分揭示了文化生产中艺术性和商业性的复杂关系,更衍生出 IP 改编行为中一直困扰的核心命题,即如何维持两者的平衡。艺术性和商业性的不平衡关系作为实现 IP 理想化生产的最大障碍,将直接影响着 IP 的生产。

其二,认识场域间的差异性。IP 生产的特殊在于涉及场域的转化,使 IP 既无法完全摆脱原场域的影响,又要适应新场域的生产逻辑。每个场域都拥有特定的幻象和生产规律。场域转化的目的是希望通过借势来完成资本的增殖,而场域间的差异性却构成了彼此的对峙。由此,缓解差异性便成为场域转化所需要完成的任务。具体来看,改编行为将 IP 文本连带其场域内的相关资本一同由原来的场域转化至新的场域。过程中所需要面对的差异性,首先来自以媒介构成的元场域转化,即网络小说场域到电影场域。与之对应的就是创作规律、审美体系、文本载体、呈现方式、受众对象等构成的差异。其次,回归至某一项目特定子场域转化,所形成的是资本的结构、位置、效力、总量以及场域内的生产模式、目的、逻辑的差异。

4. 实现网络小说 IP 的理想化生产需要强调生产的合作性

合作性是场域概念的一种切实性研究视角。英国社会学家约翰·B. 汤普森所创作的《文化商人:21 世纪的出版业》一书中,就以合作视角对场域进行了演绎。书中以出版行业为对象,构建了一个出版的领域逻辑。这个生产领域由一个个不同的动力要素所组成。各个行动者都拥有不同的价值资本,通过彼此合作的方式进行着价值的累积。[①] 布莱恩·摩尔安则在布尔迪厄场域概念的基础上提出了"可供性场域"。概念强调场域内要素彼此的互动和交流,即场域内包括各种不同的可供性要素,各要素互相连接构成了一个集合网络,并一同推动场域内的文化生产。

网络小说 IP 场域可以被看作以某一 IP 为核心,由携带各类资本的行动者们所构成的空间。其 IP 场域并非一个独立的个体,而是由多个子场域所构成的场

---

① ［英］约翰·B. 汤普森著,张志强、何平、姚小菲译:《文化商人:21 世纪的出版业》,译林出版社 2016 年版,第 3—4 页。

域空间。此时,场域转化构成了场域集合的空间概念,即将 IP 所涉及的原场域和新场域共同视为 IP 的场域集合。同一文本参与多个场域内的文化生产,由此构成一个特定的场域集合。譬如,网络小说 IP《盗墓笔记》被先后改编成网剧、电影、话剧、广播剧等多种形式的作品。这些改编行为所涉及的特定场域共同构成了一个场域集合。同时,每一个改编的结果都会对场域集合以及集合内的其他场域产生影响。因此,无论是 IP 生产的目的、IP 循环生产的同源性影响,还是实现 IP 的理想化生产,都无法脱离场域内个体、资本,以及各个场域间的彼此联系和合作。推动 IP 的循环生产并不是单一人群、单一资本、单一媒介所能实现的。就如同学者向勇、白晓晴所提出的场域共振的概念,生产场域内的可供性要素互相结合形成一种复合的作用力,达成一种处于平衡状态的可供性环路,即实现场域共振,最终以推动 IP 价值达到"1＋1＞2"的效果。①

---

① 向勇、白晓晴:《场域共振:网络文学 IP 价值的跨界开发策略》,《现代传播(中国传媒大学学报)》2016 年第 8 期,第 112 页。

第六章
网络小说 IP 价值转化的
认知与反思

自 2001 年网络小说 IP 与电影初次实现媒介联姻,两者的改编实践已有 20 年。其间,不乏高质量、高口碑、高票房的作品,助力中国电影类型的多样化、中国电影产业的市场化。然而,现阶段的电影改编在 IP 价值的转化中,依旧存在着资本驱动、创作偏差、营销失策以及受众失判的误区。因此,尊重 IP 自身价值、遵循电影艺术规律、扩展 IP 受众规模、完成 IP 审美升华,可能会是立足现实误区,推动网络小说 IP 保值与增值的可行趋势。

一、电影改编中 IP 价值转化所面临的困境

不可否认,网络小说 IP 改编中存在一大批遭遇口碑危机的作品。改编市场火爆的实质,是市场带动下的改编实践的急速进行。这股被视为"闪现良机"的改编热潮,可能缺乏系统生产理路和改编逻辑的支持。网络媒介下的网络小说附带着可识别的商业属性吸引着市场资本的投入,进而带动电影资源形成滚雪球效应,不断追加新文本的商业属性来获取相应作品的利润更大化。如此循环,市场思维始终贯穿于改编之中,并左右着其中所有目标制定、判断导向、行为操作。由此,一边倒的严重不平衡状态是导致价值转化过程中所有误区的症结。不平衡下的改编行为所暴露出来的正是电影改编中 IP 价值转化所面临的现实误区和困境。其不仅可能影响原 IP 价值的转化,更可能造成 IP 价值的贬值。

(一)资本驱动下的简单生产

文化生产以精神生产为核心,以物质为客观载体,在流通和使用中实现其价值。文化生产不同于简单的物质生产,更无法单纯以物质生产的逻辑加以诠释。而资本误区的核心恰恰来自将改编过程中的资本认知简单类同于物质生产,以至于对资本的理解呈现出理想化和简单化的特征。

其一，将生产的资本累积等同于最终的利润转化。资本是累积的劳动，物所能转化的价值来自生产所累积的资本。但资本是否能实现理想转化是值得商榷的。马克思在《资本论》中提出了 G—W—G'（货币—商品—货币）资本运动总公式。公式揭示商品流通过程要遵循价值规律，在等价交换的原则下，商品利润的产生源自另一个特殊元素。马克思将劳动者的劳动力看作流动中的特殊商品，来创造剩余价值。总公式是简化了的资本运动，对现实生产而言具有一定理想性，但其中展现的不对等转化状态却具有普遍性，即经由商品中介后的两次货币之间并不对等。庞巴维克提出主观价值和客观价值的概念，认为主观价值强调具体财货对物主的重要性，而客观价值则指代财货所具备的客观能力。① 任何商品都是主观价值和客观价值的统一，而文化商品的价值产出往往更来自主观价值。由此，文化商品在生产和流通中这种不对等转化状态显得更加不确定。"IP ＋流量元素"是如今最常见的为 IP 改编项目快速增值的方式。改编项目以流量和人气为标准选择参与演员、以奇观和特效为标准选择视觉呈现、以热门和流行为标准选择改编的作品，通过增加流量元素来吸引大众关注和消费。改编者试图通过资本的不断叠加来实现最终价值的最大化，牢牢把握资本的累积，却忽略了资本累积与价值转化的不确定关系。资本的累积要靠投资的过程。它通过继承实现转移，且依照资本拥有者选择的理财置业时机而决定其获利大小。② 资本堆叠确实可能扩大项目的体量，让项目在短时间内赢得大量的关注，但同时转化不确定性可能会加剧项目的风险性。

　　其二，延续物质生产的资本逻辑。资本的本性决定了"资本逻辑"，即无限追求资本的增殖，不断地把剩余价值资本化。而资本增殖的内在驱动机制则必然构建"大量生产—大量消费—大量废弃"的生产方式、生活方式。③ 马克思揭示了资本家一味追求价值产出，盲目生产所带来的生态危机。其利润背后所暗含的是对生产资料的肆意索取以及大量的废弃。反观网络小说 IP 转化现状，大量项目开发以单次改编行为所带来的价值回报作为最终目的。改编行为被操作为一

---

　　① ［奥］庞巴维克著，陈端译：《资本实证论》，商务印书馆 1997 年版，第 187 页。

　　② ［法］朋尼维兹著，孙智绮译：《布赫迪厄社会学的第一课》，台湾麦田出版社 2002 年版，第 72 页。

　　③ 许彦：《〈资本论〉思想、原理及其当代价值》，西南财经大学出版社 2017 年版，第 69 页。

个简单的资本逻辑,而 IP 文本仅仅被当作生产资料。资本拥有者在商业思维下追求价值回报并不是误区的展现,陷入唯经济主义,只看到经济利益,追求即时、单次的利润变现,忽视文化生产的特殊性,将 IP 文本作为生产资料而进行简单开发的狭隘思路才是真正的误区。由此逻辑所带来的是 IP 被低水平开发、原文本贬值、受众的"情绪资本"被消耗殆尽,最终造成 IP 改编生态圈的危机。其中需要了解的是,传统资本逻辑下的开发模式并不适合执导 IP 的转化行为。IP 文本也不等同于物质生产中的消耗材料,而是具有可循环、持续开发的文化资源。

(二)多方牵制中的创作偏差

在高度分化的社会里,社会世界是由大量具有相对自主性的社会小世界构成的,这些社会小世界就是具有自身逻辑和必然性的客观关系的空间。[1] 改编行为作为中介勾连起不同的场域空间。自 IP 文本投入电影作品的创作,原文本和新文本之间的界限就开始逐渐模糊。而彼此借势和作用的目的更是加剧了这种模糊。最终,逐渐丧失自主性的电影生产场域,随之显现出自身的创作误区。

其一,迁就网络小说原著粉丝,电影创作陷入原著困境。如今,国内外的改编研究者大多强调改编行为的再创造,已然鲜少有强调对原作的完全忠实。新旧文本之间的比较在所难免,但小说原作更多被看作电影改编的素材和来源,给予了改编行为更大的空间。然而,网络小说改编项目中商业属性的借势动机尤为明显。IP 文本的市场价值吸引着络绎不绝的改编行为者,推动着 IP 项目的开发。为了保证 IP 商业价值的转化,行为者们不得不选择握紧原文本以维系与原文本粉丝的关系。忠实便又一次作为执导改编行为和评判改编作品的金科玉律。如此一来,急功近利的试图还原的行为者忽视了 IP 改编过程中两组重要的差异关系。

首先,忽视了小说和电影的天然媒介差异。据前文所述,两者分属不同的艺术门类,存在着天然的差异,也遵循着各自的创作规律。小说以语言作为载体,传达文本所呈现的内容,依托读者的头脑想象将抽象的文字转化成具象化的呈

---

① [法]皮埃尔·布尔迪厄、华康德著,李猛、李康译:《实践与反思:反思社会学导引》,中央编译出版社 1998 年版,第 134 页。

现。而电影作为一个复合型的艺术形式，主要借助视听呈现、演员表演等来传递文本信息，给观众以直接的感官刺激。将改编行为对等为照搬嫁接，显然忽视了媒介差异性。一方面，电影不可能完全重现小说的内容；另一方面完全重现对改编行为是否具有意义也值得商榷。因此，两者在改编的过程中需要进行一系列适应性的转变，譬如在文本的篇幅上、在内容的调整上、在幻想化文本的表现上，等等。

再者，忽视了网络小说和电影的潜在文化差异。起初的网络作品，主要用以互联网交流而让网虫们解馋，既不希冀编剧或出版商认可，也无须社会权力话语的首肯。创作者只要自我感觉良好，自娱然后娱人。① 网络平台，是作为一个提供给特定群体，供自由抒发、供野性生长的场域。各种非主流的、个性化的文化通过小说的形式在这个空间当中生长、传播。网络小说的创作天然就呈现出一种鲜明的亚文化标签。而电影作为一个相对主流的媒介，面对着更为广大的主流受众。小说文本在改编中就需要适应性地完成一个相对大众化和主流化的过程，以达到小说网生文化内涵与电影文本主流文化需求的一个平衡关系。盲目以忠实为标准的改编行为，忽视了新旧文本的媒介和文本差异性，两者尚处在一个失衡的状态，最终自然无法得到原文本粉丝的认同。譬如《从你的全世界路过》，其原文来自张嘉佳在微博上发表的系列"睡前故事"。小说存在大量感悟式的作者自述，故事真实、短小精练，且并没有跌宕起伏、极具戏剧化的情节。影版保留了小说中的部分自述，企图引起读者的共鸣。然而原本抚慰人心的鸡汤式文字，在电影中出现却引起了大量观众的吐槽。"大量的书面语从角色口中吐出，就像一场尴尬的 QQ 签名朗诵大会"，"听着邓超念出以上一段话的时候，内心只有两个大大的尴尬"。

其二，迁就观影大众，电影创作被市场影响。文本的商业性与审美性本就是电影一体共存的两个属性。然而随着 IP 商业属性的愈加凸显，电影改编中审美性和商业性出现了严重的不平衡。市场始终引导着改编对象的选择、改编行为的走向以及改编作品的呈现。

改编行为者会选择时下最热门类型进行改编。2013 年，一大批根据网络小

---

① 欧阳友权：《网络文学概论》，北京大学出版社 2008 年版，第 145 页。

说所改编的青春爱情题材的电影趁市场热潮登上大银幕;改编行为者会选择最有人气的 IP 文本作为改编的对象。《鬼吹灯》被频繁改编,除了已经上映的《九层妖塔》《鬼吹灯之寻龙诀》《云南虫谷》之外,还有非行执导的《鬼吹灯》电影三部曲的另外两部、徐克执导的《摸金校尉之九幽将军》以及预计筹拍的《寻龙诀之黄金帝国》。改编行为者会选择最有流量的演员出演,《夏有乔木 雅望天堂》的韩庚、《匆匆那年》的倪妮和彭于晏、《致青春·原来你还在这里》的刘亦菲、《微微一笑很倾城》的井柏然和杨颖、《三生三世十里桃花》的刘亦菲和杨洋等,出演的主要演员基本都坐拥微博几千万粉丝。除此之外,改编行为者更会选择大众最喜爱的呈现方式、大众最适应的接受方法去创作。其实改编行为将大众喜好作为考虑无可厚非,为迎合市场而完全失去自身创作的相对独立性才是真正的创作误区。电影市场的同质化和电影作品的低水平可能随之而来。

2016 年,《摆渡人》由原著作者担任导演和编剧,王家卫担任监制和制片人,梁朝伟、金城武、鹿晗、陈奕迅、杨颖、李宇春等明星出演,最终票房上不敌同档期的《情圣》,豆瓣评分超过四成用户投出一星。而 2019 年,由曾国祥团队制作,极具人气的新生代演员周冬雨、易烊千玺主演的《少年的你》,上映首日便收获 1.45 亿元票房,最终票房 15.45 亿元,豆瓣评分更高至 8.2 分,参与评分人数超过 72 万。从两部电影作品的对比中可见,一方面,商业属性确实能够给电影作品带来更高的关注度,以及扩大预计收益的体量;另一方面,商业性与审美性共同完成电影作品的构建。即使极具商业属性的电影项目,同样离不开审美性的支撑和维护。由此,忽视电影的审美性,试图全然依托市场,以热门商业元素的加值来完成电影的构成,显然并非明智之举。而在保持电影创作的自主性的同时,适量增加商业元素反而可以事半功倍。

(三)简单沿用而致营销失策

理解市场和顾客的需要与欲望,设计顾客导向的营销战略,构建传递卓越价值的整合营销计划,最终建立盈利性关系和带给顾客愉悦,这是市场营销过程的简单模型。简单模型为具体营销提出了几个重点概念和具体要求:①理解市场,要求进行市场细分,了解项目的营销对象;②顾客导向,要求有指向性、有目的性地设计营销方案;③整合营销计划,要求有计划、整体性地完成营销计划;④顾客

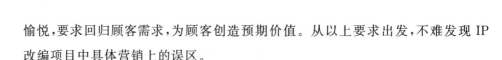

愉悦，要求回归顾客需求，为顾客创造预期价值。从以上要求出发，不难发现 IP 改编项目中具体营销上的误区。

其一，项目主体的本末倒置，忽视了关键的电影本身。对强调商业属性的网络小说 IP 电影项目而言，营销自然显得尤为重要。这些 IP 项目大多会沿用"高概念"电影商业模式。大 IP、大导演、大明星、大场面，给电影带来更多的可营销点，使得电影一经上映就获得较高的票房收益。营销确实可以在电影上映之前为项目吸引一批观众。但营销只是推动力，上映后的观众维护则需要依托电影本身。作品的呈现效果才是顾客满意的根本来源，才是完成营销目标的基础。许多电影作品票房口碑的"高开低走"便是专注营销却没有良好的产品支持所导致的结果。

其二，电影营销规划中针对性和整体性的缺失。针对性和整体性其实直接关乎作品营销的成效、项目品牌的构建以及受众观感的体验。一方面，电影市场营销自身就包括一系列的内容，如电影市场调研、电影市场预测、电影销售渠道开拓、销售促销、消费者信息反馈、电影产品经营销售等等。整个过程是一次有计划的、逐次开发各级市场的、完整的商业策划与运作过程。[①] 这就要求项目的营销方案需要进行整体性的规划。另一方面，消费者的需要和满足是通过市场提供物得以满足。[②] 而市场提供物所指代的不仅仅是有形商品，还涉及各类无形服务。营销者在进行营销的过程中，并不能忽视消费者对营销活动的体验感受。电影营销中确实存在具有通用性的营销方式，以适用于不同的电影项目、不同的电影观众群，如电影路演、明星宣传、影院物料投放。但千篇一律的营销方式在顾客导向的营销理念中，其预期带来的效果会大打折扣。无差异营销被广泛使用，而差异化营销恰恰是如今所缺失的。提取电影项目的特色、了解目标受众的喜好，来制定有差异化、有针对性的营销规划，才能帮助营销发挥其效果的最大化。

其三，正向营销与反向营销的间离。随着媒介技术的发展，灵活、主动的新

---

① 俞剑红、翁旸：《电影市场营销学》，中国电影出版社 2008 年版，第 37 页。

② ［美］菲利普·科特勒、加里·阿姆斯特朗著，楼尊译：《市场营销：原理与实践》，中国人民大学出版社 2015 年版，第 8 页。

兴消费者扮演着越来越重要的角色。他们开始积极加入营销体系当中，推动着自下而上的反向营销模式。反向营销与正向营销共同构成项目的营销体系，以推动项目的发展。然而就目前来看，网络小说 IP 改编项目的两种营销模式呈现出"各自为营"的状态。营销者和粉丝受众之间缺乏互动与联系。前者按部就班地发布着项目的信息资料，实行着计划中的营销活动，而后者则收集项目的信息进行着各自社群的传播。

天然的分众社群和主动的粉丝受众让 IP 文本拥有发展反向营销的天然优势。原文本的情感连接推动着粉丝的涉入性倾向，会让他们积极主动地投入新文本的营销当中。然而"各自为营"实则大大消解了 IP 的优势。一者粉丝需要一定的参与感和互动感来满足自身的精神需求，而"各自为营"则大大降低了这份参与感，让粉丝体验大打折扣；二者粉丝行为需要一定的引导，才能发挥其真正的优势，而"各自为营"则让粉丝自给自足，无法发挥出 IP 优势的最大化。

(四)忽视差异出现受众误判

经前文阐述，网络小说 IP 属性的生成伴随着受众身份的转变。在受众完成三次身份转变之后，小说文本形成了一个相对固定的粉丝群体。而经转化后的电影新文本面对的是一个复合型的受众群体。其不仅包括了原文本的粉丝，还需要面对更大范围内、结构更为复杂的大众群体。两个受众群体存在着相当的差异。因此，项目需要对受众拥有必要的理解和选择。而受众判断的误区正是由其中的不充分理解和不恰当选择所产生。

其一，受众定位的不明确。小说受众与电影受众之间存在着一定的差异，两者与文本的联结、对新文本的预设结构和观影感知都不相同。许多改编行为者一方面想要满足原文本受众的改编需求，另一方面也想要扩大新文本的受众。然而从客观上来看，想要通过一种改编方式让两者都能够满意是相当困难的，最终往往瞻前顾后、顾此失彼，使两者都无法得到满意，甚至还会失去原文本受众的支持。因此，在项目开始之初便需要明确其主要的受众群体。

其二，粉丝向定位，却对粉丝受众理解得不充分。以原文本粉丝为主要受众定位的项目，在前期需要对粉丝进行深入且细致的了解，包括演员期待、呈现方式、剧情选择等等。改编团队的主观揣测，很难了解粉丝受众对改编的真正期待。譬如，电影《步步惊心》在改编之初，改编者缺乏对原文本受众的调查和了解，错误估计了他们对文本的期待和理解。影片选择保留"穿越＋爱情"的故事亮点，大量删除原著人物。其中，被原著粉津津乐道的"九子夺嫡"也随着八爷、十三爷等重要角色的消失而沦为背景。电影版更被粉丝认为仅仅是"披着步步惊心"的外衣。最终，得不到认可的作品在口碑和票房上双双失利。

其三，大众向定位，却忽视受众选择还存在被动性。每一个 IP 项目的经典程度以及所拥有的受众数量并不相同。IP 改编项目的受众定位存在一定的被动性，往往在项目选择之初已经敲定。尤其是选择改编一部"超级 IP"，改编行为者就已经或主动或被动地将主要受众定位为原文本的粉丝。此时，如果行为者试图进行较大篇幅的改动，可能会承担巨大风险，并影响项目的最终价值转化。譬如，今何在的长篇小说《悟空传》一直以来都是网络小说中的经典之作。电影改编者试图拓宽剧情，拍摄一个全新的故事，从而获得更多观众的认可和喜爱。因此，在角色设计上，虽然电影保留了悟空、阿紫、天蓬、阿月等原著中的角色，但每个角色的设置都有了较大的变化；在剧情上，电影与原著更是存在着巨大的差别。电影选择从花果山复仇，以对抗天命入手来展开故事。然而，大批原著粉并不能接受这样的改编，网络上充斥着铺天盖地的吐槽。这些差评和低分对影片产生了巨大的影响。

其四，忽视受众媒介跨越中存在的转化率。从承载媒介、内涵文化的差异性分析中，就早已提出通过电影来对小说进行完全的重现是不可能的。因此，粉丝向是指代定位的侧重点，并不代表要完全放弃挖掘潜在受众的可能性。而从受众的角度来看同样如此。跨界受众存在媒介消费的差异性。从原文本到新文本的过程中，受众也存在着消耗、不完全的转化率问题。这代表着即使选择粉丝向的定位，也并不代表可以完全依赖于粉丝受众。

二、电影改编对 IP 价值的最大化

拥有互联网基因的 IP 内容，作为一种新的改编文本和新的改编模式进入电影改编系统当中。在 IP 体系中，网络小说无疑是最大的文本来源。网络小说经

过 20 多年的发展,蕴藏着丰沛的 IP 价值。其不仅拥有了巨大的 IP 文本储备,更培养了相当规模的用户群。而这群用户是伴随着互联网长大的一代,如今也成为电影的核心受众,决定着市场的走向。网络小说 IP 电影改编方兴未艾,对电影产业将持续产生巨大影响。就目前来看,电影改编尚存在着许多的现实困境,IP 价值并未得到最大限度的释放。由此,从现实困境和误区出发,去理性认识并有针对性地探索 IP 价值转化的策略与趋势,无论是对 IP 价值的保值与增值,还是对电影市场的发展都有其必要性和重要性。

(一)尊重 IP 核心价值

IP 的价值是什么? 从电影创作的角度来看,可能是文本的创作价值;从商品市场的角度来看,可能是背后的商业价值,但显然这些表述并不全面。目前来看,时下的 IP 源头可能来自亚文化。IP 作为一种用以表示亚文化品位的客体化呈现。在新媒体时代,技术赋权和赋能于亚文化群体,让他们能够有机会和能力进行亚文化的诠释。[①] 此时,IP 所代表的亚文化与电影所代表的主流文化的关系不再是单纯的"抵抗"或者"合作",而显现出一种更加复杂化的互动关系。

对 IP 而言,亚文化所涉及的价值表现主要来自两个方面。具体来看,一方面来自 IP 文本所承载的亚文化特征,推动电影文本的多样性发展。IP 担负着亚文化主体们无处发泄的欲望和情感,表现出躁动不安、桀骜不驯的态度。其文本显现出不同于主流文化的特殊表达、独特类型和奇观描写。不同于主流文化表达的 IP 文本将大大丰富电影文本的类型。另一方面则来自粉丝文化,为电影提供一批极具能动性的潜在用户。IP 粉丝是其发展的动力来源,既是过度的消费者,也是积极的意义生产者。电影借由 IP 文本可以成为亚文化欲望宣泄的另一出口,以另一种媒介形式改编原文本,通过满足原受众多样化的体验需求来挖掘粉丝能动性,并完成 IP 价值转化。由此,在 IP 进行转化时就应该正确认识、挖掘IP 文本所蕴含的亚文化价值。即使文本在媒介转化上需要经过一定的主流化改编,仍然需要尊重其价值内核,尽可能保存其表达内涵。

---

① 杨小柳、周源颖:《"亚文化资本":新媒体时代青年亚文化的一种解释》,《中国青年研究》2018 年第 9 期,第 98 页。

(二)遵循电影艺术规律

电影是工业与艺术、商品价值与美学价值的一种对立统一物。艺术性与商业性始终占据在电影的两端,努力寻求两者的平衡。在现代社会中,随着电影日益增长的经济效益,电影的商业性被不断强化,天平出现了明显的偏向。这种重视商业、轻视艺术的状态,在 IP 改编的电影创作中显得尤为明显。自主化的社会施为者才会致力于这个文化生产,并借着这个生产过程而专业化。这种严重的偏向其实是一种不正常形态,市场因素闯入电影创作的场域之中,肆意抢夺创作主权,干预创作内容,并不利于 IP 电影改编的长久发展。此外,即使从纯粹的市场角度来看,产品的质量是经济收益的基础。电影作品的呈现效果直接影响着作品的商业价值。电影盈利的一个基本前提就是把影片拍得尽可能"好看"。①艺术性与商业性两者并不矛盾,同样是一体两面的商品属性。

因此,电影创作环节需要完成一定的商业祛魅,稍微拉开与市场环节的界限,以尽量保持自身的自主性,同时撤除掉过多的影响因素,减少外在因素的干预,尊重电影自身的创作规律,为电影提供一个专业的、优质的创作环境。

(三)扩展 IP 受众规模

受众的重要性毋庸赘述。IP 项目所要完成的受众任务就是在稳固原文本粉丝受众的同时,让尽可能多的潜在受众转化为 IP 粉丝。受众的差异性意味着存在一定的不确定性。而改编行为者能做的就是尽可能多地了解受众,去降低其行为可能带来的风险和阻力。

《粉丝经济学》一书中提出了对粉丝受众最重要的 3 个关键词,即参与感、尊重感以及成就感。由此发散,首先,需要强调 IP 作品的质量是扩展受众的基础和保证。其次,增加与受众的接触面,给予丰富的参与感。互联网的本质就是参与和体验。② 对大众而言,丰富的双向互动有利于激发其涉入欲望,进而完成身份转变。而对于粉丝而言,只有参与感才能带来成就感。再者,倾听受众反馈,

---

① 陈晓云:《电影学导论》,北京联合出版公司 2015 年版,第 43 页。

② 黄钰著:《粉丝经济学》,电子工业出版社 2015 年版,第 40 页。

给予足够的尊重感。网络技术的发展带来了与受众多样化的交流渠道。受众积极进行反馈,项目方及时回复并认真对待,如此积极、良性的双向交流是非常重要的内容。最后,还需要注意受众的关系维护,扩大项目价值。互联网经济是一种长尾经济。[①] 同时,IP 文本作为文化资料,具有可持续挖掘的价值。因此,积极维护与受众之间的关系有利于 IP 的再次生产。

(四)完成 IP 审美升华

在人类艺术领域,审美判断构成了人们对于艺术作品判断的核心命题。一部优秀电影的建构是需要经过电影艺术的被表述层面到表述层面、从电影的艺术风格向电影的美学意境逐级提升的完整过程。[②] 而对于 IP 改编的电影来说,则需要对原文本经过润色、提炼、调整,直至最后的升华。这是 IP 电影改编创作过程所需要完成的。

具体而言,一方面,需要完成表征上审美取向的转化。网络小说的作者大多不是职业的作家。在网络中任何一个人都可以进行文本的创作,甚至参与到创作的过程中,成为创作者的其中一员。网络小说的创作过程存在一定的开放性和众筹性。网络小说的创作打破了原本封闭的作者创作空间。读者可以通过各种方式来表达自己的看法。而这些反馈在一定程度上也会影响到作者的创作。由此,网络小说创作者的非职业化与网络小说创作过程的开放性,让网络小说具备了一定的“民间”性特征。然而自由、民间的创作模式下所生成的文本可能呈现出一种非完整的、非专业的、通俗的特征。这与电影所希冀呈现的效果是存在差异的。因此,电影在改编中则需要对这些文本进行专业化处理。另一方面,则需要完成表达上审美取向的升华。中国艺术研究院的贾磊磊教授谈及电影目的时指出,电影在满足观众愉悦体验与艺术享受的基础上,应当完成导正社会的思想取向,传播文化的核心价值观,构建国家的主流意识形态,弘扬伟大的民族精神,增强大众的集体认同的历史使命。[③] 当然并非每一部电影都要上升到如此高

---

① 黄钰茗:《粉丝经济学》,电子工业出版社 2015 年版,第 181 页。
② 贾磊磊:《电影学的方法与范式》,北京时代华文书局 2015 年版,第 59 页。
③ 贾磊磊:《电影学的方法与范式》,北京时代华文书局 2015 年版,第 45 页。

的主题立意，但作品所展现的价值意涵是无法回避的。

　　网络小说的电影改编，到今天已经走过了 20 多年。改编行为者应该意识到，IP 改编是一种机遇，也是一种挑战。网络小说是立足于精神价值的文化资源，具有可循环的生产属性。理想的改编是以价值转化为目标，寻找原文本所蕴含的商业价值和文本价值，努力实现其价值的可持续转化。而市场思维强势引导下的经典 IP 速成化影响了这些 IP 可持续开发的价值。粗暴的 IP 开发只会造成 IP 价值的迅速贬值，价值缩水。改编者应该尽量延长好 IP 的生命力，以"诚意之作"实现网络小说 IP 的增值和保值。

附录一
网络小说改编国产电影
梳理(2001—2021)

片名:《第一次的亲密接触》

(改编来源:痞子蔡《第一次的亲密接触》)

类型:爱情、剧情

上映日期:2001 年 2 月 9 日

剧情简介:外形并不出众的痞子蔡对感情认真保守,但他在网络上又表现出热情自信的一面。他在网上邂逅了代号为"轻舞飞扬"的女孩。及时行乐的好友阿泰提醒他网络是虚幻的,劝他不要动情。身陷矛盾的痞子蔡还是选择了与"轻舞飞扬"相见,彼此备感知心,然而世事难料……

片名:《当爱情失去记忆》

(改编来源:佚名《上海之吻》)

类型:爱情、喜剧

上映日期:2003 年 2 月 14 日

剧情简介:从海外回国的陈亚因下飞机失足摔成重度脑震荡,造成了暂时失忆。目睹全过程的报社记者齐妙,因探视病人再次遇到陈亚,她决定想办法帮陈亚恢复记忆。她从陈亚随身携带的一盘录像带中发现了重要线索,里面出现了陈亚女友丝丝及朋友李不肖的画面。由此,引发一段爱情纠葛。

片名:《谈谈心恋恋爱》

(改编来源:棉花糖《谈谈心恋恋爱》)

类型:爱情、剧情

上映日期:2006 年 1 月 16 日

剧情简介:自刘华在校园里偶遇林巧儿,便对她一见钟情,还情不自禁地跟了她一整天。令刘华万万没有想到的是,林巧儿竟然主动邀请他去家里做客。

自此,两人便开始了一段互有好感,但又没有明说的爱恋故事。

片名:《门》

(改编来源:周德东《三岔口》)

类型:惊悚

上映日期:2007 年 1 月 22 日

剧情简介:蒋中天对他上司兼同窗好友的洪原毫不信任,同时他怀疑自己的哥们李作文与自己的女友文馨有染。于是在错综复杂的人物关系以及离奇命案、公司财产失窃一系列过程中,他迷失了自我的判断能力,终于在打开心门的一刹那,发现了事情的真相。

片名:《意乱情迷》

(改编来源:抗太阳《我和一个日本女生》)

类型:爱情、剧情

上映日期:2007 年 9 月 7 日

剧情简介:阿抗、西哥、疯子、阿勇等是非常要好的哥们儿。一次偶然,阿抗遇见了一个名为萧然的女子,萧然的美丽和开朗很快就吸引了阿抗的目光。曾经受到的感情伤害让表面开朗的萧然在背地里黯然神伤,可是,就在她最需要帮助和依靠的时候,阿抗却由于冲动和萧然的好友兼室友小珍在一起了。这冲动让阿抗十分后悔,因为他真正喜欢的人其实是萧然。就这样,阿抗陷入了感情旋涡之中无法自拔。同时,疯子和一个名叫浩浩的美丽女子之间亦产生了感情。

片名:《第十九层空间》

(改编来源:蔡骏《地狱的第 19 层》)

类型:悬疑、恐怖

上映日期:2007 年 8 月 28 日

剧情简介:某大学女生寝室里有人接二连三地收到一条"你知道地狱的第 19 层是什么吗?"的短信。几名女生由此进入了一个神秘的短信游戏之中。然而,玩游戏的女生在不同的游戏阶段都意外地非正常死亡。尽管学校、警察局都在不停地进行调查以及保护在校学生,但是还是不断有人收到同样的短信。学生春雨为了找出同室密友的死因,选择进入了神秘的短信游戏。然而,她发现竟然无法自拔地陷入一个极度恐怖的地狱游戏之中。与此同时,警探叶萧在调查中,渐渐将目标人物锁定在大学心理辅导教授严明亮身上。

片名:《请将我遗忘》

(改编来源:慕容雪村《成都,今夜请将我遗忘》)

类型:爱情、剧情

上映日期:2007 年 11 月 23 日

剧情简介:陈重尽管有了温柔贤惠的妻子赵悦,但还是和叶梅发展了一段地下恋情。为了和叶梅幽会,他欺骗妻子说要去北京出差,令陈重没有想到的是,自己所捏造的航班竟然发生了故障。好友见赵悦焦急担心丈夫的模样,于心不忍,于是戳穿了陈重的谎言。陈重不知如何面对妻子,只能选择逃避,但叶梅又对他说出要和别人结婚的消息。陈重在受到两个女人的双面夹击之时又遭到公司董胖子一伙人的借机陷害。

片名:《PK. COM. CN》

(改编来源:何小天《谁说青春不能错》)

类型:剧情

上映日期:2008 年 3 月 14 日

剧情简介:外科医生张文礼过着平淡乏味的生活,心中始终忘不了大学时代的好朋友季银川。然而这个大学时代的好朋友毕业之后就再未出现过。毕业五年后,有人发起了一次神秘的同学聚会,在聚会上张文礼一直没有看到季银川,反而见到了季银川的恋人吴羽飞,却得知他们分手很久了。两人一起回忆往事,张文礼逐渐发现吴羽飞爱的人可能是自己。最后,吴羽飞告诉张文礼一个惊人的事实——季银川已经死了,而杀死季银川的人,就是张文礼。

片名：《荒村客栈》

（改编来源：蔡骏《荒村》）

类型：惊悚、悬疑

上映日期：2008 年 8 月 15 日

剧情简介：音乐制作人孟凡在数年前推出成名作之后便陷入创作低迷期，爱情又迟滞不前。一日，他意外从网上得知了神秘的千年古镇，里面有一个"荒村客栈"。客栈流传着一个叫胭脂的明代女子的故事。孟凡决定前去寻找灵感。他到客栈后，很快就被其古朴而灵动的气息所吸引。客栈主人欧阳跟孟凡讲起自己和妻子小枝的故事。不过渐渐地，孟凡发现小枝这个人根本不存在。

片名：《夜玫瑰》

（改编来源：痞子蔡《夜玫瑰》）

类型：剧情

上映日期：2009 年 2 月 14 日

剧情简介：心性孤傲的叶梅桂无意间邂逅独自来台北打拼的工程师柯志宏。本来想借住好友家的柯志宏，鬼使神差地搬进了叶梅桂出租的 748 号。好友料定柯志宏走火入魔，劝他三思而后行，但柯志宏分明从叶梅桂眼神中读出了灵魂深处的东西。白天，柯志宏与蓝和彦一头钻进忙碌的工作中，但收工回到 748 号，他享受的是和叶梅桂在一起的只可意会不可言传的温暖与刺激。两人在繁华的台北演绎着他们自己的爱情故事。

片名：《恋爱前规则》

（改编来源：三十《和空姐同居的日子》）

类型：爱情、喜剧、剧情

上映日期：2009 年 11 月 3 日

剧情简介：在北京工作的台湾动画设计师陆飞平静的生活被一名醉酒女孩冉静打破。从一次两人都很被动的借宿事件开始，空姐冉静似乎对这位抱持"不恋爱主义"的木讷大男孩产生了兴趣。几次接触后，冉静带着大包小包以及数不清的"共同居住"规则分享了陆飞的居所，因此陆飞自在的单身状态宣告终止。

陆飞在心有不甘之余却又渐渐适应了冉静的督促与照顾。然而,陆飞还未来得及细细体味爱情的甜蜜,一场变故迫使他做出改变两人生命轨迹的抉择。

片名:《午夜出租车》

(改编来源:徐子《午夜出租车》)

类型:爱情、恐怖

上映日期:2009 年 12 月 22 日

剧情简介:北漂作家徐子和女友林贞在北京过着甜蜜的生活。然而写作的收入入不敷出,在林贞的鼓励下,徐子决心自食其力,当起了出租车司机。然而一件接一件的怪事却让徐子摸不着头脑。为了搞清楚那辆诡异的出租车为何凭空消失,里面若隐若现的影子是人是鬼,徐子在女友的陪伴下开始了午夜的追踪。历经波折,他们发现了一个催人泪下的秘密。在揭开谜团的同时,徐子赫然发现,天天和自己生活在一起的林贞早在一年前就已逝去。

片名:《终极匹配》

(改编来源:梁小无拆 & JD《爱情路过广州》)

类型:都市、爱情

上映日期:2010 年 4 月 9 日

剧情简介:老拽是一个在职场还算吃得开的小白领,相貌英俊,能力突出。他经常和哥们老莫在夜店寻欢作乐,各式美女周游身边,却没有一个能闯入他的内心。虽说早已阅人无数,可是有两个女人让他感觉左右为难。一个是清纯可人的职场新人悦儿,一个是霸气逼人性感妩媚的女老板采韵。情海沉浮多年,老拽不仅面临职场重大的考验,也到了该考虑上岸的时候。

片名:《杜拉拉升职记》

(改编来源:李可《杜拉拉升职记》)

类型:喜剧、爱情

上映日期:2010 年 4 月 15 日

剧情简介:初入职场的杜拉拉跳槽进入了著名跨国企业 DB。因为一次巧合,杜拉拉在电梯里邂逅了患有幽闭恐惧症的王伟,两人从此熟识。因为总公司高层要来中国分公司视察,因此中国区总经理和 HR 主管商量要重新装修公司。然而玫瑰却在此时患病需要动手术。其他人也避之不及,唯有初出茅庐的杜拉拉勇挑重担,完成了这个重大的任务,受到了上司的赏识。公司在泰国举办了庆祝派对,其间杜拉拉与王伟擦出了爱情的火花。然而一切都不是顺利的,面对职场的严酷竞争、内心欲望的不断膨胀以及爱情的种种考验,杜拉拉又该去何从?

片名:《80'后》

(改编来源:Jas《天长地久》)

类型:爱情、剧情

上映日期:2010 年 6 月 25 日

剧情简介:"80 后"女孩沈星辰自小家庭不幸,母亲与人私奔,父亲车祸死亡,她从小寄居舅舅家。"80 后"男孩明远小时候曾和沈星辰家是邻居,明远父母私下从事走私,事发后父亲扛下一切入狱,父亲得知妻子跟了别人后在狱中自杀,这给明远的内心带来重创。数年后,升至高中的沈星辰和明远被分在同一个班级,儿时的友谊发生了微妙的转变。然而,各自家庭的不幸让两人背负着巨大的心灵创伤,渴望被爱却不懂得如何爱人,关于"爱"与"生命"的思考也在两人的分分合合中延续。

片名:《我的美女老板》

(改编来源:提刀狼顾《我的美女老板》)

类型:都市、爱情、喜剧

上映日期:2010 年 7 月 30 日

剧情简介:为生计奔波的 IT 打工仔大雄过着平凡的生活,阴差阳错,让他邂逅了开豪车的"富二代"小爱。在遭遇一连串让人啼笑皆非的囧事后,他还莫名其妙地成为对方的"奴隶"。在小爱的张罗下,大雄找到一份新工作,却在上班时发现老板 Emma 竟和小爱长得一模一样。他的生活变得愈加有趣起来。但在这背后似乎潜藏着更大的玄机。

片名:《荒村公寓》

(改编来源:蔡骏《荒村公寓》)

类型:惊悚

上映日期:2010 年 8 月 13 日

剧情简介:四名大学生读了郭径编写的小说《荒村》,被深深吸引并决定前去寻找,原本是轻松快乐的探险之旅,变成了一场噩梦,四人接连发生不幸。与此同时,种种离奇古怪的现象如鬼魅般死死缠上了郭径,让他不得不和再次闯入他世界的前女友小枝一起前赴荒村查明真相。结果发现只要经过村口的古井,便会穿梭于不同时空,出现各种可怕幻象。郭径和小枝备受两人感情回忆与现实的折磨,最后终于发现了荒村的终极秘密。

片名:《山楂树之恋》

(改编来源:艾米《山楂树之恋》)

类型:爱情、剧情

上映日期:2010 年 9 月 16 日

剧情简介:20 世纪 70 年代,漂亮的城里姑娘静秋响应知识青年上山下乡的号召,前往西村坪劳动、生活,编写教材。静秋住在队长家,并且认识了身为地质勘探队成员的“老三”。两人相见,以山楂树为话题,袒露心扉,暗生情愫。老三是军区司令员的儿子,也是个极重情谊的人,甘愿为静秋做任何事。老三等着静秋毕业,等着静秋工作,等着静秋转正,等到静秋所有的心愿都成了真,然而老三却患白血病去世了。

片名:《此间的少年》

(改编来源:江南《此间的少年》)

类型:剧情、喜剧

上映日期:2010 年 12 月 23 日

剧情简介:在平行时空中,北宋嘉祐年间的汴京太学,四名大一新生(郭靖、令狐冲、杨康、段誉)成为一个宿舍的同学。命运像一根看不见的丝线,将他们联系在了一起。在大一这一年里,郭靖与富家大小姐黄蓉相爱,令狐冲当起了班长。时间流逝,这个夏天,师兄乔峰就要毕业了。令狐冲站在空荡荡的校门口,目送着乔峰离开,但很快就会有新的少年从远处走来。

片名:《肩上蝶》

(改编来源:傅玉蓬《你肩膀上有蝴蝶吗?》)

类型:魔幻、爱情

上映日期:2011 年 7 月 8 日

剧情简介:著名生物学家严国希望找到治愈小岛上传染病的方法,但自己却被病魔所侵,生命垂危。未婚妻宝宝同神秘生灵定下契约:变成蝴蝶三年来交换严国的康复。严国恢复了健康却失去了爱人。严国之后将何去何从? 宝宝会再次变成人类吗?

片名:《失恋 33 天》

(改编来源:鲍鲸鲸《失恋 33 天》)

类型:爱情

上映日期:2011 年 11 月 8 日

剧情简介:高端婚礼策划师黄小仙做梦也想不到,相恋 7 年的男友陆然居然和自己的闺密冯佳期走到了一起。在没有了爱情的这段时间里,黄小仙发现了很多以前根本不会去注意的东西。在明白了种种之后,也就是在黄小仙失恋的第 33 天里,在那个灯火阑珊的城市里,她发现"那人"其实一直伴她左右。

片名:《遍地狼烟》

(改编来源:李晓敏《遍地狼烟》)

类型:爱情、剧情、抗战

上映日期:2011 年 12 月 2 日

剧情简介:牧良逢是一个生长在山里的孩子,无父无母,从小跟着爷爷在森林里以打猎为生。牧良逢对射击有着一种独特的天赋,练就了一手好枪法。由于为茶馆老板娘柳烟抱不平,刀砍兵痞,他被带到军营。途中,一场狙击战显露其神枪手潜质,后被猛子编入狙击排,从此与小伍等一起开始了狙击手的生涯。

片名:《我愿意》

(改编来源:陈彤《我愿意》)

类型:喜剧、爱情

上映日期:2012 年 2 月 10 日

剧情简介:闺密靳小令在怀孕期间热心为唐微微网络征婚并安排了相亲。结果,唐微微装孕妇吓跑了大多数相亲对象,只剩下一个名叫杨年华的人,两人由此相识。唐微微所在公司迎来了美国的客户,唐微微发现客户代表竟是 7 年前抛弃自己的前男友王洋。此时,杨年华开始了一波又一波的热情攻势,无论是嘘寒问暖还是炒菜做饭,都体贴入微。而王洋也不甘示弱,意图通过忆苦思甜、昨日重现唤醒唐微微的旧情,重回他怀抱。于是,情敌之战,一触即发。

片名:《魅妆》

(改编来源:连谏《魅妆》)

类型:悬疑、惊悚

上映日期:2012 年 6 月 29 日

剧情简介:当红悬疑小说家李豌豆自从住进男友丁朝阳的房子后,她的生活就开始了悬疑重重。丁朝阳此前有过一段婚姻,但是妻子于 5 年前神秘失踪。丁朝阳的家中有一间房,房门紧锁,并禁止她进入。在男友拒绝搬家的情况下,她开始尝试自行探究这一系列事件背后的原因。住在楼下的奇怪女子、欲言又止的小保安以及从未开启的房门,所有秘密的真相都慢慢浮出水面。

片名:《搜索》

(改编来源:文雨《请你原谅我》)

类型:剧情、悬疑

上映日期:2012 年 7 月 6 日

剧情简介:上市企业董事长秘书叶蓝秋在获知自己罹患癌症之后,心灰意冷的她上了一辆公交车并拒绝给车上的老大爷让座因此引发争议。这一过程被电视台实习记者杨佳琪用手机拍个正着。杨佳琪将公交车上的新闻火速交给陈若兮。凭着新闻主编的敏锐嗅觉,陈若兮将此新闻恶意放大,从而引发了一场社会大搜索,集体讨伐叶蓝秋的道德沦丧。在公众指责和病魔降临的夹缝中,叶蓝秋雇用了摄影师来记录她生命中最后一段时光。

片名:《爱谁谁》

(改编来源:森岛《爱谁谁》)

类型:爱情

上映日期:2012 年 11 月 9 日

剧情简介:高仁杰、梅晓阳、李世民是同一家宠物医院的同事,私交甚笃。三人因工作结识了冬花,经过李世民的精心组织又认识了冬花的闺密——白白、雅雯。李世民爱上了白白,而高仁杰和雅雯陷入了热恋,梅晓阳和冬花一夜春宵。然而,婚外情再怎么精心掩盖还是会露馅,三位花心的男人终于还是要面对各种恶果,在亲情、爱情与家庭之间做出痛苦选择。

片名:《凶间雪山》

(改编来源:佚名《相信谁》)

类型:惊悚、恐怖

上映日期:2012 年 12 月 21 日

剧情简介:一对情侣与队友前往贡嘎山攀登神秘的无人峰,不料中途天气突变,男友和队员们留下女友看守营地。7 天后,大家回来了,但她的男友没有回来。大家说在攻峰的第一天遇到雪崩,她的男友不幸遇难。半夜,男友浑身是血地出现了,一把抓住她就跑,并告诉她:第一天登山就发生了山难,其余人都死了,只有他还活着。

片名:《电梯惊魂》

(改编来源:佚名《地下十八层》)

类型:惊悚、恐怖、悬疑

上映日期:2013 年 2 月 22 日

剧情简介:在半岛医院供职的马护士意外惨死电梯间,掀开了一连串恐怖和诡异事件的序幕。院长林思远的儿子林飞早年在国外求学,回国后在半岛医院担任外科医生,并与美丽的女护士白洁相恋。外科张主任因论文涉嫌剽窃受到苛责,他怀疑林飞暗中使坏,但是不久自己也如马护士一般落入了本不存在的地下第十八层,后精神失常,坠楼而亡。曾与之争吵的林飞自然受到怀疑。时刻游荡在医院内的鬼影搅动着所有人的神经。伴随死亡,真相逐渐被揭开。

片名:《致我们终将逝去的青春》

(改编来源:辛夷坞《致我们终将逝去的青春》)

类型:爱情、青春

上映日期:2013 年 4 月 26 日

剧情简介:18 岁的郑微如愿考上林静所在学校的邻校,林静却已出国留学。一次偶然的误会使郑微陈孝正结为死敌,在一次次反击中,郑微发现自己爱上了这个表面冷酷、内心善良的高才生,欢喜冤家终成甜蜜恋人。然而毕业之际陈孝正迫于家庭压力选择出国留学。感觉再次被欺骗的郑微痛苦地离开陈孝正。多年后,郑微已蜕变为职场上的白领丽人,竟再次品尝命运的无常:带着悔意和爱意的林静和陈孝正同时回到她的生活里。

片名:《等风来》

(改编来源:鲍鲸鲸《游记,或是指南》)

类型:喜剧、爱情

上映日期:2013 年 12 月 31 日

剧情简介:美食专栏作家程羽蒙、富二代王灿、大学毕业生李热血、永远家长里短话题不断的大姐团、以拍照为唯一目的的摄影团,由这样一群人组成的旅行团奔赴世界上最幸福的国家——尼泊尔,开始了"幸福之旅"。但团里的游客,却都有各自的人生问题。在旅行结束前的最后一天,王灿请大家去玩滑翔伞。程羽蒙进行了人生第一次滑翔,在等着风起的时候,她的内心得到了平静。

片名:《脱轨时代》

(改编来源:高雅楠《如果不能好好爱》)

类型：爱情

上映日期：2014 年 3 月 7 日

剧情简介："80 后"许可在某个清晨醒来后，佯装气定神闲地走进民政局办离婚。回去的路上与一辆宝马车相撞，回到家后，她开始审视自己凄怆的生活。富二代康少的出现给许可的生活打了一剂强心针，谁知却又撞上闺密毛毛，这场尴尬无比的三角恋注定要轰轰烈烈地展开。另一边，气质忧郁的前夫刘光芒，在度过失去婚姻的颓废期后开始醒悟，走上浪子回头之路。许可面临着多重选择。

片名：《密道追踪之阴兵虎符》

（改编来源：蛇从革《密道追踪》）

类型：冒险、动作、悬疑

上映日期：2014 年 12 月 5 日

剧情简介：燕山脚下某个古镇，老旧的厂区内意外发现一座年代久远的古墓，该消息以极快的速度传播到各地，不仅引起考古界的广泛关注，更惹来盗墓团伙的注意。由于地处偏远，在警方和专业人员尚未到达的情况下，当地派出所的刘所长命令曾经得过武术冠军的保安头头大拿肩负起保卫古墓的重任。在此期间，神偷和嫣儿这对擅长高科技的"盗贼鸳鸯"嗅着气味来到古镇，另外以传统风水勘察墓穴的龙哥也展开行动。大拿周旋在两伙盗贼中间，还要时不时提防内鬼老沙的搅局破坏。平静的小镇波澜骤起，究竟谁才能一窥古墓的秘密？

片名：《何以笙箫默》

（改编来源：顾漫《何以笙箫默》）

类型：爱情、青春

上映日期：2015 年 4 月 30 日

剧情简介：曾经，何以琛拒绝了身边络绎不绝的追求者，偏偏选择了单纯而又天真的赵默笙，然而，赵默笙特殊的家庭背景却让这对恋人最终走上了陌路。一眨眼 7 年过去，赵默笙带着一个秘密回到了故地，让她没有想到的是，在那里等待着她的，竟然正是分手后再无联系的何以琛。与此同时，何以琛的父亲和赵默笙的父亲之间爆发出了不可告人的过去与无法调和的矛盾,他们的爱情最终将何去何从?

片名:《新步步惊心》

(改编来源:桐华《步步惊心》)

类型:穿越、爱情

上映日期:2015 年 8 月 7 日

剧情简介:情感一直不如意的都市白领张小文,因一次意外的时光逆转,穿越到古代变成了清朝的格格马尔泰·若曦。张小文现代人的思维与生活习惯和古代的格格身份形成了巨大的反差引起了皇室的疑心。同时,聪明机智、阳光活泼的她得到了两位阿哥四爷胤禛和十四爷胤禵的倾爱,两人对若曦展开了风格迥然不同的爱的攻势,上演了一段揪心、惊心又暖心的旷世三角恋情。在现在与未来之间,张小文究竟会情归何处?

片名:《男神时代》

(改编来源:破脑袋《我本纯良》)

类型:爱情、剧情

上映日期:2015 年 9 月 2 日

剧情简介:妖子是大都市中一名普通的小白领,某日,公司聚会上喝醉了的她居然误打误撞和英俊帅气的上司林子松有了一段露水情缘。之后,妖子又在酒店和初恋情人王轩逸重逢,场面十分尴尬。让妖子没有想到的是,王轩逸竟然还没有忘记和她之间的那段往事,想要她和自己重修旧好,然而,就在两人感情逐渐升温之时,林子松却再次出现在妖子的身边。他们的情感故事将何去何从?

片名:《第三种爱情》

(改编来源:自由行走《第三种爱情》)

类型:偶像、现代、爱情、剧情

上映日期:2015 年 9 月 25 日

剧情简介：精明能干的女律师邹雨和致林集团二公子林启正因一场庭审而不打不相识。在林启正猛烈的攻势下，邹雨走出了情伤并与之相爱，殊不知对方因商业联姻已有门当户对的未婚妻江心瑶，而自己的妹妹邹月也对林启正情根深种，甚至为得到他的爱而不惜自杀。身陷情感旋涡的他们，在特殊的第三种爱情面前该何去何从呢？

片名：《九层妖塔》

（改编来源：天下霸唱《鬼吹灯之精绝古城》）

类型：动作、冒险

上映日期：2015 年 9 月 30 日

剧情简介：1979 年，昆仑山发现神秘生物骸骨，由胡八一率领的探险队深入昆仑山腹地，寻找有关古生物遗迹的更多秘密。然而此行除胡八一外其他队友生死成谜。多年后胡八一退伍回到北京，重逢了发小王凯旋，并在神秘人与科考队两股力量的夹缝中重新踏上了探寻未知文明的征程。途中与 Shirley 杨邂逅，熟识的面孔唤醒了他身处探险队那段日子的记忆。此行凶险，等待他们的将是一个尘封千年的未解之谜。

片名：《蝴蝶公墓》

（改编来源：蔡骏《蝴蝶公墓》）

类型：爱情、奇幻

上映日期：2017 年 10 月 20 日

剧情简介：舞蹈家尚小蝶，为五年前离开的恋人编排了一支《蝶舞》，大获成功，受国外文化基金邀请去布达佩斯选角编舞。小蝶在所有舞者中最看好自卑的白露，白露告诉小蝶，想要借助蝴蝶公墓找到失踪的姐姐。小蝶还发现，基金继承人庄秋水就是自己五年前的恋人。但随着舞者宋优中毒、田巧坠楼、白露失踪，小蝶自己也受到威胁。一切谜团都指向了蝴蝶公墓。

片名：《既然青春留不住》

（改编来源：顾小沙《当菠菜遇上空心菜》）

类型:喜剧、爱情

上映日期:2015 年 10 月 23 日

剧情简介:洋溢着青春气息的大学校园里,劲辉、冯松等人立下了"兄弟盟约",四年内不得追求彼此喜欢的女生。然而事与愿违,冯松喜欢上了朱婷,朱婷的芳心却属于劲辉,但落花有意流水无情,劲辉的眼中只有性感火爆的周蕙。一场关于友情、爱情的青春争斗在所难免。十年后当他们回忆起曾经的青葱岁月之时,又会有怎样的感悟?

片名:《诡影迷情》

(改编来源:赵悦言《二十四号墓碑》)

类型:恐怖、惊悚

上映日期:2015 年 11 月 27 日

剧情简介:肖克和马莉结婚多年,令肖克没有想到的是,妻子马莉在一次出海游玩时意外死亡。办完马莉的丧事之后,肖克决定休息一段时间调整心情。但是,肖克发觉身边开始接连发生诡异的事情,感觉总有一双眼睛在默默地看着他。这些怪事都发生在妻子马莉"头七"之后,这一切的背后究竟隐藏着怎样的秘密呢? 难道那天晚上死去的妻子真的回来了?

片名:《鬼吹灯之寻龙诀》

(改编来源:天下霸唱《鬼吹灯》)

类型:动作、奇幻、冒险

上映日期:2015 年 12 月 18 日

剧情简介:20 世纪 80 年代末,胡八一、王胖子和 Shirley 杨在美国打算金盆洗手,本来叱咤风云的摸金校尉沦为街头小贩,被移民局追得满街跑。胡八一与未婚妻 Shirley 杨本想从此过上普通人的生活,谁知却发现自己二十年前死在"百眼窟"的暗恋对象丁思甜当时念念不忘的彼岸花居然再次出现! 胡八一、王凯旋、Shirley 杨决定再入草原寻找千年古墓。

片名：《致青春·原来你还在这里》

（改编来源：辛夷坞《原来你还在这里》）

类型：爱情、青春

上映日期：2016 年 7 月 8 日

剧情简介：外表温柔安静的苏韵锦在高中同学程铮的热烈追求下慢慢爱上了对方。可无奈相爱容易相处难，自小生活环境的差异以及性格的迥异开始成为两人之间的问题，矛盾的不断发生最终还是让感情出现了裂痕最后走到了分手境地。几年后，苏韵锦成为一个事业有成的职场女强人，但平静的生活因程铮的再次出现而泛起了涟漪，两人剪不断理还乱的感情促使他们又纠缠到了一起，并且这时才知道彼此在这几年中都没有放下，想爱但又怕过去重演。

片名：《泡沫之夏》

（改编来源：明晓溪《泡沫之夏》）

类型：爱情、剧情

上映日期：2016 年 7 月 21 日

剧情简介：尹夏沫和洛熙因同是孤儿的身份而彼此互相吸引。但夏沫的男朋友欧辰为了分开两人，把洛熙送到英国留学。五年后洛熙成了超级的天王巨星，夏沫与他重新相遇再续前缘。同时得到欧氏集团少董欧辰和被领养的少年洛熙的爱慕与追求，他们之间将发生怎样的爱情故事？

片名：《盗墓笔记》

（改编来源：南派三叔《盗墓笔记》）

类型：悬疑、奇幻、冒险

上映日期：2016 年 8 月 5 日

剧情简介：落魄作家寻访到了一个叫作吴邪的古董铺子老板，而吴邪正准备离开这个城市。临走之时，吴邪和他讲述了自己第一次随家族探险所经历的诡异事件。他们的家族因为偶然获取了一件特殊的青铜器，追根溯源，寻找到了被掩埋在西域的西王母古国，并且进入了位于古城地下的蛇母陵中，发现了当年古象王与蛇母求长生不死之术的真相。作家听完后发现其中有很多疑点，吴邪到底说的是自己的臆想,还是真相更加可怕复杂?这一切随着吴邪的离去不得而知。

片名:《夏有乔木 雅望天堂》

(改编来源:籽月《夏有乔木,雅望天堂》)

类型:爱情

上映日期:2016 年 8 月 5 日

剧情简介:年少的夏木因目睹母亲自杀而变得自我封闭,直到 16 岁的舒雅望出现,用温暖的关怀渐渐融化夏木的心。雅望青梅竹马的恋人唐小天高中毕业后进入军校,不料就在唐小天就读军校期间,曲蔚然出现并摧毁了雅望的生活,也让夏木在绝望之下做出疯狂行径。夏木、雅望、唐小天,他们还能找回曾经的那个天堂吗?

片名:《微微一笑很倾城》

(改编来源:顾漫《微微一笑很倾城》)

类型:爱情、青春

上映日期:2016 年 8 月 12 日

剧情简介:

校园王子加游戏高手肖奈同学一见钟情于美女贝微微。同是网游高手的贝微微,此时此刻正在电脑前有条不紊地指挥着帮战,打了一场完美的以弱胜强的辉煌战役,完全没意识到爱神小天使近在己侧。随后,拥有篮球游泳全能优等生与游戏公司老板等身份的肖奈大神开始了网上网下全方位地捕猎美人心。于是,一场始于网游的爱情悄然萌生了。

片名:《七月与安生》

(改编来源:安妮宝贝《七月与安生》)

类型:剧情、爱情

上映日期:2016 年 9 月 14 日

剧情简介:七月和安生从踏入中学校门的一刻起,便宿命般地成为朋友。她们一个恬静如水,一个热情似火,性格截然不同却又互相吸引。直到某一天,一位名为苏家明的少年出现使七月与安生成长的大幕轰然拉开。七月和苏家明的恋情并没有像七月所想象的那样发展,而她和苏家明之间的关系,亦因为安生从北京的归来而产生了新的变数。

片名:《从你的全世界路过》

(改编来源:张嘉佳《从你的全世界路过》)

类型:爱情、喜剧

上映日期:2016 年 9 月 29 日

剧情简介:陈末每天和王牌 DJ 小容针锋相对,谁也不知道他们的仇恨从何而来。陈末的两个兄弟,分别是全城最傻的猪头、全城最纯的茅十八,三人每天横冲直撞,以为可以自在生活,结果都面临人生最大的转折点。陈末遇见了最神秘的幺鸡,猪头打造了最惨烈的婚礼,茅十八经历了最悲伤的别离,这群人的生活一点点崩塌,往事一点点揭开。梦想,爱情,友情都离陈末远去。

片名:《爵迹》

(改编来源:郭敬明《爵迹》)

类型:CG 奇幻、动作、冒险

上映日期:2016 年 9 月 30 日

剧情简介:传说中的神话奥汀大陆分为水、风、火、地四个国家,每个国家都有精通魂术的人,其中最厉害的七个被称为王爵。水国普通男孩麒零离奇地被七度王爵银尘收为使徒,卷入了这场魂术的风暴,水国隐藏的秘密也渐渐浮出水面。麒零无意中发现了上代一度王爵吉尔伽美什可能还活着的秘密,于是义无反顾地投入追寻之中。与此同时,作为侵蚀者的王爵幽冥、特蕾娅也收到了对银尘和鬼山莲泉等人的杀戮红讯。一场王爵和使徒们为了真相与荣誉的战役一触即发。

片名:《异性合租的往事》

(改编来源:王亚奇《异性合租的往事》)

类型:喜剧、爱情

上映日期:2016 年 10 月 21 日

剧情简介:再普通不过的都市 IT 男张江男,在招合租时,通过微友介绍,招来了一位"白富美"女室友夏雪儿,在雪儿"井水不犯河水"的约法三章下,张江男正式开启异性合租的生活模式。

片名:《28 岁未成年》

(改编来源:Black.f《28 岁未成年》)

类型:喜剧、爱情、奇幻

上映日期:2016 年 12 月 9 日

剧情简介:28 岁的凉夏本以为一定能够和相恋十年之久的男友茅亮一起携手步入婚姻的殿堂,并且一直为了迎接两人的婚礼而做着各种各样的准备。在白晓柠的婚礼上,凉夏向茅亮逼婚,茅亮因为工作不顺,拒绝结婚甚至还提出分手。凉夏悲伤欲绝,意外之下,心智重返 17 岁,身体却没有变化。17 岁的小凉夏偶遇并爱上了个性青年严岩,而此时小凉夏年轻的心态以及对茅亮的冷漠态度,又让茅亮重燃对她的兴趣。面对两段不同的感情,凉夏究竟会做出怎样的选择?

片名:《摆渡人》

(改编来源:张嘉佳《从你的全世界路过》)

类型:喜剧、爱情

上映日期:2016 年 12 月 23 日

剧情简介:酒吧老板陈末与合伙人管春是城市中的"金牌摆渡人"。他俩平时看起来吊儿郎当,却从不拒绝每位需要帮助的人,只要"预约摆渡",刀山火海都会"使命必达"。邻居女孩小玉为了偶像马力预约了他们的服务,但在帮助小玉挑战整个城市的过程中,陈末和管春也逐渐发现了自己躲不过的问题。陈末、管春、小玉三个人的爱情就像人们曾经经历的故事一样,铭记在记忆中,温暖如初。

片名：《傲娇与偏见》

（改编来源：媚媚猫《傲娇与偏见》）

类型：浪漫、爱情、喜剧

上映日期：2017 年 4 月 20 日

剧情简介：北漂网络写手唐楠楠脑洞大于常人，梦想着有一天能成为拥有众多粉丝的网文大神。一场意外中，唐楠楠邂逅了朱侯，两人最初的相识并不愉快，但是在阴差阳错之下，唐楠楠和朱侯竟然住进了同一屋檐下，成为室友。朱侯的高富帅朋友萧见君对唐楠楠一见钟情，却不料遭到朱侯再三阻挠。朱侯的心里，又在打着怎样的算盘呢？不知不觉中，一场惊心动魄的三角恋情拉开了帷幕。

片名：《喜欢你》

（改编来源：蓝白色《终于等到你》）

类型：爱情

上映日期：2017 年 4 月 27 日

剧情简介：29 岁的顾胜男是一家百老汇酒店西餐厅的二厨，一直与酒店总经理秘密恋爱，结果酒店遭遇经营危机，总经理提出分手。顾胜男在惨遭失恋、事业双重打击后，遇见了前来收购酒店的霸道总裁路晋。两人在美食的牵引下产生奇妙的缘分，之后性格各异的两人在鸡飞狗跳的相处过程中产生了情愫。

片名：《悟空传》

（改编来源：今何在《悟空传》）

类型：动作、奇幻

上映日期：2017 年 7 月 13 日

剧情简介：彼时孙悟空还只是只桀骜不驯的猴子。天庭毁掉他的花果山以掌控众生命运，他便决心跟天庭对抗，毁掉一切戒律。在天庭，孙悟空遇到不能爱的阿紫、一生的宿敌杨戬和思念昔日爱人阿月的天蓬，他们的身份注定永生相杀。但不甘命运摆布的不止孙悟空一人，却没想到反抗却带来更大的浩劫。他们所做的一切,究竟是不知天高地厚的热血轻狂,还是无奈宿命难改的压抑绝望? 悟空不服,他再次挥动金箍棒,要让这诸佛都烟消云散。

片名:《三生三世十里桃花》

(改编来源:唐七七子《三生三世十里桃花》)

类型:爱情、玄幻

上映日期:2017 年 8 月 3 日

剧情简介:青丘白浅上神同天族太子夜华早有婚约,二人却一直未曾相见。直至东海盛宴,夜华发现白浅竟然同亡妻素素相貌一模一样,于是开始接近白浅,在此过程中被白浅善良开朗的性格渐渐吸引。夜华的侧妃素锦十分嫉妒白浅能够得到夜华的喜爱,于是释放出被天族战神墨渊封印的鬼君擎苍。夜华为守护四海八荒,以元神生祭东皇钟,将擎苍封印。

片名:《心理罪》

(改编来源:雷米《心理罪:画像》)

类型:动作、犯罪、悬疑

上映日期:2017 年 8 月 11 日

剧情简介:一杯人血牛奶,对人产生致命诱惑。犯罪者为之痴狂,甚至不惜连环杀人。犯罪心理学天才方木和资深刑警队长邰伟联手,成为绝妙拍档。一场身手的较量,心智的角逐,随之展开。

片名:《那一场呼啸而过的青春》

(改编来源:吴小雾《那一场呼啸而过的青春》)

类型:剧情、爱情、青春

上映日期:2017 年 10 月 5 日

剧情简介:1997 年的东北,18 岁的技校女孩杨北冰意气风发,仗义行事,常带着一帮姐妹四处干架。在一次闯入男澡堂作战后,杨北冰撞见了正在洗澡的发小于一,对他心动不已,悄悄展开暗示和追求。没想到于一却爱上了南方女孩紫薇。杨北冰和于一在迪厅打工,意外目睹了老板雷管的杀人现场。杨北冰在恐惧中,又发现紫薇和雷管发生了亲密关系。年轻的欲望夹杂着危险,将杨北冰和于一推向成人世界的残酷,遍体鳞伤后,紫薇意外身亡,杨北冰离开东北。多年后杨北冰和于一重逢,回望那场呼啸而过的青春,两人渐渐放下伤痛。

片名:《心理罪之城市之光》

(改编来源:雷米《心理罪:城市之光》)

类型:动作、犯罪、悬疑

上映日期:2017 年 12 月 22 日

剧情简介:一起连环凶杀案掀起了城市的狂欢与躁动,数起案件中受害者均遭虐待致死,且充满仪式感,所有线索都与一个人有关——精通犯罪心理学的天才神探方木。在与同事米楠调查案件时,方木发现曾经是自己高中同学的江亚似乎深藏很多秘密。此时网络上出现名为"城市之光"的用户,以发起投票的方式让公众决定律师任川的生死。方木、米楠等警察虽然用尽一切办法,依然无法阻止这场"以暴制暴"的黑暗审判。紧要关头,方木觉察到江亚的妻子魏巍竟然是解锁江亚秘密的重要证人,就在真相即将大白的关键时刻,一场惊人变故却突如其来。

片名:《云南虫谷》

(改编来源:天下霸唱《鬼吹灯之云南虫谷》)

类型:奇幻、冒险

上映日期:2018 年 12 月 29 日

剧情简介:胡八一等人由于之前探险,身上出现了眼球印记,这印记带着诅咒,会危及性命。传闻雹尘珠能解开诅咒,而它曾经作为陪葬品安放在古滇国献王的陵墓中。胡八一等人只能深入瘴疠之地,再探古墓奇险。在历经层层凶险后,众人终于来到献王墓入口,然而更大的挑战也接踵而至。

片名:《灵魂的救赎》

(改编来源:李西闽《救赎》)

类型:公益、励志、温情

上映日期:2019 年 1 月 11 日

剧情简介:何国典与杜茉莉夫妇在汶川地震中失去了儿子,伤心的夫妻二人来到株洲打工。何国典遇到了酷似儿子的宋文西。宋文西的父母因为工作忙碌,疏于对孩子的关心。两个彼此都需要关怀的人相遇了。为了实现宋文西的梦想,何国典倾尽全力在"失独者之家"等公益机构的帮助下,帮他制作了一台机器人。在制造机器人的过程中,何国典治愈了自己的丧子之痛,宋文西也修复了与家庭的关系。伴随着庞大的机器人缓缓走来,每个人都开启了心灵救赎之旅。

片名:《最好的我们》

(改编来源:八月长安《最好的我们》)

类型:爱情、青春

上映日期:2019 年 6 月 6 日

剧情简介:青春的校园中充盈着专属少男少女们的懵懂、青涩、怦然心动和勇敢,耿耿和余淮也拥有了他们的约定,那就是考上同一所大学。高考后,当耿耿满心憧憬着约定兑现之时,余淮却忽然消失不见了。七年后两人重逢,余淮当年未说出口的那句话、他不辞而别的秘密,耿耿能否得到解答? 这段耿耿于怀的过往,让两人再度面临情感的抉择。

片名:《秦明·生死语者》

(改编来源:秦明《尸语者》)

类型:悬疑

上映日期:2019 年 6 月 14 日

剧情简介:法医秦明解剖过 1000 多具尸体,从未出错,因意外发现泡在福尔马林里 6 年的"无语体师"死于他杀,引发媒体质疑误判,被舆论推至风口浪尖。在尸体留下的线索指引下,秦明在实习助手嘉嘉和刑警队长林涛的协助调查下发现了尘封 16 年的雪灾杀人案、误判 6 年的"无语体师"他杀案、悬而无果的 IT 男肺炸案背后的秘密。经历了这一系列变故的秦明最终成为一名"为死者言,为生者权"的"生死语者"。

片名:《上海堡垒》

(改编来源:江南《上海堡垒》)

类型:科幻、战争、爱情

上映日期:2019 年 8 月 9 日

剧情简介:未来世界外星黑暗势力突袭地球,上海成为人类最后的希望。大学生江洋追随女指挥官林澜进入上海堡垒成为一名指挥员。外星势力不断发动猛烈袭击,林澜受命保护击退外星人的秘密武器,江洋和几个好友所在的灰鹰小队则要迎战外星入侵者。保卫人类的最后一战最终在上海打响。

片名:《诛仙 1》

(改编来源:萧鼎《诛仙》)

类型:剧情、古装

上映日期:2019 年 9 月 13 日

剧情简介:少年张小凡的双亲因草庙村被屠而离世,张小凡被青云门大竹峰收为徒弟。机缘巧合之下,他习得佛门天音功法,又意外获得魔教法器烧火棍,踏上强者之路。至魔法器的现世,张小凡与陆雪琪、碧瑶、田灵儿三个女生间命运的交错,都让他原本单纯的人生轨迹充满变数。一个勇者反抗命运的传奇之旅就此展开。

片名:《少年的你》

(改编来源:玖月晞《少年的你,如此美丽》)

类型:爱情、青春、剧情

上映日期:2019 年 10 月 25 日

剧情简介:陈念性格内向,是学校里的优等生,努力复习、考上好大学是高三的她唯一的念头。同班同学的意外坠楼牵扯出一连串不为人知的故事,陈念也被一点点卷入其中。在她最孤独的时刻,一个叫小北的少年闯入了她的世界。高考前夕的校园意外,改变了两个少年的命运,大多数人的 18 岁都是明媚、快乐的,而他们却在 18 岁这个夏天提前尝到了成人世界的漠然。

片名:《网络凶铃》

(改编来源:马伯庸《她死在 QQ 上》)

类型:惊悚、恐怖

上映日期:2020 年 10 月 30 日

剧情简介:网络上断更多年的小说突然复更,读过小说的人相继离奇死亡。大学生小诺因为看见惊鸿阴森恐怖的死亡状态,由此厄运缠身。她开始看到越来越多人的死亡,而死亡方式竟然和小说中描述的完全一致。此刻她也开始明白,一部摄魂噬命的小说正在无限更新,这场夺命游戏也才刚刚开始。

片名:《赤狐书生》

(改编来源:多多《春江花月夜》)

类型:奇幻、古装、喜剧

上映日期:2020 年 12 月 4 日

剧情简介:清贫书生王子进进京赶考,却被下凡取丹的小狐妖白十三盯上。只要杀了王子进,取了丹,白十三就能晋升狐仙。但没想到,取丹路上,一人一狐竟成了最好的朋友。

片名:《八月未央》

(改编来源:安妮宝贝《八月未央》)

类型:青春、爱情、剧情

上映日期:2021 年 4 月 16 日

剧情简介:可爱率真的小乔遇见了沉默寡言的未央,小乔的热情开朗使性格迥异的她们迅速成为"密友",而小乔未婚夫朝颜的出现使得三人的感情产生了微妙的变化。当三人的情感与理智处在即将崩溃的边缘时,未央却做出了一个出乎所有人意料的决定。

片名:《破晓之战》

(改编来源:张芮涵《大旗袍师》)

类型:动作、战争

上映日期：2021 年 6 月 29 日

剧情简介：抗日战争时，在孤岛时期的上海一场"精心策划"的告别宴，吸引了各界爱国人士乔装进入生日宴服务团队。其中负责传递重要情报的，就是混入制衣部门给大佐夫人缝制"瑞鹤"和服的一群旗袍师傅。一代旗袍宗师孙添保，恪守旗袍制作人的风骨，不为日本人制旗袍。但是门徒三人，大师兄范立饶、二师姐孔绘心、小师弟张仲亭，身份成谜，正邪难分。一次围绕日本人的"暗杀"行动，一场迷雾重生的"局中局"，谁才是真正的"卧底"，谁才是最后的"胜者"？

附录二
焦点团体访谈资料统计

一、访谈目的

访谈主要为辅助型资料收集,与网络社群观察和归纳相互结合,有助于从受众角度去分析和理解特定群体的态度与行为。本次,主要采取针对网络小说粉丝的焦点团体访谈,以了解网络小说粉丝的基本情况、对网络小说 IP 改编电影的态度以及他们所关注的相关改编问题,从而帮助作者进行网络小说 IP 价值转化的研究。该内容主要应用于受众态度转化、受众营销行为。

二、访谈形式:焦点团体访谈

三、访谈地点:虚拟群组

四、访谈时间:2019 年 9 月 15—16 日

五、访谈人数:15 人(5 人/组)

六、访谈信息统计

序号	受访者 ID	性别	年龄	偏爱类型	偏爱作家
1	染染	女	22 岁	游戏、玄幻	蝴蝶蓝、丁墨
2	YUI	女	25 岁	盗墓、耽美	南派三叔、沧月
3	Birbird	女	26 岁	盗墓、玄幻	沧月、天下霸唱
4	撒拉黑幂	女	27 岁	宫斗、穿越	潇湘冬儿
5	向阳生花花	女	21 岁	言情、玄幻	辛夷坞、顾漫
6	Showty	女	27 岁	言情、耽美	南派三叔、风弄
7	无题 111	女	28 岁	言情	墨宝非宝
8	H	女	32 岁	言情、悬疑	丁墨、辛夷坞
9	隔壁班同学	男	30 岁	悬疑、恐怖	今何在、秦明
10	脑路清奇	男	23 岁	恐怖、言情	蔡骏
11	黑椒牛肉加香菜	男	26 岁	玄幻、科幻	唐家三少

续　表

序号	受访者 ID	性别	年龄	偏爱类型	偏爱作家
12	大鲸鱼	男	28 岁	悬疑、职场	唐七、雷米
13	稻米小粮仓	男	25 岁	盗墓	南派三叔
14	p0181118	男	35 岁	玄幻	猫腻
15	程程程加七	男	21 岁	游戏、玄幻	蝴蝶蓝、天蚕土豆

七、访谈话题

话题仅作为访谈的引入，研究者主要为了引导参与者畅所欲言，积极参与访谈小组的话题讨论，同时适时调整讨论方向。

话题一：网络阅读的经历和喜好以及社群活动。

话题一的设置主要起到导入的作用，让受访者放松心情，唤起阅读记忆，从自己喜欢的角度和内容打开心扉。当然，话题一也包含了调研所要了解的网络小说读者的阅读习惯和互动情况。

话题二：网络小说的电影改编的态度和喜好。

话题二是比较核心的问题，在读者粉丝彼此之间的交流中来捕捉他们对于网络小说电影改编的态度、喜好、看法以及评价。

八、第一组访谈

1. 参与成员：染染、YUI、Bribird、脑路清奇、隔壁班同学

2. 访谈时间：2019 年 9 月 15 日 14 点 20 分

3. 内容归纳（重点内容截取）

访问者：感谢各位参与本次的焦点团体访谈。这次访谈作为本人论文的研究方法之一，其结果将附录在论文之中。当然，为保护受访者的隐私，访谈记录将会以昵称记录。本次访谈主要围绕"网络小说与网络小说电影改编"展开。大家可以根据我拟定的话题畅所欲言。

首先，第一个话题是"网络阅读的经历和喜好以及社群活动"。大家可以谈一下自己是从什么时候、什么渠道开始网络阅读的，喜欢什么样的作品，会不会参与粉丝社群的活动，等等。

染染：小学？初中？机缘巧合下吧，那个时候都是言情小说，记得还是用

MP4看的电子书。后来初中就有了《盗墓笔记》《鬼吹灯》。上学的时候会和小伙伴们交流,相互安利。没有最喜欢的小说!当时都很喜欢啊!

脑路清奇:我接触的第一本是蔡骏的《地狱的第19层》。接连看了十几本恐怖小说,然后就对恐怖小说索然无味了。之后就转看言情了……被女同学给带偏了。我也没有最喜欢的小说。面条、饺子我都喜欢!蝴蝶蓝的作品我比较喜欢《天醒之路》。

Bribird:我家是1999年有的电脑,小说好像是网页推送弹出来的,以前还不认识字。大量阅读从初中开始,用的也是电子学习机自带的。好像叫《第一次亲密接触》?痞子蔡的小说应该都看过了。我都记不住作者的名字。

隔壁班同学:楼上的,你也太牛了!这是跟着网络小说一起长大的呀!我是家里很早就有了电脑,不知道什么时候就默默看起来了,觉得有的文章就很特别,很有个性!我特别喜欢《悟空传》,太叛逆!太颠覆!太刺激!追着连载的时候会去天涯看看其他人的感想,看看自己错过了什么信息,找找同好嘛!

YUI:我是初中的时候,那时的同桌卖得一手好安利!记得那个时候看书都是下载到MP4上看的!然后就开始追连载《盗墓笔记》了。当时喜欢的可多了,特别是耽美!会把其中几个作者的所有作品都看了,所以有最喜欢的作者,但讲不出最喜欢的作品。其实我还蛮喜欢蝴蝶蓝,还有三叔。但是后来……觉得越来越商业化了,爱不动了……

访问者:看来大家都是很资深的网络小说粉丝了。其实现在有很多大家提到的网络小说都被改编成了电影。第二个话题是"网络小说的电影改编的态度和喜好"。大家可以谈谈都是如何得知改编的消息,会不会关注这类的改编,会不会分享,会比较重视改编的哪些部分,看完之后的反应,等等。当然大家也可以聊聊那些已经改编的作品。

染染:会关注啊!会分享啊!看到消息会去群里震惊一波,然后就看演员表,觉得气质不符就先骂!如果看完之后剧情稀碎,往死里骂!《鬼吹灯》系列我都看了!可能经历了《九层妖塔》吧,我觉得《寻龙诀》OK。光看演员表!陈坤!《全职高手》电视剧版我也有同感,然后电影版就是个前传,无功无过吧。这样的改编,看是要看的,骂也是要骂的!《微微一笑很倾城》我也想提一下,不是在攻击杨颖。《悟空传》楼下骂死+1。

脑路清奇：不会关注，不会分享。我觉得现在多数是男频文，但改编又多是女频文。男频文都是玄幻的，根本没有足够资金和技术去支持拍摄。想想都改不好。看到了还是会去看一下，但是早有预感。所以好多片子票房都还过得去，但是质量真的是不能忍受！但如果真看到改得很好的肯定也会分享的。

Bribird：会……骂！也可能和《陈情令》一样一开始死都不看，后来……"真香"。作为《鬼吹灯》的"灯谜"，《寻龙诀》我看到陈坤，可以！然后黄渤虽然不胖，但演技在线，可以！《九层妖塔》就不知道在写啥。《云南虫谷》就男主非常路人，而且这剧情，让我忘记了原著什么样。这些看完之后，都在我们的小群组里和姐妹们一起讨论，分享心得。《盗墓笔记》我不是死忠粉，就是当时看到吴邪是鹿晗演的时候……其实只要是这样的片子，不管口碑好不好都会去看的。《悟空传》我没看原著，但觉得电影还好。我觉得既然要拍就不应该再加工或者改编了，一部部拍不是蛮好的。

隔壁班同学：会的，刷到新闻了之后，还是会激动一下，然后就心头一紧！就好像《致青春》，当时小说、广播剧都已经看了。然后知道有电影版就很期待。虽然大家觉得口碑还行，但是我还是觉得怪怪的，好多处理都太草率了！然后《悟空传》，我真的不行！这不是我认识的小说了！除了名字一样，还有啥是一样的！看完当即发个朋友圈压压惊，帮朋友避避雷。当然，其实剧情还原度高的话，演员阵容都不是问题。新人只要演技在线，最后还是逃不过"真香"定律。

YUI：会看，会关注的，分享看质量。质量高就会分享，质量低就恨不得它糊穿地心！比较关注演员能不能还原的问题。举个例子剧版《全职高手》叶修的选角我能骂三天三夜不重样……当然不是针对杨洋个人，就觉得作为书粉，不是我心中的"亚子"。然后《寻龙诀》黄渤我本来不接受，后来看了演技在线，就"真香"了。《盗墓笔记》我是忠粉！但是一看到演员表我就觉得要扑街。想着这么多年了给贡献点票房吧，看完还是想骂人……但是这个 IP 以后再拍的话，还是会看，看完接着骂！追着看书那么多年了，不去看一眼也是真不死心。如果电影篇幅不够的话，希望不要省略经典场景！不要剧情主线差距太大！就比如《陈情令》是"真香"了，大部分还是因为还原了一些经典场景。

九、第二组访谈

1. 参与成员：Showty、黑椒牛肉加香菜、大鲸鱼、撒拉黑幕、向阳生花花

2. 访谈时间：2019 年 9 月 16 日 12 点

3. 内容归纳（重点内容截取）

访问者：感谢各位参与本次的焦点团体访谈。这次访谈作为本人论文的研究方法之一，其结果将附录在论文之中。当然，为保护受访者的隐私，访谈记录将会以昵称记录。本次访谈主要围绕"网络小说与网络小说电影改编"为对象展开。大家可以根据我推出的话题畅所欲言，当然也可以彼此交流。

首先，第一个话题是"网络阅读的经历和喜好以及社群活动"。大家可以谈一下自己是从什么时候、什么渠道开始网络阅读的，喜欢什么样的作品，会不会参与粉丝社群的活动，等等。

Showty：我接触得比较晚，刚开始是学校门口小卖部有卖小说，就经常和几个同学一起去买，然后才慢慢从小卖部跑去网上找的。看完小说之后会和同学们分享，互相安利。所以我的社群活动都在自己周围的同学里面，就边更新边聊边吐槽，偶尔去网上下载小说。那些比较火的小说，当时都看过。

黑椒牛肉加香菜：我好像也是很早的时候，无意间知道了网络小说，然后就一直在看，用来打发时间。碰到悬疑、玄幻题材的小说，也会悄悄观望下网上的那些评价、解析帖，找找自己漏了什么。现在起点中文网还出了 App，可以在每个段落留言。一般就吐槽一下作者的文笔，吐槽下剧情狗血啊之类的，看看其他人的留言也蛮好玩的。最开始的时候喜欢玄幻类的小说，现在改看科幻类了。

大鲸鱼：我是去网吧上网的时候发现的，然后下载下来可以打发时间。当时周围的人好多都在看，男的看玄幻、武侠，女的看言情。因为我还蛮喜欢看悬疑类的，所以我是会悄悄上网去看大家的分析和解密什么的。那种被吊着的感觉太难受了，就不告诉你结局。有的时候，你还会发现网友写的内容比作者还要好！

撒拉黑幕：我大概 15 岁开始看网络小说的，是朋友推荐的。我都是去红袖添香或者贴吧下载，然后慢慢看。刚开始喜欢看的就是清宫宫斗，然后开始看穿越、玄幻。当时还会熬夜看《鬼吹灯》。看玄幻剧时特别喜欢和朋友聊，看宫斗时反而没怎么聊。在看的过程中，自己都会给男女主角加工，把他们想象成巨帅巨

美！还有，如果小说的结局我不喜欢，我会去同人那找我喜欢的看。

向阳生花花：我很早就看网络小说了，从网上补一些很早的小说，比如《微微一笑很倾城》《何以笙箫默》。我还蛮喜欢言情这一类的。同时，我还会关注最近有没有什么新的作品，其实现在 App 还蛮方便的。互动的话，没有什么特别的，就是会上网站或者 App 上面，留个言，点个赞，吐个槽。

访问者：看来大家都是很资深的网络小说粉丝了。其实现在有很多大家提到的网络小说都被改编成了电影。第二个话题是"网络小说的电影改编的态度和喜好"。大家可以谈谈都是如何得知改编的消息，会不会关注这类的改编，会不会分享，会比较重视改编的哪些部分，看完之后的反应，等等。当然大家也可以聊聊那些已经改编的作品。

Showty：我其实还是看耽美比较多。但是耽美没法拍，所以我也没怎么看改编的电影。除此之外就是一些玄幻的小说，比如《三生三世十里桃花》，还有刚看完的《诛仙1》。电影《三生三世十里桃花》想在一个多小时里面说完整个故事，导演真是有很大的勇气。我看完都还在迷糊的状态。为什么就不能多拍几部呢？还有就是一些经典的情节也没展现，把"拉面条"删了加点有用的好吗？然后《诛仙》确实感觉要拍好多部。但是……服化道能不能用心一点？仙族没有一点仙气，张小凡又穿得像丐帮出来的。本来演员我还是可以接受的，演技也都算及格，但是……只能希望第二部拍得好一些吧。扶我起来！继续追……

黑椒牛肉加香菜：网络小说改编现在好多啊！就我来说，如果是我关注的小说或者我看过的，肯定会留意一下。电影改编我会更关注是哪些演员，然后看完评价再决定看不看。就好像《鬼吹灯》这个小说，是个很好的题材，改编的电影很多，但是拍出来的效果并不相同。抛开电影质量来讲，有的电影非常关注原著剧情，那我们就会比较有代入感。而如果电影改编特别多，剧情不好看我是会去吐槽的！如果看完觉得还不错会向周边的朋友推荐。如果不好的话，以后这个小说再改编可能就会犹豫了。至于演员的话还是看角色和小说塑造的像不像。当然，如果外形很不符合，演技很好，我是会接受的。因为至少他在用心塑造角色。

大鲸鱼：我可能没有楼上那么理性啦。现在消息那么多，微博、贴吧、新闻……一下子就会推送过来。看到了还是会分享给一起看小说的小伙伴，但是还是会满嘴地吐槽，然后也肯定会去看的。纵使它虐了我千百遍……《三生三世十里桃花》那会儿,我看了演员表其实真的还行,觉得神仙姐姐也蛮符合青丘白浅的。没想到电影里那么孱弱!还有杨洋……算了槽点太多,果然有颜值和气质也是不够的。其实也有改得还行的。比如《七月与安生》。当时看到小说就是一极其普通的爱情三角恋,没想到电影还蛮有新意的。

撒拉黑幕:看过的小说一定会关注,贴吧里好多小伙伴都会通知的,而且一定会安利一波!但是因为想象过了,所以非常想知道哪些人适合演出。另外,因为剧情都已经知道了,所以还会关注特效,很怕五毛钱特效做出来。如果结果很烂,我一般都不会去骂,就是觉得很失望,然后觉得"果不其然,没人能演出小说的精髓",接着吐槽下五毛钱特效和演员的演技。我还蛮佛系的,《九层妖塔》觉得剧情蛮紧凑,可能我不是原著粉吧。然后《新步步惊心》,不配音的女主角超级违和,分分钟出戏。

向阳生花花:会关注的,那些作者的微博、小说贴吧、豆瓣群组都有关注,一有消息都会推送过来。我最关心的还是演员。如果和我想象不符的话,那期待值已经掉下来了。比如《何以笙箫默》,刚看到男女主角时就觉得要扑街……看完确实扑街了。对了,那个《从你的全世界路过》我也看过。小短文一篇一篇的,看起来蛮方便的。然后电影我也去看了,就大拼盘,每个故事都有点印象,但是就感觉哪里怪怪的,没有了当时看书时的感觉。当然,如果这次没改好,我下次还是会去看的。虽然理智告诉我别去,但是感性推着我走进了电影院!

十、第三组访谈:

1.参与成员:H、无题111、p0181118、程程程加七、稻米小粮仓

2.访谈时间:2019 年 9 月 16 日 16 点

3.内容归纳(重点内容截取)

访问者:感谢各位参与本次的焦点团体访谈。这次访谈作为本人论文的研究方法之一,其结果将附录在论文之中。当然,为保护受访者的隐私,访谈记录将会以昵称记录。本次访谈主要围绕"网络小说与网络小说电影改编"为对象展开。大家可以根据我推出的话题畅所欲言,当然也可以彼此交流。

首先,第一个话题是"网络阅读的经历和喜好以及社群活动"。大家可以谈一下自己是从什么时候、什么渠道开始网络阅读的,喜欢什么样的作品,会不会

参与粉丝社群的活动,等等。

H:我应该是大学的时候,用手机开始看的。我当时喜欢看言情小说。至于粉丝社群基本不会参与,就只是喜欢看小说而已。最多就是会和周围的朋友分享。

无题 111:网络小说一直都在看,已经很多年了。但具体时间一下子记不清,只记得当时看的网页版。现在都是用手机 App,非常方便。社群活动的话之前不常参加,现在会在 App 上互动之类的。什么类型的文章都会看,但还是言情的居多。就像最近热播的那些电视剧《亲爱的热爱的》,还有尚未播出的《余生,请多指教》,原著我都看过。

p0181118:我的阅读历史感觉比大家久多了。安妮宝贝(庆山)、今何在、猫腻……我都有看过。但是过去时间有点久了,剧情都记不太清了。而且工作之后就没那么多时间,所以没再看了。

程程程加七:我最近几年才开始看的。所以有一些很经典的小说都是完结了之后补的,也有好多都是已经看了改编版才回去看的小说,最近在补《全职高手》。看的时候,会去贴吧之类的地方"考古"。有几个贴吧还是蛮活跃的。

稻米小粮仓:看我名字就知道了,入坑了《盗墓笔记》。当然,我也看过其他小说,看来看去还是喜欢这部。虽然现在改编的作品很多,而且质量……但是,就是喜欢小说。现在还会回过头去看一遍。

访问者:看来大家都是很资深的网络小说粉丝了。其实现在有很多大家提到的网络小说都被改编成了电影。第二个话题是"网络小说的电影改编的态度和喜好"。大家可以谈谈都是如何得知改编的消息,会不会关注这类的改编,会不会分享,会比较重视改编的哪些部分,看完之后的反应,等等。当然大家也可以聊聊那些已经改编的作品。

H:各种渠道都有吧。就像当时《致青春·原来你还在这里》就是手机新闻上看到了信息,然后开始关注的。一般会先看演员是谁,如果是喜欢的演员就会比较期待。但是我还是蛮犹豫的,我很怕会毁原著。所以,如果演员不喜欢的话,很少会选择去看,宁可不看;如果演员是喜欢的话,即使有点小瑕疵我也能接受。对于改编的电影,我也是比较关注演员和情节还原度。就像当时看《致青春·原来你还在这里》,总觉得电影一个多小时,剧情不够完整,且节奏很快。对于观后反应,也许因为我看得都比较早,我还是比较佛系的。如果发现电影好看我肯定会推荐的,不好看的话一般也不会去公开骂。

无题111:会会会!《微微一笑很倾城》《何以笙箫默》影剧两版都看了。我就说说《微微一笑很倾城》吧。我觉得主角还是挺符合小说的,相对电视剧更喜欢电影,场景也蛮精美的。但是要吐槽下井柏然的游戏造型,真的不帅,感觉没有看小说时所幻想的样子。其实很多小说都是很久之前看过的。所以有几部都是看了改编的版本之后,又回过去补一补小说。和大家一样,好看的话肯定会推荐的,没什么可说的。不好看的话,我没楼上那么佛,起码和朋友吐吐槽。

p0181118:我现在不太会主动去关注,但是看到了肯定会关注。说到电影的话,猫腻(的书)似乎还没改编成电影吧?那我还是稍微期待一下。如果他的作品出了,我还是会去看的。我看过《七月与安生》《悟空传》,楼上的这些过于言情的不太喜欢。但说实话,这两部电影我都不是很满意,都没有拍出小说里的感觉。当然,也可能时间过去太久了,我也不太记得了。谁让"记忆里的永远是最美的"呢?好不好看我都不会去专门评论,除非有周围的朋友来问我。

程程程加七:肯定看了!很多都是看了电影之后,才回去看的小说。前段时间看了《全职高手》。怎么说呢……剧情还能够接受,但是动画质量实在是跟不上。看惯了美国、日本的动画,再回来看这部,实在是忍不了。我看豆瓣、贴吧也有好多和我差不多的网友留言。但我出于对作品的喜爱,还是给它打了及格,虽然留言吐槽了很多。我还是蛮期待改编的,如果动画技术能够跟上的话。至于真人,又期待又害怕,总觉得拍不出来。怕毁了心里的感觉,但……还是会看的吧。

稻米小粮仓:论改编,哪一部有《盗墓笔记》多!哪一家粉丝比"稻米"惨!一边看,一边口吐莲花;继续看,继续口吐莲花!其实我们现在都有点害怕改编了,因为被伤害太多次了。现在一有改编的消息,三叔微博就会自己放出来了。盗墓题材改编确实还是蛮有难度的,完全按照书里的来,根本不可能拍出来。但是……当时为了支持三叔,我还是刷了好多遍《盗墓笔记》。我不满意两个演员,也不满意剧情大改,但是特效还是可以的。总之,和上面说的一样,如果有了硬着头皮也会去看一下。所以,只能期待质量能够一次比一次好吧!

十一、访谈要点截取

（1）参与者普遍具有较长的网络小说阅读经历。

（2）参与者中有 13 位表示会主动关注网络小说改编的影视作品，有 1 位表示得知消息后会关注。

（3）即使从观影经验出发，参与者普遍不看好改编作品，但依旧对改编作品存在一定的预设期待，主要涉及演员和剧情的还原。

（4）参与者几乎都会有分享行为，且分享行为出现在观影前后，可能存在于熟人社群、半熟社区或公共平台。

（5）参与者均有观看过网络小说改编的影视作品。

（6）参与者会持续观看网络小说改编的影视作品，但之前的观影体验会对下一次的观影造成一定的影响。有参与者表示需要等待观影评价。

（7）参与者普遍存在影视作品与原著对比的行为。

（8）参与者对改编后影视作品的评价主要围绕演员选择、剧情还原度以及视觉呈现上。其中，演员评价的标准有角色匹配度以及演员演技；剧情希望保留其经典性情节；特效评价主要集中在玄幻等题材。

（9）在影剧均存在改编作品的情况下，参与者会存在两者比较的情况。

参考文献

一、图书

[1] 夏衍.写电影剧本的几个问题[M].北京:中国电影出版社,1978.

[2] Richard Mercer Dorson. Folklore in the Modern World[M]. New York:Walter de Gruyter&Co,1978.

[3] 乔治·布鲁斯东.从小说到电影[M].高骏千,译.北京:中国电影出版社,1981.

[4] 岩崎昶.电影的理论[M].陈笃忱,译.北京:中国电影出版社,1984.

[5] 多林斯基.普多夫金论文选[M].罗慧生,何力,黄定语,译.北京:中国电影出版社,1985.

[6] Pierre Bourdieu. The Forms of Capital[M]//Pochardson. J. Handbook of Theory and Research for the Sociology of Education. Westport,CT:Greenwood Press,1986.

[7] 陈犀禾.电影改编理论问题[M].北京:中国电影出版社,1988.

[8] 丹尼尔·杰·切特罗姆.传播媒介与美国人的思想:从莫尔斯到麦克卢汉[M].曹静生,黄艾禾,译.北京:中国广播电视出版社,1991.

[9] 王光祖.影视艺术教程[M].北京:高等教育出版社,1992.

[10] 皮埃尔·布尔迪厄.文化资本与社会炼金术:布尔迪厄访谈录[M].包亚明,译.上海:上海人民出版社,1997.

[11] 庞巴维克.资本实证论[M].陈端,译.北京:商务印书馆,1997.

[12] 皮埃尔·布尔迪厄,华康德.实践与反思:反思社会学导引[M].李猛,李康,译.北京:中央编译出版社,1998.

[13] 艾尔东·莫里斯,卡洛尔·麦克拉吉·缪勒.社会运动理论的前沿领域[M].刘能,译.北京:北京大学出版社,2002.

[14] 朋尼维兹.布赫迪厄社会学的第一课[M].孙智绮,译.台北:台湾麦田出版

社,2002.

[15] 王晓玉.中国电影史纲[M].上海:上海古籍出版社,2003.

[16] 巴拉兹·贝拉.电影美学[M].何力,译.北京:中国电影出版社,2003.

[17] 王一川.大众文化导论[M].北京:高等教育出版社,2004.

[18] 戴锦华.电影批评[M].北京:北京大学出版社,2004.

[19] 莫尼克·卡尔科-马赛尔,让娜-玛丽·克莱尔.电影与文学改编[M].刘芳,译.北京:文化艺术出版社,2005.

[20] 罗伯特·斯塔姆,亚历桑德拉·雷恩格.文学和电影:电影改编理论和实践指南[M].北京:北京大学出版社,2006.

[21] 马赛尔·马尔丹.电影语言[M].何振淦,译.北京:中国电影出版社,2006.

[22] 尹鸿.当代电影艺术导论[M].北京:高等教育出版社,2007.

[23] 南派三叔.盗墓笔记 3[M].北京:中国友谊出版公司,2007.

[24] 欧阳友权.网络文学概论[M].北京:北京大学出版社,2008.

[25] 俞剑红,翁旸.电影市场营销学[M].北京:中国电影出版社,2008.

[26] 汪流.电影编剧学[M].北京:中国传媒大学出版社,2009.

[27] 张嫱.粉丝力量大[M].北京:中国人民大学出版社,2010.

[28] 理查德·戴尔.明星[M].严敏,译.北京:北京大学出版社,2010.

[29] 王彬.颠倒的青春镜像:青春成长电影的文化主题研究[M].成都:巴蜀书社,2011.

[30] 亨利·詹金斯.融合文化:新媒体和旧媒体的冲突地带[M].杜永明,译.北京:商务印书馆,2012.

[31] 余秋雨.观众心理学[M].合肥:安徽文艺出版社,2014.

[32] 段淳林.整合品牌传播:从 IMC 到 IBC 理论建构[M].北京:中国出版集团,世界图书出版公司,2014.

[33] 莫琳·A.瑞安.创意制片完全手册[M].马瑞青,译.北京:北京联合出版公司,2015.

[34] 陈晓云.电影学导论[M].北京:北京联合出版公司,2015.

[35] 菲利普·科特勒,加里·阿姆斯特朗.市场营销:原理与实践[M].楼尊,译.北京:中国人民大学出版社,2015.

［36］邵燕君.网络时代的文学引渡［M］.桂林:广西师范大学出版社,2015.

［37］黄钰茗.粉丝经济学［M］.北京:电子工业出版社,2015.

［38］贾磊磊.电影学的方法与范式［M］.北京:北京时代华文书局,2015.

［39］约翰·B.汤普森.文化商人:21世纪的出版业［M］.张志强,何平,姚小菲,译.南京:译林出版社,2016.

［40］约翰·M.德斯蒙德,彼得·霍克斯.改编的艺术:从文学到电影［M］.李升升,译.北京:世界图书出版公司,2016.

［41］亨利·詹金斯.文本盗猎者:电视粉丝与参与式文化［M］.郑熙青,译.北京:北京大学出版社,2016.

［42］徐兆寿,刘京祥.中国现当代文学电影改编概论［M］.北京:中国社会科学出版社,2017.

［43］袁毅,陈亮.中国众筹行业发展研究2017［M］.上海:上海交通大学出版社,2017.

［44］吴声.超级IP:互联网新物种方法论［M］.北京:中信出版集团,2017.

［45］许彦.《资本论》思想、原理及其当代价值［M］.成都:西南财经大学出版社,2017.

［46］路易斯·贾内梯.认识电影［M］.焦雄屏,译.北京:北京联合出版公司,2017.

［47］李欧梵.不必然的对等:文学改编电影［M］.北京:人民文学出版社,2017.

［48］卡尔·马克思.资本论(第一卷)［M］.中共中央马克思恩格斯列宁斯大林著作编译局,译.北京:人民出版社,2018.

［49］达德利·安德鲁.经典电影理论导论［M］.李伟峰,译.北京:北京联合出版公司,2018.

［50］章颜.文学与电影改编研究［M］.北京:社会科学文献出版社,2018.

二、期刊

［1］夏衍.杂谈改编［J］.中国电影,1958(1).

［2］陆柱国.再创作［J］.电影艺术,1983(8).

［3］杰·瓦格纳.改编的三种方式［J］.世界电影,1982(1).

［4］章明.猜测电影创作的本质:对电影改编原则的不同看法［J］.电影艺术,1988(12).

[5] 姚馨丙.忠实与创造:电影改编的原则[J].南通师专学报(社会科学版),1992(1).

[6] 王纪人.忠实与创造[J].上海戏剧,1995(3).

[7] 桑地.电影改编与审美转换[J].电影艺术,2000(6).

[8] 尹鸿,王晓丰."高概念"商业电影模式初探[J].当代电影,2006(3).

[9] 周斌.论新中国的电影改编[J].当代电影,2009(9).

[10] 尚必武.叙事学研究的新发展:戴维·赫尔曼访谈录[J].外国文学,2009(5).

[11] 陶侃.沉浸理论视角下的虚拟交互与学习探究:兼论成人学习者"学习内存"的拓展[J].中国远程教育,2009(1).

[12] 路春艳,王占利.互联网时代的跨媒介互动:谈网络文学的影视改编[J].艺术评论,2012(5).

[13] 陈林侠.消费,还是消费:当下网络文学的影视剧改编[J].艺术评论,2012(5).

[14] 单小曦."改编热"的虚妄与数字文学性的开掘:评网络文学的影视剧改编现象及其发展路向[J].艺术评论,2012(5).

[15] 李倩.浅谈网络文学影视化的利弊[J].电影文学,2013(14).

[16] 骆桂峰,张金艳.论网络小说的影视改编发展新趋势[J].参花(上半月),2013(6).

[17] 周平.试论当下网络文学影视改编中的问题[J].大连海事大学学报(社会科学版),2013(3).

[18] 李晓筝.论影视改编对文学传播的影响[J].电影文学,2013(3).

[19] 李文浩,姜太军.产业化背景下网络文学改编剧的契机与挑战:以《失恋33天》和《等风来》为例[J].江西社会科学,2014(5).

[20] 王治国.当下网络小说影视剧改编的特征及限度[J].当代电影,2015(6).

[21] 张书娟.网络文学与电影的互动性消费[J].当代电影,2015(6).

[22] 张敏.网络文学改编电影的核心价值观[J].电影文学,2015(9).

[23] 吉喆.新媒体视野下网络文学影视改编的对策探析[J].文艺争鸣,2015(2).

[24] 周笑.影视 IP 热卖的产业经济学解读[J].视听界,2015(6).

[25] 尹鸿,王旭东,陈洪伟.IP 转换兴起的原因、现状及未来发展趋势[J].当代电影,2015(9).

[26] 程武,李清.IP 电影热潮的背后与泛娱乐思维下的未来[J].当代电影,2015(9).

[27] 蔡骐.媒介融合时代的电视媒体转型之路:以湖南广电的新媒体转型为例[J].现代传播(中国传媒大学学报),2015(11).

[28] 毛德胜.网络文学改编剧的受众审美分析[J].当代电视,2016(8).

[29] 王思.论国产怀旧电影对集体记忆的建构[J].东南传播,2016(2).

[30] 黎欢,李简瑗.当下网络文学IP电影的勃兴与中国电影新生态[J].电影评介,2016(10).

[31] 马季.IP的实质:网络文学知识产权漫议[J].文艺争鸣,2016(11).

[32] 向勇,白晓晴.场域共振:网络文学IP价值的跨界开发策略[J].现代传播(中国传媒大学学报),2016(8).

[33] 尹鸿,梁君健.通向小康社会的多元电影文化:2015年中国电影创作[J].当代电影,2016(3).

[34] 万江.IP电影热潮下的冷思考[J].当代文坛,2016(5).

[35] 潘桦,李艳.网络小说改编电影的跨媒体叙事解读:从《鬼吹灯》系列电影改编说开去[J].现代传播(中国传媒大学学报),2016(12).

[36] 鲁昱晖.危机与突围:"网文剧"版权问题初探[J].编辑之友,2016(4).

[37] 王雨昊,姜娜.全媒体视角下的国产电影"IP"现象分析[J].戏剧之家,2016(5).

[38] 郑璇玉,博晶华."IP热"与影视剧本原创危机的法律解读[J].长江文艺评论,2016(2).

[39] 石少涛.网络文学改编电影的美学范式[J].电影文学,2017(13).

[40] 蔡海波.商业化与青年化:国产IP电影创作理念探析[J].今传媒,2017(8).

[41] 邵燕君.IP时代的网络文学[J].现代视听,2017(12).

[42] 张燕,王赟姝."互联网+"语境下网络文学IP电影改编的创作思考[J].现代传播(中国传媒大学学报),2017(2).

[43] 杨小柳,周源颖."亚文化资本":新媒体时代青年亚文化的一种解释[J].中国青年研究,2018(9).

[44] 涂俊仪.IP电影的原著粉丝:文本争夺与身份构建[J].电影艺术,2018(1).

[45] 高婷.网络文学作品IP改编存在的版权问题及对策思考[J].中国出版,2018(7).

[46] 尹鸿,梁君健.新主流电影论:主流价值与主流市场的合流[J].现代传播(中

国传媒大学学报),2018(7).

[47] 张晶,李晓彩.文本构型与故事时空:网络文学 IP 剧的"跨媒介"衍生叙事 [J].现代传播(中国传媒大学学报),2019(5).

[48] 许昳婷.生产式的参与和抵抗:创意时代的中国 IP 文化[J].编辑之友,2021(7).